ちくま学芸文庫

村上春樹の短編を英語で読む
1979～2011 上

加藤典洋

筑摩書房

目次

下巻目次

村上春樹の短編を英語で読む　1979～2011　上

序

「井戸」の消滅

『ねじまき鳥クロニクル』から
『1Q84』へ

1　はじめに

これから村上春樹の作品を皆さんと英語で読んでいきます。皆さんの半分以上は日本人ですが、半分以下は非日本人。その大半が日本語をよく読めません。ですから僕は英語で皆さんと村上春樹の小説を読もうと思います。なぜ日本で、日本語で書かれた村上春樹の作品をわざわざ英語で読まなければならないのか。

きわめて不思議ですね。

僕もこんなことになろうとは夢にも思わなかった。でも、この数年間、英語で講義する環境に身を置くことになり、実際に外国からやってきた日本語を読めない若い人々とつきあうようになったら、彼らと一緒に小説を読んで、自分の考えをぶつけてみたらどうだろう、という好奇心が芽生えてきました。彼らが生き生きしている。そこに刺激をされたのです。

僕はこれまで英語で話すということをほとんどしないできた人間です。そういう能力もなければ意欲もない。ただし、日本語で書き、読み、考えてきました。そのことはどちらかというと、得意で、自分の仕事にもしてきた。そういう人間が「英語」を一種の「濾過樽」としながら、こうした新しい未知の読者、日本語を読めない読者と日本語の小説を英訳で読んだら、どういう読書の経験が生まれることになるか。そこに一つのチャレンジがあると感じました。

でも、これはオフの声として記すのですが、ここで行おうとしていることは、そこからさらに、数年の間そうすることで得てきた知見を、再度、日本語に置き直してみようということです。この二転三転の言語変換をへてわが身を実験台に試してみたいのは、そのような読書経験の更新がどういう解釈と批評のダイナミズムを生むか、ということにほかなりません。いまひそかに僕は、村上春樹の短編作品を英語で読むことで、これまでの村上春樹像とは異なる村上像をもっと有力に、愉快に、浮かびあがらせてみることができるのではないかと期待しているのです。

なぜ短編作品か。まずこれは僕の事情ですが、村上春樹の長編作品についてはこれまで二冊の本の形で網羅的な作品論を刊行しています（『村上春樹　イエローページ』、『村上春樹　イエローページPART2』）。『風の歌を聴け』（一九七九年）から『海辺のカフカ』（二〇〇二年）まで。日本語でしか読めませんが、それこそ皆さんのうち何人かが日本語を習得する気になり、いつしか読んでくれれば、うれしい。自分としてはほぼ踏破ずみです。

でも、短編については論じていない。村上の短編作品を全体の像としてとらえようという試みもこれまでのところ、どこかでなされているという話を寡聞にして聞きません。もっぱら短編に目を向けてみよう。するとどういう村上の像が浮かんでくるのか。それが今回こういうことを試みる僕の第二の、とはいえ、メインの理由です。
村上はこれまでオリジナルの形では九冊の短編集を出しています。その全貌を示すと次のようです。
『中国行きのスロウ・ボート』（七編収録、一九八三年）
『カンガルー日和』（十八編収録、一九八三年）
『螢・納屋を焼く・その他の短編』（五編収録、一九八四年）
『回転木馬のデッド・ヒート』（九編収録、一九八五年）
『パン屋再襲撃』（六編収録、一九八六年）
『TVピープル』（六編収録、一九九〇年）
『レキシントンの幽霊』（七編収録、一九九六年）
『神の子どもたちはみな踊る』（六編収録、二〇〇〇年）
『東京奇譚集』（五編収録、二〇〇五年）
このうち、最後の二つは連作としての短編集で、他とは少し意味が違っています。ほかに、短編集に収録されずに『村上春樹全作品 1979〜1989』、『村上春樹全作品 1990〜2000』にそれぞれ直接収録された短編に、「雨の日の女　#２４１・#２４２」「書斎奇譚」「あしか」「月刊『あしか文芸』」「おだまき酒の夜」「沈黙」「パン屋襲撃」「ハイネケン・ビールの空き缶を踏む象についての短文」「人喰い猫」「青が消える（Losing Blue）」の十編があります（うち「沈黙」は、のちに『レキシントンの幽霊』に再録）。また、後述する英訳から再編成された短編集がご存じのように二冊ありますが（『象の消滅　短篇選集1980-1991』二〇〇五年＝後出 *The Elephant Vanishes* の日本語版、『めくらやなぎと眠る女』二〇〇九年＝後出 *Blind Willow, Sleeping Woman* の日本語版）、このうち、『めくらやなぎと眠る女』に「バースデイ・ガール」、「蟹」の二編が、村上春樹の作品集としてははじめて収録されています。これ以外にも掌編コントともいうべき、『夜のくもざる』という単行本収録の三十六編の掌編やエッセイ風短文がありますが、ここでは、ほぼ前述の短編集に収録された六十九編中「沈黙」を除く六十八編に、『全作品』直接収録の十編、『めくらやなぎと眠る女』収録の右の二編を加えた八十編を相手に、村上春樹の短編の世界を考えることにしましょう。そのうち英語に訳されたものが計四十七編あり、これが三冊の単行本にまとめられています。*The Elephant Vanishes*（一九九三年）に十七編、*After the Quake*（二〇〇二年）に六編、*Blind Willow, Sleeping Woman*（二〇〇六年）に二十四編です。現時点で最新の『東京奇譚集』などは *Blind Willow, Sleeping Woman* に一冊丸ごと収録されています。ですから、八十編中四十七編、約六割の作品が英語に訳されている勘定になりますね。第一作（「中国行きのスロウ・ボート」）から現時点での最近作（「品川猿」）まで有力な短編の多くが含まれています。英語で読んでも村上の短編の世界を一望することはおよそのところ、可能なのです。

日本語で書かれた小説を英語で読む。そこにはどんな可能性があるでしょうか。これまでの僕の数年間の経験に立ってそれについて述べるなら、翻訳をもととして短編を読んでみることで、僕は、どんなに自分の読みが日本語のオリジナルに負っているのか、ということを痛感するということがありました。

たとえば第4章で扱うことになる「ニューヨーク炭鉱の悲劇」。僕の目には、ビージーズの同題曲の歌詞から引かれた題辞《エピグラフ》が、そこで作者が語ろうとしたことを受けとる上でのカギのような存在になっていると見えます。しかしフィリップ・ゲイブリエルの翻訳では、それがまったく除外されています。また炭鉱の情景を描く最終の断章がすべてイタリックになっています。これはちょっと深刻な事態です。それでは書き手の意図が歪められてしまうでしょう。自分の受けとっているものが、いかに細い糸のようなものによってささえられているのかということを、僕は痛切に感じざるをえません。

あるいは、それとは逆に、アルフレッド・バーンバウム訳の「納屋を焼く」。そこでは、パントマイムの女の子が亡父の遺産で北アフリカに行く、「本当に日本に帰ってくるんだろうね」と「僕」が訊ね、「もちろん帰ってくるわよ」と彼女が答える。その場面での彼女の答えが、

"Sure thing. 'I shall return,'" she mocked.

となっています。

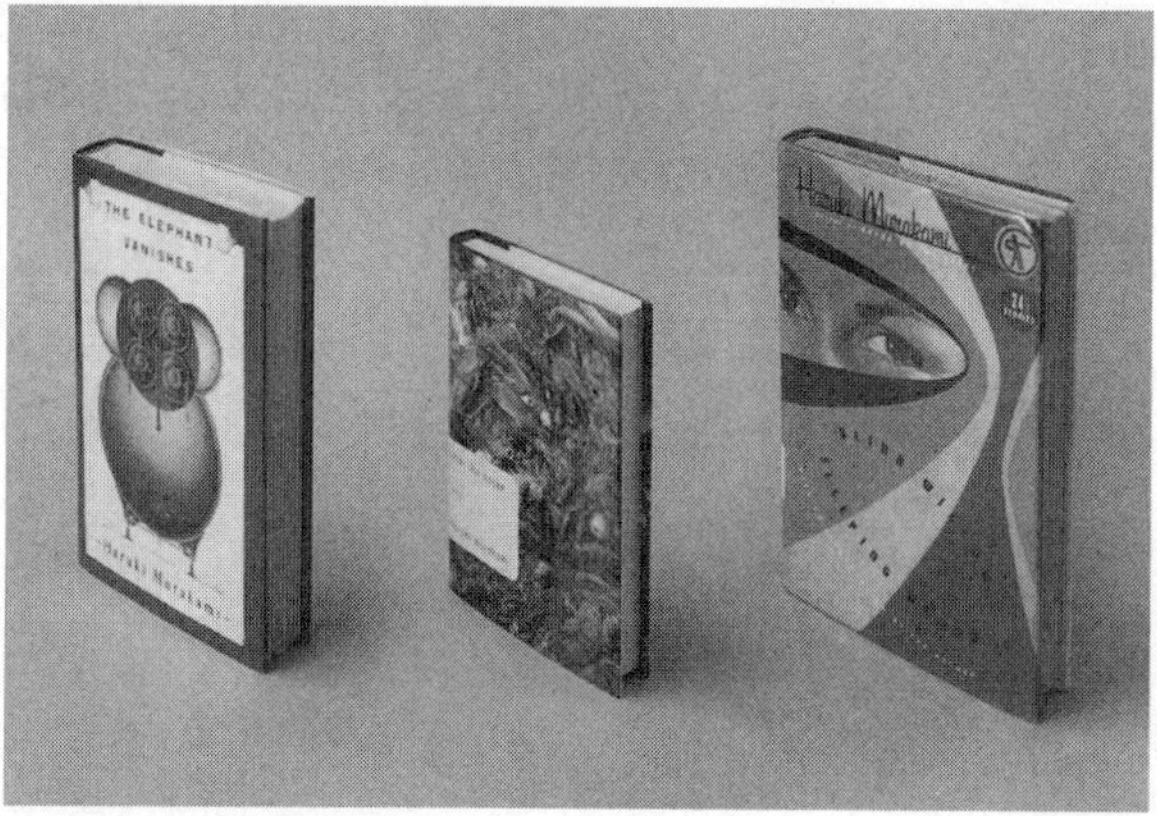

左から *The Elephant Vanishes, After the Quake, Blind Willow, Sleeping Woman*

「本当に日本に帰ってくるんだろうね」

と「僕」が訊ねると、

「『アイ・シャル・リターン』」

と彼女は答えるのです。

これは、皆さんにはわかりにくい冗談かもしれませんが、第二次世界大戦時、日本軍の攻勢に一時フィリピンからの撤退を余儀なくされたダグラス・マッカーサー元帥（当時は米極東陸軍司令官）が残した日本では名高い言葉ですね。僕のような読者だと、ついニヤリとするジョークなのです。

翻訳がどのように二つの言語の間に「遊び」を混入させつつ、また新しい読みを喚起するものか、翻訳から逆に様々な刺激を受けることもあるわけです。

総じて日本語の小説を英語で読むには、

日本語で読むだけなら不要なさまざまな手続きが必要です。まず僕が読むことのうちに日本語を読み、さらに英語の翻訳を読むという迂回があり、その迂回は右に述べたようなさまざまな発見と困惑をもたらします。また僕が話すことのうちに、何も知らないあなた方にこのことを話すにはその前提として何を話しておかなければならないのか、といういわば料理の本でいうならレシピに現れる以前の基本的な調味料、料理道具の性質や使い方の説明にあたる知識の洗い直し、確認を強いられるという迂回があります。そこから僕は、たとえば村上の作品の、日本社会とのつながりが思われている以上に緊密であるという発見を日々、促されてきました。僕として、これを読む上で自分がどんなテクスト以外の要素を前提としているのか、新たに勘案しなければならないのか、いちいち検証しなければならないという手間が要り、それが別種の発見を促すということも起こってきます。本書でも後にふれますが（下巻、第13章）、いま日本の戦後思想は、日本で知られている戦後思想の担い手たちの名の下にではなく、それとは知らず、実は村上春樹とか宮崎駿の作品の「奇妙でわかりにくい面白さ」として、海外に知られはじめているのではないか。そこから逆に、吉本隆明、鶴見俊輔、竹内好、江藤淳、中野重治といった戦後思想の担い手の考え方を、村上の作品を手がかりに、再度考え、再定義し、たとえば英語で再提示していくことも可能なのではないか。僕はそんな展望も得ているのです。

また、これはおいおい語っていくことですが、僕の小説の読み方はけっしていま欧米で行われている読解方法と同じではありません。同じ常識にも立っていません。けっしてジェンダー・スタディーズに立脚しているわけでもありませんし、カルチュラル・スタディーズに準拠しているわけでもない。ポストコロニアル論を尊重するというところもほぼありません。学問の世界で長年の常識といってよいテクスト論批評の成果を土足で踏みにじるなんて真似までします。その代わり、皆さんには新奇に映るかもしれない自分の方法論とその理論的裏づけを提示するはずです。僕の本業は、大学の日本文学の研究者である以前に、文芸批評を書くことです。そういう人間が教室というやや行儀のよい場所に身を置くと、どうしても書くことの野性が、右の学問的な約束事に反逆して出てしまうのです。

そういうわけで、あなた方のうち文学を学習してきた人々が、面食らいもすれば大いに憤慨もする、そういう言説が展開されることにもなるかもしれません。共通項をもたない相手にどう話すのか。批評と読解という経験の裸形に僕としてももう一度ゼロから、向き合わなければなりません。

2 日本語と英語のはざま──『ねじまき鳥クロニクル』をめぐって

さて、第1回目は序説のつもりで、長編小説をめぐる話から入ります。実はこの春休みに（二〇〇九年二月～三月）米国東部の大学に行く機会がありました。そこで行った話を枕にしようと考えていたのですが、直後に村上春樹の久々の新作、『1Q84』が現れました（二〇〇九年五月、BOOK1、BOOK2刊行、二〇一〇年四月、BOOK3刊行）。読んでみると、この新しい長編小説には先に米国でした話、また本書でこれから取り上げようと思っている短編につながる要素がかなりの程度、認められます。そこで当初の計画を変更し、その大学――プリンストン大学――で行った話、『1Q84』、さらに村上春樹の初期の短編とのつながり、というところまで、二つないし三つの話題をつなぐ形で、話を再構成し、序とすることにしました。

今回がその前段、次回からこれらいくつかの長編小説と初期短編（第1章参照）のつながりを入り口に、短編小説について語っていきます。

プリンストン大学では、二つの話をしました。一つは、「文化象徴と戦後日本」と副題をつけて、五十年間続いた映画「ゴジラ」シリーズと最初の「ゴジラ」についての英語での講演（「さようなら、『ゴジラ』たち――文化象徴と戦後日本」、『さようなら、ゴジラたち――戦後から遠く離れて』）。そしてもう一つが、こちらは日本語で行った「村上春樹における『井戸』の表象」と題する『ねじまき鳥クロニクル』に出てくる「井戸」をめぐるランチトークです。

ランチトークに『ねじまき鳥クロニクル』と「井戸」をめぐる話を選んだのは、この小説が主にプリンストンという地で書かれているからです。どんな場所で村上がこの小説を構想したのかに、興味がありました。プリンストン大学は、時間軸で言えば一九六〇年代に若き日の文芸批評家江藤淳が二年間滞在したことを手始めに、その後、村上春樹が数年滞在してこの小説を書き、この地で河合隼雄と初の公開対談を行って村上として生涯唯一のメンター（精神的な師）に出会い、ついで、大江健三郎がやはり一年足らずを過ごしにやってきている、日本で文芸評論の仕事をしている僕のような人間には関心を抱かざるをえない場所の一つなのです。次に、小説と翻訳の関係。両者の間に、この後述べるやっかいな問題が入っています。しかし、本筋の理由は、それにとどまらない、次に述べることがらにありました。

まず「井戸」という形象は村上においてとても重要です。それが彼の小説において長年見え隠れしてきた末に『ねじまき鳥クロニクル』の末尾で、最終的に姿を消しています。その消え方にきわめてダイナミックな意味がある。村上春樹が近年の自分の姿勢の変化をやはり「井戸」の比喩を使って説明しています。「井戸」の比喩ということを手がかりにすると、彼の考え方と戦後思想の考え方の連関が見えてくるのです。村上の作品は、特に近年そうですが、日本の戦後性の体現という意味も担っているのではないか。僕は最近そう思っているものですから、そこに光をあてるよい機会かなと、思いました。

これから彼の短編小説を読んでいきますが、村上が実は日本の戦後という時代と密接につながって小説を書いてきた作家であるということが、見えてくるはずです。それではじめに、二つの言語のはざまがもつ問題とともに、この両者の連関の可能性を示しておきたいと考えました。

翻訳のことからお話ししましょう。

『ねじまき鳥クロニクル』の英訳者は、ジェイ・ルービンです。聞くところによると、この長大な小説の翻訳に際して彼は米国の出版社クノップフ社から日本語の原テクストが英語で出版するには「長すぎる」ので縮めてもらいたいという要請を受けたとのことです。

ところでこの小説には、日本ではよく知られたことですが、第1部から第3部までの刊行に関してある変則的な事情がありました。まず一九九四年に完成された長編小説として第1部と第2部が刊行されたのですが、一年四カ月後、それに後続して第3部が現れ、だいぶ読書界を混乱させたのです。

むろん著者も第2部までを書き上げた際には、これで終わってもいいんだ、という気持ちをもっていたのでしょう。そこで終わりうる作品として、第2部までを書き、いったんは擱筆《かくひつ》したはずです。しかし脱稿後、考えが変わった。あるいは、考えが決まった。新たに第3部が書かれ、いったん終わった物語がまた生き返り、動き、さらなる終わりをもつことになりました（なお、これと同じことがこの後、新作『1Q84』についても繰り返されています。BOOK1、BOOK2刊行の一年後、二〇一〇年四月に、何の断りもなく、BOOK3が刊行。末尾に〈BOOK3 終り〉とある。これで終わったのかどうかも不明。ＢＯＯＫ４も今後出てきかねない形勢です）。

さて、このような変則的な刊行のされ方が作品に影響しないわけはありません。第３部が書かれてみれば、第２部で終わる場合に必要だったプロット上の展開が無駄な盛り上がりに成り変わるということも起こってきます。第２部後半における「最後」の主人公の葛藤は、いなくなった妻をおいて、自分は加納クレタという若い女性と一緒にギリシャに行こうか行くまいか、迷うという形をとっています。迷ったあげく、主人公はギリシャには行かないことにする、若い女性の加納クレタだけがギリシャに行く。そして、残された彼の前で近隣の家の井戸が埋められる。その後、ある日、区営プールで身体を浮かばせていると、そこが「巨大な井戸の中」ででもあるかのような幻影にとらわれ、主人公は電話をしてきた謎の女が実は妻のクミコだったのだ、というふいの確信に襲われます。そこで小説は終わる。唐突な終わりと見えますが、そうではない。全く聞いたことがない電話での女の声が、実は愛してやまない妻の声だったのだ、と突然確信する。それを終わりの啓示にしたところに、この第２部までの『ねじまき鳥クロニクル』の力がありました。

ところが、これがさらに第３部につながることになって「無駄な盛り上がり」めいたものとして浮かびあがってくるのが、第２部後半の主人公が妻以外の若い女性との外国行きをめぐる葛藤に苦しむ、というあたりの展開です。今回読み直し、僕は既視感をおぼえたのですが、大江健三郎の『個人的な体験（*A Personal Matter*）』の主人公の最後の葛藤の形に酷似しています。大江の英語圏での出世作となったジョン・ネイスン訳のこの小説でも、最後、主人公は、火見子という女友達にアフリカ行きを誘われ、脳に障害のある子どもと子どもを生んだばかりの妻をおいて、日本を離れようか離れまいか迷い、最後、残ることを決めるからです。ジェイ・ルービンもそのあたりが気になったかもしれない。原著者の村上と緊密に連絡をとりながら、このあたりを中心に大きく原文を削除し、短くしました。

しかし今回の話に関連してここには二つの問題が顔を見せているでしょう。一つは、日本語と英語のはざまの問題です。日本語のテクストとして考えても、『ねじまき鳥クロニクル』には厳密に考えるなら原『ねじまき鳥クロニクル』と現『ねじまき鳥クロニクル』ともいうべき二つのテクストがあります。二部仕立て『ねじまき鳥クロニクル』と三部仕立て『ねじまき鳥クロニクル』です。また、それよりも深刻な問題として、この日本語版の現『ねじまき鳥クロニクル』(三部仕立て)と英語版『ねじまき鳥クロニクル』(短縮版)という二つのテクストの共存をどう考えるべきか、という問題があります。三冊の本からなる日本語の『ねじまき鳥クロニクル』と、一冊の本となった短縮版の英語の *The Wind-Up Bird Chronicle* と、いずれがこの本の原テクストなのか、それとも、二つはそれぞれに独立した異なる二つのテクストなのか。こうしてわれわれは『ねじまき鳥クロニクル』について話しているわけですが、僕が理解している『ねじまき鳥クロニクル』と、これを英語で読んでいる人の理解している『ねじまき鳥クロニクル』とは、そもそも同じ作品なのかどうか、わからない、ということが起こっています。ことによれば、この作品は日本語で書かれたと言いながら、将来、国際的な場所で *The Wind-Up Bird Chronicle* が話題になり、問題になる場合、そこでの正典《カノン》は英語テクストであって、これを英語で読んでいない日本の読者、研究者だけが逆に蚊帳の外に置かれるなどという事態すら、生じかねない趨勢なのです。

たぶん日本の研究者でそういう可能性に気づいている人は今のところ少ないはずです。でも、この作品が日本語テクストとしてさえ、二つの異稿をもち、その二つの間にははっきりとした重心の転換があり、さらにそれが英語への翻訳に際し、大幅な改編を経ているということは、日本の研究者が、こうした事情をほぼ知らない外国の研究者に知らせるべきことでしょう。

現時点で、その詳細を知っているのは、ことによれば翻訳者と原著者の二人だけ。それ以外に、この断層のクレヴァスの中に実地に潜った人がいない。そんなことはないだろうと思うのですが、もしそういう研究があるのなら、僕としてもその詳細を知りたいと切に思うのです（いま管見の及ぶ限りで、この実地調査を主に翻訳の実際に即して行った例に塩濱久雄『村上春樹はどう誤訳されているか——村上春樹を英語で読む』があります。しかし作品内容にわたる分析ではありません）。

ところで、このような変則的な執筆事情のためにどういうことが作品内部に起こっているか。そのことをもっとも的確に教える指標の位置を、また、この作品における「井戸」という形象が、占めています。

そもそものところが「井戸」の形象はこの作品の構造上の中核をなしています。一つは主人公が降りていく近隣の井戸であり、もう一つが元日本兵の登場人物が話す外蒙古の砂漠にある井戸です。

ある日突然主人公の岡田亨《オカダ・トオル》に謎の女から奇怪な電話がかかってきます。それがこの小説の冒頭です。その後、行方不明中の猫を探し、やはり失踪したまま連絡のない妻の帰りを待ちつつ、彼は日々をすごすのですが、その後、思いたち、近隣の家の敷地に残るいまは涸れた井戸に降りていき、そこで瞑想を行います。その家は事情があり、いまは空き家になっています。その向かいには笠原メイという十代の風変わりな女の子が住んでいます。主人公の岡田亨はその不登校の女の子とも口をきくようになる。やがて井戸の底で瞑想を続けているうち、井戸の底から異界のホテルらしき空間へと「壁抜け」をし、奇妙な経験をするようになる。井戸は世界からの退避場所となり、異界への通路となり、この小説の構造上の中心となるのです。また、ほかに間宮中尉という元日本兵だった老人が登場してきて戦争中に経験した恐ろしい外蒙古の砂漠の話をします。そこにも別に「井戸」の話が忘れられない鮮やかなイメージのうちに登場し、この小説の中心的なイメージの原基を提供することになります。

小説の終わり、はじまりは、「井戸」の消滅、出現として描かれます。まず第2部の終わり、右の近隣の家（空き家）に作業員が入り、家の解体作業がはじまります。空き家は「それから十日ほどで完全に壊されてしま」い、「井戸も痕跡も残さずに埋められ」る（第2部第十八章）。こうして第2部が終わるのですが、一年四カ月後、第3部が刊行されると、それは一度埋められた井戸が再び「掘り起こ」されるところからはじまるのです。空き家跡の空き地が何者かわからない人物によって購入されます。周囲に塀が張りめぐらされ、外からは何が起こっているのか窺いしれない。そこに「庭の植栽作業の最中に井戸掘りの業者が呼ばれ」る。どうも「前に埋めた古い井戸をもう一回掘り起こしている」らしい。そういうエピソードを語る週刊誌記事の話から、第3部がはじまる。いったん「井戸」が埋められる形で終わった話が、その「井戸」が再び掘り直されることで再開されるのです（第3部第二章）。

3　井戸とエレヴェータ

さて、村上春樹とここにいう「井戸」の形象の関係ですが、村上は総じて「井戸」というアイテムをよくその作品に用いてきました。図1（次頁）のタイプ1を見てほしいので

図1：井戸とエレヴェータ

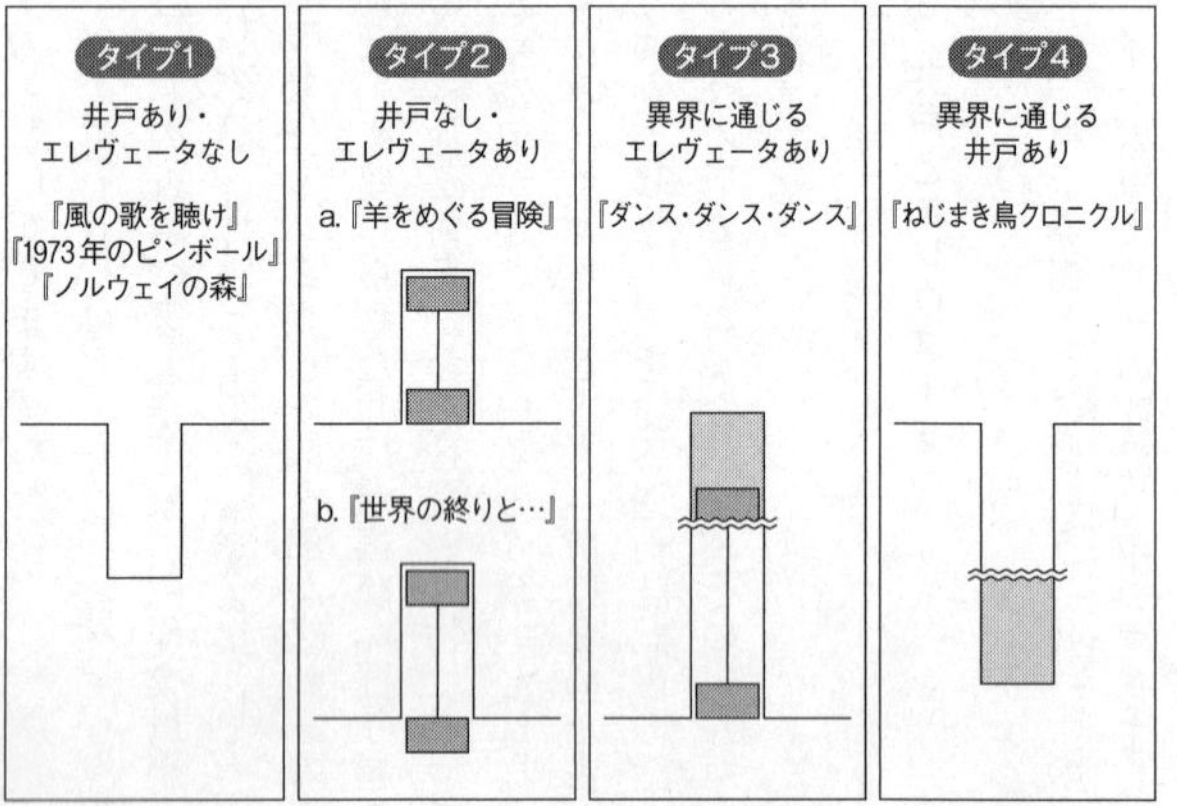

すが、これは「井戸」の形象の現れる彼の作品の例です。まず七九年の第一作『風の歌を聴け』に「火星の井戸」の話が出てきて、八〇年の第二作『1973年のピンボール』にも「井戸掘り職人」の話が出てきます。そして八七年の第五作『ノルウェイの森』では登場人物の一人（直子）が「草原」にあって人が落ちかねない「野井戸」の話をする。二人の主人公が京都の奥地に設定されたサナトリウムの傍らの草原を歩きながら「井戸」の話をする冒頭近くの場面は、よく知られているでしょう。

「井戸」だけに注目するなら、この形象はその後第六作、第七作では姿をひそめ、次の第八作、『ねじまき鳥クロニクル』で再浮上してくるのですが、図1のタイプ2を見ていただくとわかるように、ここに「エレヴェータ」の形象を加えてみると事情は変わってくるでしょう。エレヴェータは井戸を逆さまにして地面のうえに立てた形をしていますね。これが村上の小説世界における井戸の文字通りの「反対形象」なのです。エレヴェータはまず八二年の長編第三作『羊をめぐる冒険』の「いるかホテル」の「かたかたと揺れ」るエレヴェータとして姿を現し、八五年の第四作『世界の終りとハードボイルド・ワンダーランド』になると冒頭の場面での大エレヴェータとして登場してきます。つまり第一作から第五作まで、ここにエレヴェータを加えるなら、総体としての「井戸」の形象は反対形象に時折り姿を変えつつ、『風の歌を聴け』、『1973年のピンボール』、『羊をめぐる冒険』、『世界の終りとハードボイルド・ワンダーランド』、『ノルウェイの森』と、一貫して村上の作品に現れ続けていることになるのです。

それが、八八年の第六作『ダンス・ダンス・ダンス』になると、さらに一歩進めた異界に通じるエレヴェータに変わります。タイプ3にある、主人公の投宿する札幌のドルフィン・ホテルのエレヴェータは、十五階の一つ上で、「いるかホテル」といういまはない異空間に通じているという設定です。そしてこのように図示すればわかるように、第八作である九四～九五年の『ねじまき鳥クロニクル』ではこれが再び反転し、今度は異界に通じる「井戸」が登場してくる。『ねじまき鳥クロニクル』では、井戸の底に降りていくと、そこから「壁抜け」して異界に出るのですが、そこがどこかホテルらしい空間であるのは、この反対形象の名残りだと考えられます。

九二年の第七作、『国境の南、太陽の西』には井戸は出てきませんが、僕の解釈ではそこにもやはり異界が埋め込まれています（『村上春樹 イエローページ』第七章参照）。井戸はないが、消えたのではない。異界はある。そして著者自身が断っているようにこの作品が第八作『ねじまき鳥クロニクル』から生まれた副産物であることを考えるなら、第一作から第八作まで、ほぼ一貫して村上の作品を貫いてきたものがこの「井戸」の形象とその深化だったことがわかります。

しかし、この「井戸」の形象が、これから申し上げる『ねじまき鳥クロニクル』の末尾場面を最後に村上の作品から姿を消すのです。そればかりではありません。その次の作品『スプートニクの恋人』では、もう「井戸」はない、ということが断られます。そして今回の『1Q84』を読むと、その「もう『井戸』はない」というのがどういう事態であるのかが、われわれ読者に向け、示される。『ねじまき鳥クロニクル』の場合と同様、この作品のBOOK2からBOOK3への接続は、そのもうなくなっている「井戸」を手がかりになされます。「井戸」は消滅しつつ、『ねじまき鳥クロニクル』と『1Q84』をつなぐのです。

『ねじまき鳥クロニクル』に続くのは九九年に発表される『スプートニクの恋人』ですね。これは主人公が恋するすみれが突然ギリシャのとある島で失踪するという話ですが、主人公がギリシャまで飛行機で飛び、島を訪れ、すみれはどこか島の人里離れた場所に忘れられた「井戸」のようなところに落ちているのではないかと心配し、この島に井戸はないのかと尋ねると、島の警官が「この島では誰も井戸を掘りません。そんな必要がないからです」と意味深くも断言しています。ギリシャの島にはたしかにそういう場所もあるに違いありませんね。また、空港の案内所でギリシャに到着した「ぼく」がその島行きのフェリーの予約をとろうとして、「満員ということはないのですか?」と尋ねると、係の女性もまた、「たとえ満員でも、ひとりくらいなんとでもなるわよ」、「エレベーターじゃないんだから」と答える。この小説では、登場人物の口を借りて、井戸もエレヴェータもともにもはやここにはないこと、「井戸」の形象が村上春樹の作品世界から消滅していることが、読者に向け、暗に示されていると見ることができます。

4 「井戸」の比喩

さて、「井戸」が村上にとって大事な形象だというのは、その小説中核心的な位置を占めてきたからというだけではありません。それに加えて、村上自身が九〇年代半ば、自分の大きな態度変更を「井戸」の比喩を用いて述べたという事実があります。

彼は、九五年十一月、『ねじまき鳥クロニクル』第3部が刊行された直後の河合隼雄との対談で、はじめて自分の口からはっきりと自分の考え方の変化ないし深化を、「デタッチメント」から「コミットメント」への移行という言葉で述べます。そこでこの移行が「変化」というよりは「深化」なのだということを強調するのに、手がかりとして、「井戸」を降りていく、あるいは、「井戸」を掘り進めていくという比喩を用いるのです。そこでこう述べています。

コミットメントというのは何かというと、人と人との関わり合いだと思うのだけれど、これまでにあるような、「あなたの言っていることはわかるわかる、じゃ、手をつなごう」というのではなくて、「井戸」を掘って掘って掘っていくと、そこでまったくつながるはずのない壁を越えてつながる、というコミットメントのありように、ぼくは非常に惹《ひ》かれたのだと思うのです。(『村上春樹、河合隼雄に会いにいく』)

この村上の言い方は、特徴的です。これまで何度もさまざまな形で語られてきたことが「原型的」に述べられている響きがある。彼はそこで、以前、デタッチメント(関わりのなさ)というものが自分にとっては大事だったと言っています。しかし、徐々にそれだけでは足りないと思うようになった。自分はそこで自分に足りないものを補おうとした、それを、いま自分は物語への「コミットメント」(関わり)という言葉で言ってみたい、と話が進んでいるのです。これについては、後でもう一度ふれますが、その変化は自分が外国、アメリカに住んだことと関係があるかもしれないとも言っています。

詳しくは後に見ますが（第5章）これまでは、社会から一人離れたところに「引きこもろう」としていた、しかしいまは、社会に「関わろう」という気持ちをもつようになった。また、書法の問題としていえば、当初は自分に属する小説の言葉を社会の事象から「離す」ことを考えていたが、次には物語の動力に身を任せることで小説の言葉を自分の意識世界から「脱させる」方向へと進むようになったと、そういうことです。しかし、それは、方向を「転換した」ということではない。そう彼は語っているのですね。

それを語るのに井戸の比喩を使った。当初は井戸に入り、その底にこもろうとしていた。しかし、考えが変わったので外に出て人とまじわることにした、というのではない。そうではなくて、「『井戸』を掘って掘って掘っていくと、そこでまったくつながるはずのない壁を越えてつながる」、そういうデタッチメントの深化の果てに現れる「コミットメントのありよう」に、自分は非常に惹かれた、ということが言われているわけです。

僕がこの彼の言い方を特徴的だというのは、この言い方は、きっとそうだろうなあ、なるほどね、とわれわれに思わせる内実をもっているということです。単なる改心とか、転向、あるいは、人生経験を増して、社会に目を向けるようになった、ということではない。そうではない「コミットメント」なんだと言う。そしてわれわれも、この言い方に、それはそうなのだろうと納得を感じる。ここで起こっているのはこういう了解の図です。

しかし、この言い方は、逆に言うと、どこか既視感がある。なるほどと思う。しかし実際はどうなのか。具体的に、「井戸」を「掘って掘って掘って」行くと「広い場所に出る」、これはどういうことなのか。聞くと一瞬、わかったような気がする。でもよく考えると、本当にはわからないのです（笑）。

この井戸の比喩は、なぜ「一見、わかりやすい」のでしょうか。

簡単に言うと、彼が述べているのは、十分に正確な譬《たと》えではありませんが、理科の実験でいう「連通管」に通じる話です。アメリカなど、日本以外の国でも知られているのかわかりませんが、その比喩を用いさせてもらって図示するなら、こういうものです（図2）。井戸をずうっと掘っていくと、何層かの地下水の層にぶつかる。そして別の個人とその広い層でつながる。誰からも離れた細い井戸を、掘って掘って掘ったあげくに、つまり「孤立」の道を極めた果てに、広い「人とのつながり」の海に出る、というのです。

そういうあり方に村上は「ぼくは非常に惹かれたのだと思う」と言う。

僕が面白いと思うのは、こういう言い方、あり方、考え方が日本ではけっして珍しくない、と感じるからです。

ここには、僕自身がこの形象、このあり方にある種の思想的感応をおぼえるということを含めて、考えてみるべきことがあるように思います。というのも、こういうあり方に「惹かれる」ことのうちに、日本の戦後性ともいうべきものが顔をのぞかせているのではないかと思われるからです。僕の考えを言えば、こうした形象のうちに、近代の社会における孤立と連帯の主題に関して「原型的」なあり方が、いわば日本における世界史的な戦後性の核心として、摑まれているのです。

　たとえば、一九六四年のジャン＝ポール・サルトルが提示した「コミットメント」をめぐる命題。そこにもこれと同じ形をした考え方が含まれていました。サルトルは、『言葉』という自伝を刊行し、高級紙の「ル・モンド」で東欧のジャーナリストのインタヴューを受けるのですが、「飢えた子供の前で文学は可能か？」と述べ、大きな反響を呼びました。これは日本では文学のアンガージュマン（参加＝社会参加）をめぐる問いとして喧伝されましたが、このときのアンガージュマンにあたる英語が、コミットメントなのです。

　ところで、ではあなたの言う「アンガージュマン＝コミットメント」とは何かと問われ、サルトルは、「ギニアで（フランスの新理論

図２：連通管

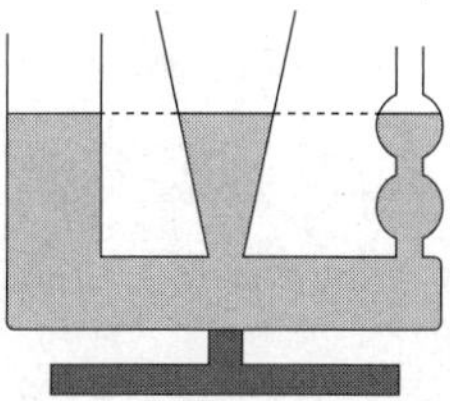

ヌーヴォ・ロマンの小説家である）ロブ＝グリエは読めない、しかし（単に孤立した二十世紀の小説家である）カフカなら読むことができる」と答えています。現代の作家は、自分の不安を解明しつつ、それをつうじて書かなければならない。自分の孤立の穴を掘り続ければそれは普遍性をもつ。孤立の道を極めるという仕方でも、小説家は社会に関与しうるというわけです。その延長あるいは淵源に、外からは純粋に詩の世界に沈潜したと見える詩人のマラルメにこそ、トータルなアンガージュマンがあるという彼の言葉がきます。マラルメは、毎日、勤め先への途上で橋を渡るときにも投身の誘惑に抗わなければならなかった、詩を書くことと自殺の意志とが、日々彼のうちで釣り合っていた、というのがサルトルがマラルメにコミットメントを見る理由なのです（平井啓之「マラルメの責任敢取《アンガージュマン》」）。

これも、自分の井戸を「掘って掘って掘っ」たあげくに「飢えた子供」のいる広くあらしい世界につながる回路があるという、村上春樹の確信に通じる「孤立」と「沈潜」の把握の一例でしょう。この「アンガージュマン（社会参加）」とそれと一見背反する「文学への沈潜」の両方を手放さず、その双方が通底するという確信に立って行動するという考え方の枠組みをサルトルがはじめてはっきりと示したのは、一九四五年創刊の『レ・タン・モデルヌ（現代）』における「創刊の辞」でのことですから、ここには世界史的な戦後性の刻印があるでしょう。ここで世界史的な戦後性と僕が言うのは世界戦争出現によって現れた新しい「戦後性」のことです。同じ号に原爆と日本の無条件降伏にふれたサルトルの「大戦の終末」が併載されています。このサルトルの言葉が、当時、どのように世界のさまざまな場所で受けとめられたか、よくはわからないのですが、少なくとも日本ではこのサルトルの発言をめぐって特集が組まれるほどの反響がありました。

もう一つ例をあげましょう。ここに、アメリカの小説家、ティム・オブライエンの『カチアートを追跡して』を読んだ人はいないでしょうか。プリンストン大学の東アジア研究科でのランチトークでこの質問をしたら、読んでいる人が皆無だったので驚きました。ティム・オブライエンはヴェトナム戦争に従軍した経験をもつヴェトナム戦後のアメリカ人小説家として、少なくとも日本ではかなり知られた小説家です。でも、ことによればそれも、この人が「井戸」系の作家であることと無関係ではないのかもしれません。この小説家の『ニュークリア・エイジ』という作品の訳者は村上春樹です。そこには、核の恐怖に敏感な余り自分の家の庭に「穴」を掘る、大江健三郎の『洪水はわが魂に及び』を思い出させるエピソードの持ち主が主人公として登場してきます。オルダス・ハクスレーの『島』に無意味に「穴」を掘る住人たちの話が出てきますが、村上春樹の『世界の終りとハードボイルド・ワンダーランド』にもこれに酷似した無意味に「穴」を掘り続ける老人たちの話があったことが思いだされます。

さて、『カチアートを追跡して』のほうは、それに先立つオブライエンの出世作ですが、ヴェトナム戦争を舞台にした破天荒なとても面白い小説です。カチアートというアメリカ軍の兵士がヴェトナムの戦場から脱走する。それを軍の同じ分隊の六人と中尉が追いかけていく。カチアートはどんどん逃げてインド、アフガンから、とうとうパリまで逃げのびる、それを追跡者たちがヒッチハイクなどしながらやはりパリまで追いかけていく。その非凡かつ抱腹絶倒の物語にあって、途中で追跡者たちがヴェトコンの穴に落ちる。するとそこにはすでにヴェトコンに幽閉された者がいて、彼らにその幽閉者が、君たちはここからもう出られない、と言うのです。「まだわからないのかい？　出口なんてないんだ。これはパズルなんだよ」。幽閉者は、アメリカ兵に君たちの敵はこの「大地《サ》」なのだ、それは「共同体」につながる、と言います。この大地の穴に捕らえられたらもう出られないのだよ、と。しかしその時、彼らと一緒に穴に落ちた難民の娘がこう言うのです。「道ならあるわ」、「大地《サ》から脱け出るにはそのなかに溶け込まなきゃ駄目」、「入口が出口なのよ」と。彼女は、「この穴には落ちて入ったんだから、今度は落ちて出られるはず」だと言う。この言い方がすばらしい。追跡者たちは半信半疑で穴をどこまでも下へ下へと降りていきます。そして不思議なことにとうとう、難民の娘が言ったとおり、そのまま、「落ちて入った」この穴から地上へと、「落ちて出」ていくのです。

何とも奇怪な話ですが、説得力がある。そしてこの説得力は、まさしく「掘って掘って掘っ」たあげくに広い場所に出て行く村上春樹のコミットメントへの道と同じ質のものだと感じます。

村上はこのティム・オブライエンの小説を比較的多く翻訳していますが、このような資質、考え方の方向性に親近感を抱いているのかもしれません。

また、ついでに言えば、「穴」も井戸の派生形象と言えます。この「穴」の底への沈潜と孤立への偏愛という点では、大江健三郎が日本の現代文学での村上の先行者です。『万延元年のフットボール』、『洪水はわが魂に及び』にこれら「穴」にまつわるモチーフが出てきます。

しかし、それはどのように可能なのか。なぜ「下方に落ちていく」と「外に出る」のか。というよりそもそもそれは、どういう「デタッチメント」から「コミットメント」への移行の道なのか。

5 日本の戦後と「井戸」の形象

このような観点に立って見ると、村上春樹のいうあり方が、「自分の孤立をつきつめた後に、ある覚醒にいたる」、あるいは「自分の底で広大な無意識の地下水の層にふれる」ともいうべき、ある日本の戦後的な思考と僕の考えるものの考え方の原型に、連なるものであることが見えてきます。この点、戦後日本の精神史的な文脈の中で対極的な二人の代表的な思想家・学者が同じ考え方の型を示しているというのも、面白いことです。二人とは、戦後の代表的思想家、吉本隆明、そしてやはり戦後の代表的政治学者、丸山眞男です。

サルトルが「飢えた子供」をめぐるアンガージュマンのインタヴューで世界を騒がせた一九六四年に、日本で、吉本隆明という思想家が、一つの意味深い論文を発表しています。彼はそこで、日本の外がどんなふうであるかをよく知るもう一人の思想家、鶴見俊輔の、ある条件下でなら、一国内の一個人がその国の枠組みを超えるということは十分にありうるという言明（「日本知識人のアメリカ像」）に、たぶん同意できないものを感じたのでしょう、こう述べます。

まず鶴見ですが、彼は戦前の一時期をアメリカで過ごし、日米開戦後、無政府主義的言動の廉《かど》でFBIに逮捕され、収容所で卒業論文を書いてハーヴァード大学を十九歳で卒業すると、そのまま日米交換船で日本に帰国、その後徴兵され軍属としてインドネシアに送られています。そういう人物が、右の論考で、戦争末期、監獄に収監されていた共産主義者が、敵国の米国の空襲を歓迎するということはありえただろう、と述べた。これに対し、吉本は、鶴見の言うことはわからないでもない、しかし、やはり自分としてはその考えに反対したい、外国に住んだ経験をもたない自分は、鶴見に比べれば「井の中の蛙」だろうが、「井の中の蛙は、井の外に虚像をもつかぎりは、井の中にあるが、井の外に虚像をもたなければ、井の中にあること自体が、井の外とつながっている」、自分なら、そういう「方法を択びたい」、と記したのです（「日本のナショナリズム」）。

井戸の中は狭い。そこに住む蛙は井戸の外の広い世界を知らない。つまり、世間知らずで見識の狭い者には大局的な判断はできない、という意味の諺として日本には「井の中の蛙、大海を知らず」という言葉があります。吉本はこれを逆手に取って、もしこの井戸の中に孤立する蛙が井戸の外にはすばらしい世界があるに違いないと夢想し、自分のいまいる場所を掘り下げることをせず、ただ外にだけ目を向けるとすれば、それは、かえって外の世界から隔てられた「大海を知らず」の孤立のうちにあるということだが、そういう夢想を捨て、自分の足下に注意を向け、自分が井戸の中にいることの意味をどこまでも「掘って掘って掘って」いけば、そこでは「井戸を掘る」ということ自体が、井戸の外の広い世界に生きることと「つなが」っているはずである。「井戸」を掘り進めることで外部の「大海」に通じる道があるはずである。自分はその方法を選びたい、と述べたのです。

図示すれば、村上のそれ、またサルトル、ティム・オブライエンのそれと同じ、あの連通管の志向がそこに生きていることがわかるでしょう。奇《く》しくもサルトルが孤立も極めればアンガージュマンとなる、ということを文学について述べたとき、一方で、吉本は、その同じことをいわば「後進国」日本における思想の可能性の問題として述べているのです。

ここでもう一つ指摘しておかなければならないことは、吉本がここで、自分の反対する「井の外に目を向ける（＝虚像をもつ）」知識人の代表的な例として必ずや、政治学者であり、すぐれた思想家、あるいは思想史家でもあった丸山眞男を念頭に置いていただろうということです。というのも、彼はそれに先立ち、そのような趣旨に重なる激烈な丸山眞男批判の論を書いているからです。ところが、その丸山眞男が一九七二年に、「歴史意識の『古層』」という独創的でまたダイナミックな論考を発表しています。これは現在でも賛否両論ある丸山の後年の力作論文ですが、そこで彼は、日本の最古の史料である『古事記』以来のさまざまな歴史的文書を克明に検討、分析することで、日本人の古代以来の「歴史意識」の下部、底のあたりには「執拗低音」のように、やみくもな「時勢主義」、時の世界的大勢、社会の流れ・勢いになびくなかば無意識的な心的傾向があるのではないか、という見解を示しています。むろん丸山の言うのは、それから自由になるために、日本人はそのことをわかっている必要があるということです。またそれが単なる日本人論のようなものではないことを示すため、この傾向と古層と意識の三者関係を明示するのに彼はかなり苦慮して、執拗低音（バッソ・オスティナート）という音楽用語を持ち出してきています。原型というのではない。ただ曲の構成の底部（無意識）にあり、上部の音楽の構成（意識）を支えつつ、自ら時折り姿を見せるモチーフ（傾向）ということです。ところでこれも、井戸の底を「掘って掘って掘」ると、そのむこうに、ある地下水の層があるという、先の連通管と同型の確信のかたちなのではないでしょうか。

これは、吉本隆明と丸山眞男に共通して、「下層・底部」に、ある「ひろがり」が存在することへの直観が見られるという指摘です。しかし、これらと村上の志向の間につながりがあるというのは、単なる偶然ではないでしょう。一つに、これはけっして日本にあって特異な思考のかたちとは言えないからです。たとえば日本発の精神療法として知られ、大正期の精神科医森田正馬の創始になるモリタ・セラピー（森田療法）。この療法では、簡単に言うと、鬱性の病人に頑張れ、しっかりしろ、と督励する代わりに頑張るな、ただただ寝ていなさい、何もするなと、指示をします。自分の無力の底まで「落ちて落ちて落ちて」行きなさい、と言うのです。それで患者が自分の無力の底に降りついて、もう身体がむずむずしてじっとしているのはいやだ、何かしたい、というところに達するとはじめて草むしりとか雑巾がけのような単純な仕事を与える。私は専門家ではないのでかなり乱暴な要約かもしれませんが、これはそういう方向のセラピーであって、日本の大正期という精神療法の創成期に生まれた独創的かつ先駆的なメソッドでした。ところでその森田博士が、こう言っています。苦しみや痛みといった症状を除去しようとすることは、現実的でないばかりか、有害ですらありうる、神経症というのは治そうとするところが病気なのであり、これを治さないようにする生活態度こそが重要なのだ、と。

そしてここにこの森田療法の考え方を重ねてみると、これが村上春樹の唯一のメンターともいうべき存在であったユング派心理療法家の河合隼雄の考えにとても近いことがわかります。河合は、村上のオウム真理教のメンバーへの聞き書きである『約束された場所で underground 2』――これは英語版では、短縮されたうえで *Underground* の中に、地下鉄サリン事件の犠牲者へのインタヴューと一緒に収録されています――併録の「河合隼雄氏との対話」中「『悪』を抱えて生きる」の中で、「煩悩(=悪――引用者)があって消耗しないことには宗教にならない」、オウムの人には「煩悩を抱きしめていく力がちょっと少ない」、そこが問題だった、と述べていて、大事なのは悪と善の双方を抱えて生きるバランスだとも言うからです。後に触れますが、最新刊の長編『1Q84』では、カルト宗教の祖であるリーダーが、この河合の説を繰り返します。

さて、こうお話ししていくと、その対話で河合隼雄も言及しているのですが、このような確信の淵源に、一人の宗教家、あるいは一つの宗教上の立場ともいうべきものが特定できるかな、という気がしてきます。日本の精神史的系譜でいうと、鎌倉期の仏教の偉大な創始者の一人である親鸞という仏教者です。その親鸞に、これも日本ではとても名高い「善人なほもちて往生をとぐ、いはんや悪人をや」という『歎異抄』での不思議な言葉があります。善人というのは宗教的な意味での善行を積む人のことです。一心に励み善行を積むような人ですら死んだら浄土に行けるのだから、そんな心を少しも持たない悪人がみんな浄土に行けることは間違いないというのです。その理由は、阿弥陀は人々すべてが浄土に行けない限り自分も浄土には行きません、という願をかけて、衆生の救済に向かわれた、われわれ衆生はその阿弥陀の慈悲にすがる以外に浄土には行けないのだが、善人はどうしても自分を恃《たの》む気持ちをもつ。自分の至らなさ、「落ちて落ちて落ちて」自分の無力の底に至り、阿弥陀の慈悲にすがるというあり方を徹底するうえで、この自力を恃む傾向は害になる。かえって自分の至らなさ、ダメさ加減にふれる機会の多い悪人のほうがその点、可能性があるということです。

自分の無力の底に降りつく、自分の孤立を極める、自分の意識をどこまでも降りていく、自分の苦しみ、不安をつきつめる、とそのあり方には微細な違いこそあれ、これらサルトルから親鸞にいたるあり方には、――このように説明されるなら――どこかで連通管の構造が共通していることがわかると思います。

この親鸞の考えを自分の戦争体験とその後の思想の一つの淵源として全く新しい光の下に取りだしたのが、先にあげた吉本隆明にほかなりません。村上春樹の父が僧侶の家の出であったことも、同時に思いだされます。

しかし、それは、実際はどのような経験なのか。一歩を進め、そう問いを発してみると、その答えは見あたりません。その先について、そこにどのような契機があって、「悪人」が「救われ」、「落ちて落ちて」行った先に地上に「落ちて出」るということが起こり、「掘って掘って掘って」いくと「壁を越えてつながる」のか。

そこで本当のところ、何が起こっているのか。

それについて書かれたものはないのです。

しかし、『ねじまき鳥クロニクル』第3部の最後に、「井戸」が出てきます。ことによれば村上がそう意識することもなく描いているこの「井戸」の場面が、そこで起こることを示唆する、数少ない答えの一つなのではないでしょうか。

6　そこで何が起こっているのか

それについてお話しするには『ねじまき鳥クロニクル』第2部の終わりから話を説きおこさなければなりません。

『ねじまき鳥クロニクル』には都合三度、忘れられない「井戸」の場面が登場します。第一は間宮中尉の井戸の挿話で、そこでは間宮という将校が外蒙古の砂漠にぽつんと穿《うが》たれた深い深い井戸の底にただ一人で取り残されます。そこには日の光も届かない。しかし、ちょうど太陽が井戸の真上にさしかかる十五秒ほどの間だけ、真上から光が彼のもとに降りる。井戸の中が底面までまばゆく光り輝き、空間が沸騰する。そしてふいにもとの暗闇に戻り、暗黒の二十四時間マイナス十五秒がまたはじまるのです。

第二は、先に少しだけふれた主人公岡田亨が自分をみつめるために縄梯子を用意し、降りていく近隣の家の敷地にある井戸の話です。

彼は妻クミコに失踪され、その行方はどこともしれません。やがて一人だけの主夫生活のなかで思い屈したあげくふとその井戸に降りて時を過ごす。するとその井戸の底の闇は、彼にとって不思議な場所と化し、彼はそこから「壁を抜け」て、異世界の空間に踏みいることになります。ところで、第2部のちょうど真ん中あたり、「壁」を抜けて異界に赴き、暗い井戸の底に戻ってみるとそこにあるはずの縄梯子が消えている。ここが第2部までの「井戸」の形象をめぐる最大の山場です。近隣の風変わりな女の子笠原メイが彼のいないうちにその梯子をするすると引き上げてしまっているのですね。第2部までのこの登場人物笠原メイは、なかなかに不透明であり、後に述べる表現ですが、「換喩的」でもあって、強力です。井戸の上から顔を出し、空を背景にして主人公を見下ろし、自分がこのままどこかに行ったら、あなたは死ぬわね、と言う。「たぶん人を殺すのって思っているより簡単なことだと思うな」。そして半分だけあけてあった井戸の蓋をぴったりと閉めて立ち去る。井戸は真っ暗になります。それからまた、しばらくして彼女はやってきますが、今度は「自分が死んでいくことについて」ゆっくり「考えなさい」と言ったきり、もう戻ってこないのです。

こうして絶望的な一日を過ごした後、偶然、主人公は加納クレタに救出されるのですが、そこで二日近くもの間、自分の「死」と向き合わせられるのです。

ところで、この場面は、遠く第2部の最後、そして第3部の最後とつながっています。というのも、先にふれたようにこの井戸は第2部の終わり近く「痕跡も残さずに埋められ」るのですが、それは、井戸のできごと以来「長いあいだ」「姿を見せなかった」笠原メイが「八月の終わり」に再びやってくるとその口から主人公に示唆されることだからです。その後、小説はとある「十月の半ばの午後」のプールのシーンに移り、そこで終わるのですが、プールに浮かびながら、主人公は幻影を見ます。彼は「巨大な井戸の中にいる。それは温かい「井戸の底」です。第2部は、そこで水に浮かびながら、彼に、先に述べた妻クミコと電話をかけてきた謎の女をめぐる一つの「啓示」がやってくる場面で終わります。

そして、やがて、このことは後に触れますが、先のシーンの縄梯子を引き上げた笠原メイと、この第2部最後の区営プールのシーンが、第3部の終わりに、もう一度、井戸の底の主人公に「再帰」してきます。これが件の最後の井戸のシーンですが、その前に、以下、この場面のもつ意味の大きさをわかっていただくために、もう一度だけ、回り道をしましょう。

7　水と木の蓋と他者

ここまでの話のポイントはこういうことです。

一、村上春樹のデタッチメントからコミットメントへという移行の話は、なかなか意味深い。心に残る。われわれはわかったような気になる。でもよく考えると、本当にはわからない。
二、けれども『ねじまき鳥クロニクル』にはその答えが具体的な形ではじめてと言ってよいほどにダイナミックな形で示されている。何がそこで起こっているのか。
三、それをへて、『1Q84』では、その後の展開が示されている。その後の展開とはどのようなものか。
まず一ですが、なぜ村上の井戸の話は意味深かったのでしょうか。デタッチメントからコミットメントへ、という移行は、ふつうは、前項の否定となる方向転換ですから、二者の関係として「逆接」です。デタッチメントは、社会から身を引く。コミットメントは、社会と関わりをもつ、ですから方向は逆、ここにある接続詞は「しかし、にもかかわらず」です。ところが村上が述べ、僕が幾度かにわたりそれと同型のものとしてあげた例は、デタッチメントをそのまま進行させるとそれがコミットメントにつながるという「順接」のあり方です。ふつうは「逆接」であるものがそこで「順接」で現れる、それがここに例をあげたあり方の特異性の核心なので、このあり方にこそ、「ぼくは非常に惹かれた」のだと、村上は語っていました。

ところで、第3部の最後に先に述べた、第2部の二つの「井戸」に関わる場面を「綜合」した一つのシーンが登場してきます。

「僕」が再び異界から戻る。ゼリー状の「どろり」とした「壁」を「通り抜け」て、というところまでは第2部なかば、先の縄梯子がなくなるシーンと同じなのですが、その後、主人公が前のように井戸の底に腰を下ろすところからが違う。今度は縄梯子がないのではない。二度目の井戸には一度目とは違って「鉄の梯子」がかかっています。けれど、その代わりに井戸が生き返る。コンクリート製の井戸に水が湧いてくるのです。しかもその水は第2部の最後の「プール」の水のように「温か」い。その水が徐《おもむ》ろに水嵩《みずかさ》を増してきます。そしてそれが徐々に腰から胸、そして首へと迫ってくるのです。すると「僕」にあの第2部なかばの場面のことが思い出されます。笠原メイが、今度は助けに来てくれる情景が一種の幻想として主人公の頭に浮かんでくるのです。その幻想の中で二人はやりとりをする。「ねえ、ねじまき鳥さん」、「そんなところでいったい何をしているの? また考え事?」。「僕」はこのままだと溺れそうだと上を見上げ、そうは語られませんが幻想の笠原メイに向かって助けてくれ、と幻想の声で呼びかけます。

事実、作者はこの最後の場面で主人公「僕」が水死するという場面も選択肢の中において、書いていたらしい。執筆後のインタヴューでそういうことを語っています。作者にここで何が起こっているのか。彼にはこの小説を書いていって最後にいたり、この井戸が生き返り、コンクリートの井戸の底から水が湧いて出てくるのでなければならない、ということだけがわかっていたのでしょう。その水は、第2部の最後の場面、巨大な井戸の幻像が主人公に訪れる、あのプールの水です。それは、冷たくはない。「まるで温水プールの

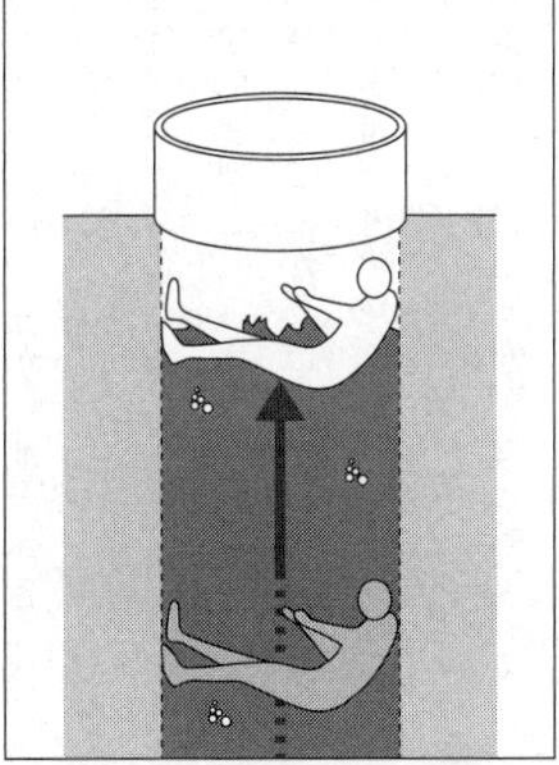
図3：水が彼を「差し戻す」

中に浸《つ》かっているみたいだ」と主人公は思うのです。

さて、これから僕のささやかな「発見」について述べるわけですが、この小説を読んだ時点では、実はこれから言うことに気づきませんでした。この場面の初読から五年後、二〇〇〇年に、ある新聞でこの後彼が書くことになる連作短編集『神の子どもたちはみな踊る』の最後の作品「蜂蜜パイ」にふれ、先のデタッチメントからコミットメントへの移行について書こうとしている時、ふいに、このシーンが思い出され、そしてハッとしたのです。ここに、村上があの「デタッチメントからコミットメント」への逆接＝方向転換ではない、「掘って掘って掘ってい」ったあげくに外に「つながる」順接のあり方の全的に展開された形が、実はもう語られているのだ、ということに、ふいに気づきました。

ここで起こることを、第2部の二つの「井戸」の場面の綜合として再構成してみましょう。すると、この後にやってくるのは次のような場面であり、次のようなできごとだということになります。

つまり、井戸の底から湧いて出た水がやがて「僕」の身体を浮かせ、彼を図3のようにゆらゆらと井戸の底から地上へと「差し戻す」。ここで「差し戻す」というのは裁判制度で裁判所で決めたことが上告され、上級裁判所がその判決を取り消して審理をやり直させる場合、「差し戻す」と言いますが、そのような含意で用いています。そのように、「水」は上位の審級として彼を「井戸の底」から押し返し、「地上」に向け、「差し戻す」のです。

しかし、ここからは僕の妄想ですが——その妄想を助けるのが最後の場面の主人公の幻想の「笠原メイとの対話」です——、地上に「差し戻」されそうになると、その地上すれすれのところで第2部での時と同じく（笠原メイの手により）その井戸には蓋がしてあり、その蓋のうえには石が載せられているという事態にぶつかるでしょう。彼は地上近くまで運ばれる。しかし井戸のてっぺんはふさがれている。彼が井戸の底から地上に水の浮力で「差し戻」される、そして彼が地上に脱出しようとするその間際で、彼は井戸の蓋にふさがれ、やがて水が彼の喉元に迫り、地上すれすれのところで彼は死ぬ。水の勢いは彼の首の骨を折るかもしれません。——そこを、第3部では、すれすれのところで、彼はやはり若い人間、しかも、笠原メイでも加納クレタでもない第三の存在、シナモンの手により、助けられることになります。

さて、ここに描かれる情景。水が上昇する。彼がその水面でまるでゆりかごのなかの赤子のように揺れる。揺れつつ上昇する。しかしてっぺんに蓋。地上に帰還する寸前で彼は首を折り、水死する、水死しそうになる、そこを若い他者の外からの救助により、救われる。――このダイナミックなイメージ。これこそ、「『井戸』を掘って掘って」そのあげくに「地上に出る」あり方が実際はどうなのか、ということへの見事な答えなのではないか。

僕にはそんな考えが浮かんだのです。

実はこのデタッチメントからコミットメントへの移行を別様にそのまま描いたと思われる短編があります。本書の中でいずれ取り上げますが（下巻、第12章）、一九九五年九月に神戸と芦屋で彼として初めて行った公開朗読会の際、それに向けて改稿した「めくらやなぎと、眠る女」という短編です。

それは、自分はあなた方地震の犠牲になった人々――現在弱い立場にいる人々――によってこそ助けられる、というメッセージをひめた「改稿」短編です。その原型ともいうべきものが、その直前の八月に刊行された『ねじまき鳥クロニクル』第3部の終わり、この場面に現れているのです。

岡田亨は最後のところで助けられる。シナモン、おだやかな若者に。後にふれるように、「めくらやなぎと、眠る女」における「僕」と「いとこ」の関係と同じなのです。

この「達成」の意味を明らかにするために、デタッチメントからコミットメントへ、という移行を、これとは逆の、普通考えられる「逆接」の思考変換――「にもかかわらず」の考え直し、反省して井戸の外へ出るケース――、一種の転向の場合で考えてみましょう。

その場合、原型的に言えば、これは一度は「掘って掘って掘って」降りていった井戸から人が反省し、その外に出て、その後その反省の念に従い、井戸を「土で埋める」ということです。その場合「僕」はこれまでの「引きこもり」を反省し、自力で地上に抜け出し、その後、その井戸を土で埋めるのです。土はどうなるか。それは落下する。上から下へ。そして、井戸を埋め戻します。

しかし、『ねじまき鳥クロニクル』に示されているのは、そうではなく、「掘って掘って掘って」進んだあげくに、「井戸」が生き返る、ということです。そしてその底から水が湧き出る、下から上へ。そして土ではないその水が、井戸の空洞を順次満たし、彼を抱きとり、地下（デタッチメント）から地上（コミットメント）へと「差し戻す」のです。

しかし、それには当然、生命の危険がともなう。なぜなら、井戸のてっぺんには木の蓋がわたされ、その上には石が置かれている。誰か外にいる他者からの助けなしにはその「自力」での地上帰還は最後の最後「死」で終わる定めだからです。彼は最後、地上すれすれで窒息し、首の骨を折り、死ぬでしょう。でもそこまで死を賭して進むなら、きっと誰か、若い人間が外から来て、彼を助けてくれるに違いない——。

このことは、次のことを語っています。デタッチメントを極めると、その最後にコミットメントとつながる、というのは、井戸を掘っていくと、その果てに地下水の層がある、というようなどちらかというと悟りにも似た、静的なあり方ではけっしてないこと。むしなかったはずです。むしろ逆に、命がけの飛躍をはらんだ動的きわまりないできごとだということ。これがどんなにダイナミックな移行のイメージであるかは、いくら強調してもしすぎることはないはずです。

そこにはまた、二つ、他からくるモメント、契機があるでしょう。一つは水。当初われわれが考えたとおり、掘っていく先には水があるのです。その水とわれわれはつながるのでないといけない。しかしそれだけではダメです。その水は、そんなにおとなしい契機ではない。それは深い所にあるものの「圧力」でわれわれを地上に押し返す。「差し戻す」。重力に逆らって。そしてもう一度、地上で生きよ、とやさしく、しかし否応なく、われわれを地上へ返還するのです。しかし、われわれが意を決して「深く地下をめざした」のは明らかに「地上」から撤退しようという確固たる意志によるものだったはずです。そのわれわれの意志は、今度は井戸の出口をふさぐ木の蓋として、われわれの帰還の前に立ちはだかるでしょう。それはそうでなければならない。われわれが地上から撤退したのにも、命がけの決意があったからです。それをもし除去する契機があるとすれば、それはわれわれの内部にはない。それは、他から、むしろわれわれを迎え入れる、まだ弱い力なのです。それは「弱いもの」としてやってきて、われわれを「外」へと連れだし、そしてその「弱さ」を通じ、われわれから「強さ」を引き出し、われわれの命を救うのではないでしょうか。

8　浮力のない水

一度、新聞に書いた際、僕はほぼそのようなメッセージを念頭に、このことを記しました。われながらこの「発見」で頭が熱くなっており、村上は、最後、それこそ渾身の力で、こういうダイナミックなイメージにまで到達していたのだと考えていたのです（「村上春樹氏の近作」毎日新聞二〇〇〇年六月一日、「井戸を埋める」『ポッカリあいた心の穴を少しずつ埋めてゆくんだ』参照）。そして『ねじまき鳥クロニクル』について数年後もう一度書いたおり（「あとがきにかえて――『ねじまき鳥クロニクル』第3部への10年後の追記」『村上春樹イエローページ2』幻冬舎文庫版）、やはりそのことを再度、繰り返しました。

しかしこのたび、本書のために久しぶりに『ねじまき鳥クロニクル』を読み返してみたところ、この最後の部分に関する考察が、僕の単純な思い違いの産物であることがわかりました（笑）。

というのも、『ねじまき鳥クロニクル』の記述では、最後の水が湧いてくる場面で、主人公の身体は水に浮かない、からです。『ねじまき鳥クロニクル』の第2部の最後で水はふだんの通り浮力をもっています。主人公はプールの水に身体を浮かせて闇の天井を眺めつつ、ある啓示の声を聴いています。しかし、第3部の最後になると、井戸から湧いて出たのでしょうか。そこはわからない。とにかく「僕」の身体は湧き出た水に浮かないのです。広いプールと狭い井戸では事情が違うのでしょうか。そこはわからない。とにかく「僕」の身体は湧き出た水に浮かないのです。

『ねじまき鳥クロニクル』第3部の末尾で、「僕」の様子はこう書かれています。「僕」は井戸の底に腰を下ろして動けない。一方、水は徐々に水嵩をまし、「喉もと」まで達しようとする。「このままで水が増えていけば、あと五分かそこらで水は僕の口と鼻を塞ぎ、やがて両方の肺を満たすに違いない。そうなると僕には勝ち目はない。結局のところ、僕はこうして井戸をよみがえらせ、そのよみがえりの中に死んでいくのだ」。そして「水が僕の口を越えていった。それから僕の鼻に達した。僕は呼吸を止めた。僕の肺は新しい空気を必死に吸い込もうとしていた。そこにはもう空気はない。あるのは生温かい水だけだ」と続いて、この章はこう終わります。「僕は死んでいこうとしていた。この世界に生きているほかのすべての人たちと同じように」と（第3部第三十七章）。

この浮力の消失は、翻訳の際にもチェックされることなく、英訳でも同じ形でなされています。ですから、そこには何らかの著者の意志が働いているのかもしれません。あるいは、それは著者の単純な「思い違い」なのかもしれません。著者がどのような渾身の無意識の暗部への沈潜の果てにこのイメージを摑んでいるかが、この個所の描写の力感を通じて読者に伝わってきます。この「デタッチメント」から「コミットメント」への転回が内蔵する「死」を包含したダイナミズムの全容を、作者自身、必ずしも意識していなかったということは大いにありえます。しかし、彼はそれが「死」のすれすれ近くまで行く、あるいは「死」をくぐる以外の回路を通らずにはありえないことを、そこはしっかりと、直観していました。ここで彼が、僕が先に述べたようなあり方をほぼ盲目的に、しかし直観的にはっきりととらえつつこの場面を書いただろうことは、この第3部の末尾の「井戸」の場面を第2部の二つの「井戸」の場面と重ねることで、それに言及しつつ、書いていることから明らかだからです。

ここで「僕」はほとんど死ぬのでなければならない。少なくとも死すれすれのところまで行くのでなければならない。そういう直観が、ここで彼に、水は人を浮かせる、ということを思い出させなかったのかもしれません。あるいはもし浮いたとしても「井戸の蓋はしっかりとふさがれたまま」なので、彼は最後、溺死する。結果は変らないのですが、他に何か考えるところがあったのかもしれません。しかし、いずれにせよ、僕は、ここには明らかな一歩の踏み出しがあると思います。一九六四年に吉本隆明は「井の中の蛙は、井の外に虚像をもつかぎりは、井の中にあるが、井の外に虚像をもたなければ、井の中にあること自体が、井の外とつながっている」と書きました。しかし、それは出発点にすぎない。そこから、ほんとうに「井の外」とつながろうとすれば、「井の外に虚像をもつ」というのでない、それこそ「井の中にあること」に立脚して「井の外」に生きる別のあり方が必要になる。そしてそうするためには、われわれは一度死のすれすれに近接する場所まで行かなければならない。逆接を通過するとは命がけの行為だからだ。そういうことを、このダイナミックなイメージは、教えていると思います。

この作品の作者も、自分は第3部末尾で今度はもうこの先はないと思える徹底度で井戸の底から地上に「差し戻」されたと感じればこそ、「井戸」はもうよい、次は地上だとばかり、次の作品で、自分の作品世界にはもう「井戸」が用済みとなったと語っているのでしょう。またそれに先立ち、日本に帰国して定住することを決意し、初の朗読会を企画し、あの「井戸」の比喩で自分の態度変更について語っているのではないでしょうか。

同じく朗読会の直後から、彼が地下鉄サリン事件の犠牲者たちへの聞き書きという企てに着手していることにも、この第3部末尾の達成が、彼を次の場所へと促すものだったということの一端が顔を見せています。最新刊長編の『1Q84』がまた、そういう思いの背中を押しもするのです。

9 隠喩的世界から換喩的世界へ

さて、ここにあるのは『ねじまき鳥クロニクル』の日本語版三巻本、英訳本、そして新刊『1Q84』のBOOK1、BOOK2、BOOK3です。

こうして示せば皆さんおわかりのように、新刊の『1Q84』は、この『ねじまき鳥クロニクル』と一対一で対応しています。
まず、二つの作品はともに一九八四年の物語です。『ねじまき鳥クロニクル』の英訳本を見ればはっきりとしますが、そこには、
Book One: The Thieving Magpie June and July 1984,
Book Two: Bird as Prophet July to October 1984,
Book Three: The Birdcatcher October 1984 to December 1985
と書いてあります。一方、『1Q84』の三冊にもそれぞれ、a novel BOOK 1〈4月―6月〉、a novel BOOK 2〈7月―9月〉、a novel BOOK 3〈10月―12月〉とありますから、これは明らかに『ねじまき鳥クロニクル』を意識しての書式でしょう。英訳されればこの部分は、さだめし *1Q84*〈one-Q-eight-four〉Book One: April to June, Book Two: July to September, BOOK Three: October to December とでも表記され、両者の照応が、よりはっきりするはずです。
ところで、この作品にも「井戸」が出てきます。そしてBOOK2の最後にこれが消えていることが、わかります。
『スプートニクの恋人』では仄《ほの》めかされるだけだったこと、つまり井戸の消滅を受けて、それがどういうことか、ということがこの小説で語られているのです。
こう言えば、ここにいる人のうち、もうこの小説を読んだ人はすぐに気づくでしょう。

そう、出てくるのは透明な井戸です。そして、その井戸にはやはり、「鉄の梯子」がついていて、そこだけが透明ではありません。ですからその井戸は、ただの梯子――非常階段――として存在している（あるいは世界全体として存在している。「1Q84」という巨大な井戸世界として。そしてその場合には、この巨大な井戸の底から上を見上げると、空に二つ、月が浮かんでいることになります）。その透明な井戸の「鉄の梯子」をこの小説の主人公の一人、青豆は、垂直に降り、異世界つまり1Q84年の世界に入り、そしてBOOK2の最後、そこから再びもとの世界に戻ろうとするのです。

読んでいない人が大半でしょうから、少し説明すれば、この小説は二人の主人公がそれぞれの世界で生きつつ、互いを探しあう、パラレルワールド仕立て、『世界の終りとハードボイルド・ワンダーランド』、『海辺のカフカ』と同趣向の構成をもっています。

このうち、主人公が一つの世界から異世界に赴く最初の場面。そこはこう描かれています。この小説の主人公の一人、スポーツジム・インストラクターでかつ特異な殺し屋でもある青豆が首都高速三号線上りの三軒茶屋付近の車線で、タクシーを下車するBOOK1第3章のくだり。

彼女は、仕事遂行のため、渋滞で動かない高速道路上のタクシーを降り、近くにある緊急避難用の「非常階段」を伝い、一般道路国道二四六号線に降りるのですが、この非常階段を伝っての降下が、それまでの世界（一九八四年の世界）から別種の異世界（1Q84

年の世界）に入る入り口となります。その場面。

青豆はストッキングだけの素足で、狭い非常階段を降りた。むき出しの階段を風が音を立てて吹き抜けていった。タイトなミニスカートだったが、それでも時折下から吹き込む強い風にあおられてヨットの帆のようにふくらみ、身体が持ち上げられて不安定になった。彼女は手すりがわりのパイプを素手でしっかりと握り、後ろ向きになって一段一段下に向かった。ときどき立ち止まって顔にかかった前髪を払い、たすきがけにしたショルダーバッグの位置を調整した。

眼下には国道二四六号線が走っていた。（『1Q84』BOOK1第3章）

さて、主人公はBOOK2の最後、この世界の「入り口」にもう一度赴きます。自分がこの異世界に入った「入り口」がどうなっているかという好奇心でそこに行く。そこからもう一度元の世界に抜け出られるのではないかという期待もあるのでしょう。しかし、「非常階段」が消えている。1Q84年の世界から一九八四年の世界への「出口」は、消滅しています。

あたりの風景は前に来たときと変わりはなかった。鉄の柵があり、その隣に非常用電話の入った黄色いボックスがあった。

ここが1Q84年の出発点だった、と青豆は思った。

この非常階段を使って、下にある二四六号線に降りたときから、私にとっての世界が入れ替わってしまった。だから私はもう一度この階段を下りてみようと思う。（略）もう一度同じことをやってみる。それはあくまで純粋な好奇心からなされることだ。あのときと同じ場所に、同じ服装で行き、同じことをして、どんなことが持ち上がるのか、私はただそれが知りたい。（略）

青豆は鉄柵から身を乗り出すようにして非常階段を探した。しかしそこに非常階段はなかった。

何度見ても同じだった。非常階段は消えていた。（同前BOOK2第23章）

彼女は高速道路から二四六号線に降りる緊急避難用の非常階段を降りようとする。しかしどうでしょう。非常階段は、高速道路から、下に垂直に降りている。それはいわば透明な竪穴型の通路にかかった「鉄の梯子」です。ここまで僕の話につきあってきてくださった人は容易にこれが最後、「鉄の梯子」だけを残して透明化するにいたった「井戸」の派生形象であると気づくでしょう。『1Q84』の主人公は、いわば井戸を下りてその底から異世界に入る。あるいは井戸の透明な壁伝いに巨大な井戸世界＝異界に降りる。そしてそこから脱出しようと再び井戸のある場所を訪れるのですが、井戸は「埋められている」。そこにもう、ないのです。

しかし、ついでBOOK3がはじまると、その末尾で、『ねじまき鳥クロニクル』の第2部から第3部への転進の場合に見られたことが、今度は先に見た第3部の「差し戻」しの動態を繰り入れる形で、繰り返されます。BOOK3が終わろうとする。青豆は、もう一度そこに赴きます。あのときは非常階段、透明な井戸の鉄の格子を「上から下へ」と降りた。そのことが入り口となった。では、それを逆に「下から上へ」登ればどうか。「上から下へ」ではなく「下から上へ」。そうでなければ、出口は現れないのではないか。そう思いつく。そのことに思いあたり、今度は高速道路下の国道二四六号線を非常階段の降りつき地点めざして進む。するとそこに非常階段は「ある」。

　階段はそこを降りたときより、ずっと冷たく凍てついていた。握っている手がかじかんで、感覚を失ってしまいそうだ。高速道路の支柱のあいだを抜ける風も、遥かに鋭く厳しい。その階段はいかにもよそよそしく挑戦的であり、彼女に何ひとつ約束してはいなかった。

　九月の初めに高速道路の上から探し求めたとき、非常階段は消滅していた。そのルートは塞がれていた。しかし地上の資材置き場から上に向かうルートは、今もこうして存在している。青豆が予測したとおりだ。その方向からであれば階段はまだ残されているという予感が彼女にはあった。（略）（同前ＢＯＯＫ３第31章、傍点引用者）

そして、そこから、青豆と天吾は別の世界へと抜け出ていくのです。

このことが意味しているのは、どういうことでしょうか。

僕は、簡単に言えば、村上春樹の作品が大きく、あの『ねじまき鳥クロニクル』第3部の末尾における「井戸」の消滅を契機に、隠喩的な世界から換喩的な世界に変わったのだということが、ここに示されているのだろうと考えます。

『１Ｑ８４』が一九八四年の物語であるのは、むろんジョージ・オーウェルの『一九八四年』を下敷きの一つにしているからです。しかし、この小説が書かれてみて、われわれはそういえば『ねじまき鳥クロニクル』もまた一九八四年の物語だったと気づかされます。ことによれば、『ねじまき鳥クロニクル』を一九八四年の物語に設定した段階で、村上には『一九八四年』のことが頭にあったのかもしれません。というのも、そもそもジョージ・オーウェルが彼の近未来小説の舞台を一九八四年としたのは、その構想・執筆時が第二次世界大戦直後の一九四八年だったからで、彼はその数字を逆転することで、『一九八四年』を得ているという説が有力だからです。その主人公ウィンストンの名が第二次世界大戦のイギリスの救世主ウィンストン・チャーチルから取られていることからもわかるように、この小説は戦後性と深く結びついた作品です。村上が、ノモンハン事件を取り上げ、日本における戦争の記憶との関連で年代記をタイトルに含む『ねじまき鳥クロニクル』を構想し、その物語の時点を一九八四年に設定したとき、すでに彼の中で『一九八四年』とのつながりが生まれていたというのはけっしてありえない推測ではないと思います。

ではこの二つの一九八四年の物語はどのような関係のうちに照応しているのか。そう考えるとき、一方（『ねじまき鳥クロニクル』）は、「井戸」のある世界の意味を語る最後の小説、他方（『1Q84』）は、「井戸」のない世界の意味を語る最初の小説、そして一方は「隠喩的世界」、これに対し他方は「換喩的世界」、そんな対比が思い浮かびます。一方が「井戸」のある世界。他方が「井戸」のない世界。しかし、後者に「井戸」がないのは、その世界全体が「井戸」になっているからにほかなりません。

それがどのような変化なのか、また、近年の村上春樹の長編小説とここで扱おうとする彼の短編小説の間に、どんな連関がいま生じようとしているのか。ここにいる三分の一強の人は、この小説がまだ読めない。英訳がないので（笑）。

そのことを念頭に、簡単にその外枠を述べて序の話を終えることにします。

ここで隠喩的 metaphoric と換喩的 metonymic というのは、主にフランスの精神分析の泰斗ジャック・ラカンの知見等に基づいた分類で、いわゆる伝統的な修辞学の修辞分類とは異なる理解です。詳しくは以前このことに触れたくだりに譲りますが（『テクストから遠く離れて』)、簡単にいえば、隠喩的な世界とはそこに生きる人間においては頭（思考）と身体（感覚）と心（感情）が一緒に存在し、一体をなしている世界のことで、また、そこでは言葉の言語記号としての意味内容（シニフィエ：SE）と聴覚映像（シニフィアン：SA）が一対一対応をなしています。これに対し、換喩的な世界のほうはそこに生きる人間において頭（思考）と身体（感覚）と心（感情）がばらばらに存在し、その一体性が失われている世界のことで、そこでは言語記号としての意味内容（SE）から聴覚映像（SA）が切り離され、いわば聴覚映像（SA）だけが「代入」「代置」「置換」可能な形で浮遊しています。ここで知っている人はラカンのいう「浮遊するシニフィアン」という言葉を思い浮かべて下さい。

別に言えば、隠喩的な世界とは、まだ現実の現実感が「ほんもの」感をともなって感じられていた世界のことであり、換喩的な世界は、現実世界の現実感がヴァーチャルなそれとの間で、いずれがほんものかわからず、その「ほんもの」感を失った世界のことだと言ってみることもできます。

さて、僕はこれまで、村上の文学世界について、それが三つの時期に区分できるだろうという見方を行ってきました。近年発表したある論考に、こういう説を発表していますﾞ(「関係の原的負荷――二〇〇八、『親殺し』の文学」『文学地図――大江と村上と二十年』)。

この三区分の第一期は、小説世界の基本構造が自意識というか、個と世界という関係に定式化できる段階です。ここでは、たとえば主人公は何らかの原因から相手の女性と心を通わせることができません。相手の女性はたとえば「どうもあなたは私を必要としていないようだ」というような書き置きを残して、去っていきます。ですから、そこに女の子、ちょっとすてきそうな女性が登場してきても、恋愛関係には進まない（ないし進めない）ことがその世界の指標をなしているし、また本質をもなしています。世界構造としては、個の点からなる世界。長編の作品として言えば第一作『風の歌を聴け』（一九七九年）から第四作『世界の終りとハードボイルド・ワンダーランド』（一九八五年）まで。同じことが短編作品についても言えるでしょうが、第一短編集に収められている「午後の最後の芝生」（一九八二年）から第五短編集に収められている「ファミリー・アフェア」（一九八五年）あたりまでがその段階にあたっています。

しかし、その後、第二期として、村上の小説世界の基軸は、対の構造というか、恋愛する対の関係に変わります。そこでは女の子ないしすてきそうな女性が出てくれば必ずと言ってよいほど「恋愛」関係ないし性的な関係に進みます。そのため小説世界の構造は、しばしば三者の関係というあり方をも示すことになる。世界構造としては、横の対関係が基軸となります。短編作品では、あまりこの時期の世界構造に該当するものは見あたらないのですが、長編の作品として言えば「一〇〇パーセントの恋愛小説！」を謳った第五作『ノルウェイの森』（一九八七年）から『ダンス・ダンス・ダンス』（一九八八年）、『国境の南、太陽の西』（一九九二年）、『ねじまき鳥クロニクル』（一九九四〜九五年）までが一応、この時期のものとして、分類できます。

　さて、これに続く第三期は、縦の関係である父と子、親と子ともいうべき関係軸が基軸をなす世界です。ありていに言えば、父と子の関係が前面に出てくる。長編で言えばはじめて大人と子どもの関係が出てくる『スプートニクの恋人』（一九九九年）、父殺しの小説『海辺のカフカ』（二〇〇二年）、また「父と子」の主題を底流させる連作短編集である『神の子どもたちはみな踊る』（二〇〇〇年）の時期の作品群の世界で、大人と子ども、父と子、いわば通時軸上の縦の関係がその世界の基軸となっています。補足すれば、この時期の作品の嚆矢《こうし》となる『スプートニクの恋人』では、最後近くに、小学校教師の主人公「ぼく」の前ににんじんという生徒が現れます。これが、この縦軸の長編小説における最初の露頭の場面です。それに先立つ村上作品最初のこの関係の露頭は、先に述べた、一九九五年の朗読会で読まれた改稿版の短編「めくらやなぎと、眠る女」の改変された主人公「僕」と年下のいとこ「彼」の関係だと言えます。つまり、あの「井戸」の消滅の直後に、弱い立場の他者として、「子ども」が彼の小説世界に出現しているのです。

　しかし、『神の子どもたちはみな踊る』以後、『海辺のカフカ』（二〇〇二年）、『アフターダーク』（二〇〇四年）、『東京奇譚集』（二〇〇五年）をへて、今回『1Q84』（二〇〇九〜一〇年）がこのような形で現れたのを見ると、この三区分は生きたまま、これと共存し、これに被さる形で、より高次に、彼の文学世界が隠喩的世界から換喩的世界へと転換してきているのではないかという思いにとらわれます。

これまで、ずうっと村上春樹の小説世界には「井戸」があり、言ってみれば人は自分の無意識の世界に降り立ち、その無意識の地下水の層をへて、同じ個人のままに異世界へと抜けて行けました。しかし、その「井戸」がそのようなものとしては消滅する。すると世界はどうなるか。そこで人間は、同じ場所に「同時存在」する二つの個のような存在、二人として存在するような存在、いわば頭と身体と心が別々に存在し、時に相手を探しあう複数存在のようなものに変わっている。いつの間にか、世界全体が井戸になってしまっているとも、見えてきます。

その節目が、あの『ねじまき鳥クロニクル』第3部の末尾の「井戸」の場面だったのではないか。

それを境に、村上の小説世界は、「井戸」のあった世界と、「井戸」のもうない世界（＝それ自体が井戸内部であるような世界）とに分かれているのかもしれない、そういう区分がこの作品によって示されているのかもしれないと、思います。

だとすれば、彼の作品は大きく分けて、『風の歌を聴け』から『ねじまき鳥クロニクル』までが隠喩的な世界であり、それ以後、『スプートニクの恋人』、『海辺のカフカ』、『アフターダーク』、そして今度の『１Ｑ８４』と、換喩的な世界へと変わっている、とも見えるし、あるいはこれを、彼の小説世界を作り上げている要素を、隠喩的なものと換喩的なものに分けることが可能で、彼の作品には、徐々に、隠喩的な要素から換喩的な要素への転移が生じていると言ってみることも可能なのかもしれません。そういうことで言えば、最初の換喩的人物は、たぶん短編「納屋を焼く」（一九八三年）の登場人物、納屋を焼く青年で、これが『ダンス・ダンス・ダンス』の五反田君、『ねじまき鳥クロニクル』の綿谷ノボルへと一つの系譜を形成するというようにも言えるでしょう。あるいは、先に述べた『ねじまき鳥クロニクル』の笠原メイは第2部までの作品世界では換喩的人物で危険かつ魅力的だったのだが、第3部では隠喩的人物に逆戻りし、その魅力のありようを変質させていると言うことも可能かもしれません。

『1Q84』は換喩的な指標にみちていますね。たとえば、月が二つある。それはそこにあるのは月ではないということです。あるいはそれを見ている場所は地球（＝大地earth）ではないということです。『アフターダーク』では宙づりの語り手が「私たち」を名乗ります。その「私たち」が空の上から地上（earth）を見下ろし、どこにも透過していくのですが、そこで見下ろされていた登場人物がそこから上を見上げる。するとそこに「私たち」がいる。つまり二つの月が浮かんでいる。そういうことなのかもしれません。『アフターダーク』もまた、巨大な井戸の中で語られる物語なのかもしれません。

よい機会なので、本来はその場ではありませんが、短編との関わりで、もう少しだけ言って、この話を終わりにします。この新作長編のあり方を考える上で、念頭に置かなければならないことが一つあるとすると、それは、こういうことでしょう。

たぶんこの作品のはじめての草稿が脱稿されたときに行われたのだろう、刊行一年二カ月前のインタヴュー（「村上春樹さんインタビュー　物語は世界共通言語」共同通信配信、聞き手小山鉄郎記者、信濃毎日新聞二〇〇八年三月三〇日）で、そこで書かれている長編の草稿がかなり長大なものであることが報道されています（そこで村上はこう述べています。「今、次の長編を書いています。長いんです。やたら長いの！」）。

一方、それから約一年後、二〇〇九年二月、イエルサレムで行われた演説で、村上春樹は彼の父が近年亡くなったことを明らかにしています。たぶん、刊行に向けての最終的推敲がほぼ終わったので、彼はイエルサレムに行ったのでしょう。そしてその最終的原稿にいまは父の死の場面を書いているので、そこでそう話すことになったのだと思います。

事実、それに対応することを窺わせる場面が、それから三カ月後に刊行された『1Q84』のBOOK2末尾近くに登場してきます。その主人公の実質的な父との別れのシーンは、心を動かす（BOOK3が書き継がれると、父はその後、昏睡を続け、しばらく生きる形になります。でも言葉を交わすのはこのときが最後。このときが実質的な訣《わか》れの場面です）。ところでこの部分は、二〇〇八年三月、インタヴュー時点で「やたら長い」と語られた草稿にはなかったくだりなのではないでしょうか。

つまり、先の二〇〇八年三月のインタヴュー以後、一年二カ月の間に新たに加筆された部分が、この最後の父との別れの場面なのではないでしょうか。僕は、当初の草稿が思い描いていた、そこから立ち上がるはずだった世界が、実の父の死というできごとにより、いわば「父の死」で終わる物語へと集約していったのが、二〇〇九年時点の『1Q84』（BOOK1、BOOK2）なのだと受けとるのがよいだろうと思うのです。ご存じのように、その後、一年を経てBOOK3が現れますが、その展開のほうに、二〇〇八年の草稿の原型が、より色濃く現れているのではないでしょうか。

そう考えると、右に述べたように、この作品に二つの「父殺し」というか、「父の死」の場面が書き込まれていることの意味深さに気づきます。一つは、青豆、殺し屋的な「仕事人」の主人公がカルト宗教の始祖を殺害する個所に描かれる「父との対話」の場面です。主人公の青豆は「証人会」というカルト宗教のメンバーの子ども、相手は別の「さきがけ」というカルト宗教のリーダーですから、二つは違うのですが、カルト宗教でくくれば、これは「教団の中で育った子ども」と「教団リーダー」の対峙の場面です。ですから、ここは、彼女にとっての「父」と出会い、その「父」を殺す場面でもあるのです。しかしここは、一方で、あの『羊をめぐる冒険』の物語的準拠枠の一つとなった『地獄の黙示録』のカーツ大佐殺しを彷彿とさせつつ、他方で、先に引いた村上の精神的な師である河合隼雄との対話をも彷彿とさせる場面となっているのではないでしょうか。そこでの作中のリーダーの言葉、たとえば「善と悪のバランス」こそが大事だという説などを、作者は意図して河合隼雄との対話から「引用」しているとすら、思えるからです。ここに来て、われわれは村上がこの間、最近の実の父ばかりでなく、精神的な唯一のメンターであった河合隼雄という人物をも、亡くしていることに気づきます。そのような精神的な父の死を「経験」し、「通り過ぎる」ということが、ここでめざされていたからこそ、実の父親の死の経験が急遽、ここに乗り入れることが可能になっているのではないか。「父の死」あるいは「父との別れ」が二つの動因をもって、二つの表れとして核心となっているというのが、この作品の一つの特徴なのです。

しかし、もう一つある。「父の死」の主題が、この小説の一方の極であるとすれば、もう一方の極に、二人の主人公が「子ども」のときに経験した小さなできごとが置かれています。「井戸」が消滅して出現したのが換喩的世界であると同時に、「子ども」でもあったという先の指摘を、思いだしましょう。正直に言えば、僕はこの小説に、かなり深く揺り動かされました。読んだ当座は何も言いたくないと感じた。それは、「子ども」の経験する小さなできごとがこれら大きな物語をささえているという、この小説の基本構造と関わっています。

でも、その話は、次章からはじめる村上の初期短編の話と一緒に行うのがよいでしょう。序説はここまでとします。

第一部

初期

物語と無謀な姿勢

第1章
最初の選択——「言葉」か「物語」か

1 四つの時期区分

村上春樹を考えるうえで、短編の世界はどのような意味をもっているでしょうか。短編を手がかりに村上春樹の文学世界を踏破するとは、長編主体のアプローチに比べるなら、ちょうど新幹線で行き来するしかしてこなかった地域を、今度は新たに在来線の各駅停車で旅することと似ています。一人の小説家として、村上がそのデビュー時から、どのような課題にぶつかり、固有の困難を自らに課し、それらを克服してきたかが、いわば作者の側から見えてくる。僕にはそんな期待があります。

むろん長編の存在を念頭に置きながらですが、短編の世界を各駅停車式にへめぐって新たに見えてくるのは、村上の小説家としての闘いの様相です。

まず、短編世界全体を大きく初期、前期、中期、後期の四つに時期区分して見ていこうと思います。

短編作品の発表順リストを作ってみました（七八～八二頁）。

序に述べた『村上春樹全作品1979～1989』、『村上春樹全作品1990～2000』（以後、それぞれ『全作品第1期』、『全作品第2期』と呼びます）と、『東京奇譚集』（二〇〇五年）所収の短編に、『めくらやなぎと眠る女』から「バースデイ・ガール」、「蟹」の二編を加えた八十編を発表順に並べ、モーツアルトではありませんが、試みに作品番号をつけてみました。この表を手がかりに、僕の考える時期区分について説明します。

表を一瞥すると、すぐにわかることがあります。それは、われわれがふつう村上の短編の世界として理解しているものは、一九九一年くらいまでのものが主だということです。村上は一九七九年から執筆を開始していますから、当初の十二年間。それ以降、二〇一一年までで二十年を経過しています。およそ執筆期間の三分の一強にあたる期間。八十編のうち、六十四編が、その時期に書かれています（九二年発表の短編「青が消える（Losing Blue）」は、九一年末までの執筆と考えられます）。

なぜこのようになっているかというと、彼が、徐々に長編小説の執筆に専念する度合いを強めるようになったからです。事実、九一年以降の短編執筆の空白が何によって生まれているか。そう思ってこの表を見ると、この時期、『国境の南、太陽の西』、『ねじまき鳥クロニクル』の刊行に向け、本格的な長編小説の執筆が行われていることがわかります。

村上春樹短編リスト（1979〜2011、単行本及び『全作品』収録分）

区分	作品番号	作品名	初出発表号	初出発表媒体	収録作品集／収録順序	刊行年月	収録英訳短編集
初期	長編1	「風の歌を聴け」	79年6月	群像	『風の歌を聴け』	79年7月	＊
	長編2	「一九七三年のピンボール」	80年3月	群像	『1973年のピンボール』	80年6月	＊
	1	中国行きのスロウ・ボート	80年4月	海	『中国行きのスロウ・ボート』1	83年5月	EV
	2	貧乏な叔母さんの話	80年12月	新潮	『中国行きのスロウ・ボート』2		BWSW
	3	ニューヨーク炭鉱の悲劇	81年3月15日	BRUTUS	『中国行きのスロウ・ボート』3		BWSW
	4	五月の海岸線	81年4月	トレフル	『カンガルー日和』10		
	5	スパゲティーの年に	81年5月	トレフル	『カンガルー日和』15		BWSW
	6	四月のある晴れた朝に……	81年7月	トレフル	『カンガルー日和』2		EV
	7	眠い	81年8月	トレフル	『カンガルー日和』3		
	8	かいつぶり	81年9月	トレフル	『カンガルー日和』16		BWSW
	9	パン屋襲撃	81年10月	早稲田文学	未収録（全作品第1期‐8）	91年7月	
	10	カンガルー通信	81年10月	新潮	『中国行きのスロウ・ボート』4		EV
	11	カンガルー日和	81年10月	トレフル	『カンガルー日和』1	83年9月	BWSW
	12	あしか	81年10月	ビックリハウス	未収録（全作品第1期‐5）	91年1月	
	13	32歳のデイトリッパー	81年11月	トレフル	『カンガルー日和』12		
	14	タクシーに乗った吸血鬼	81年12月	トレフル	『カンガルー日和』4		
	15	彼女の町と、彼女の緬羊	82年1月	トレフル	『カンガルー日和』5		
	16	サウスベイ・ストラット……	82年2月	トレフル	『カンガルー日和』17		

前期

I

17	あしか祭り	82年3月	トレフル	『カンガルー日和』6		
18	1963/1982年のイパネマ娘	82年4月	トレフル	『カンガルー日和』8		
19	窓（註1）	82年5月	トレフル	『カンガルー日和』9		EV
20	書斎奇譚	82年6月1日	BRUTUS	未収録（全作品第1期-5）	91年1月	
21	図書館奇譚	82年6～11月	トレフル	『カンガルー日和』18		
22	月刊「あしか文芸」	82年7月	ヘンタイよいこ新聞	未収録（全作品第1期-5）	91年1月	
23	おだまき酒の夜	82年夏	ショートショートランド	未収録（全作品第1期-5）	91年1月	
長編3	「羊をめぐる冒険」	82年8月	群像	『羊をめぐる冒険』	82年10月	＊
24	午後の最後の芝生	82年9月	宝島	『中国行きのスロウ・ボート』5		EV
25	土の中の彼女の小さな犬	82年11月	すばる	『中国行きのスロウ・ボート』6		
26	シドニーのグリーン・ストリート	82年12月	海臨時増刊	『中国行きのスロウ・ボート』7		
27	駄目になった王国	82年12月	トレフル	『カンガルー日和』11		
28	チーズ・ケーキのような形をした僕の貧乏	83年1月	トレフル	『カンガルー日和』14		
29	螢	83年1月	中央公論	『螢・納屋を焼く・その他の短編』1	84年7月	BWSW
30	納屋を焼く	83年1月	新潮	『螢・納屋を焼く・その他の短編』2		EV
31	鏡	83年2月	トレフル	『カンガルー日和』7		BWSW
32	とんがり焼の盛衰	83年3月	トレフル	『カンガルー日和』13		BWSW
33	プールサイド	83年10月	IN★POCKET	『回転木馬のデッド・ヒート』4		
34	めくらやなぎと眠る女	83年12月	文學界	『螢・納屋を焼く・その他の短編』4		
35	雨やどり	83年12月	IN★POCKET	『回転木馬のデッド・ヒート』7		
36	踊る小人	84年1月	新潮	『螢・納屋を焼く・その他の短編』3		EV

	37	タクシーに乗った男	84年2月	IN★POCKET	『回転木馬のデッド・ヒート』3		
	38	三つのドイツ幻想	84年4月15日	BRUTUS	『螢・納屋を焼く・その他の短編』5		
	39	今は亡き王女のための	84年4月	IN★POCKET	『回転木馬のデッド・ヒート』5		
	40	野球場	84年6月	IN★POCKET	『回転木馬のデッド・ヒート』8		
	41	嘔吐1979	84年10月	IN★POCKET	『回転木馬のデッド・ヒート』6		BWSW
	42	ハンティング・ナイフ	84年12月	IN★POCKET	『回転木馬のデッド・ヒート』9		BWSW
	43	ハイネケン・ビールの……	85年5・6月	ショートショートランド	未収録（全作品第1期-8）	91年7月	
前期 II	長編4	『世界の終りとハードボイルド……』		新潮社	『世界の終りとハードボイルド……』	85年6月	*
前期 II	44	パン屋再襲撃	85年8月	マリ・クレール日本版	『パン屋再襲撃』1	86年4月	EV
前期 II	45	象の消滅	85年8月	文學界	『パン屋再襲撃』2		EV
前期 II	46	はじめに・回転木馬のデッド・ヒート	85年10月	書き下ろし	『回転木馬のデッド・ヒート』1	85年10月	
前期 II	47	レーダーホーゼン	85年10月	書き下ろし	『回転木馬のデッド・ヒート』2		EV
前期 II	48	ファミリー・アフェア	85年11〜12月	LEE	『パン屋再襲撃』3		EV
前期 II	49	双子と沈んだ大陸	85年冬	別冊小説現代	『パン屋再襲撃』4		
前期 II	50	ローマ帝国の崩壊……	86年1月	月刊カドカワ	『パン屋再襲撃』5		EV
前期 II	51	ねじまき鳥と火曜日の女たち	86年1月	新潮	『パン屋再襲撃』6		EV
前期 II	52	雨の日の女#241・#242	87年1月	L'E	未収録（全作品第1期-3）	90年9月	
	長編5	『ノルウェイの森』		講談社	『ノルウェイの森』	87年9月	*
	長編6	『ダンス・ダンス・ダンス』		講談社	『ダンス・ダンス・ダンス』	88年10月	*
	53	TVピープル（註2）	89年6月	parAVION	『TVピープル』1	90年1月	EV
	54	飛行機……	89年6月	ユリイカ臨時増刊	『TVピープル』2		BWSW

中期

55	我らの時代のフォークロア……	89年10月	Switch	『TVピープル』3		BWSW
56	眠り（註3）	89年11月	文學界	『TVピープル』6		EV
57	加納クレタ	90年1月	書き下ろし	『TVピープル』4		
58	ゾンビ	90年1月	書き下ろし	『TVピープル』5		
59	トニー滝谷（ショートヴァージョン）	90年6月	文藝春秋	『レキシントンの幽霊』5（ロングヴァージョン）		BWSW
60	沈黙	91年1月	書き下ろし（全作品第1期-5）	『レキシントンの幽霊』3		EV
61	緑色の獣	91年4月	文學界臨時増刊	『レキシントンの幽霊』2		EV
62	氷男	91年4月	文學界臨時増刊	『レキシントンの幽霊』4		BWSW
63	人喰い猫	91年7月	書き下ろし	未収録（全作品第1期-8）		BWSW
64	青が消える（Losing Blue）	92年	ル・モンド	未収録（全作品第2期-1）	02年11月	
長編7	『国境の南、太陽の西』		講談社	『国境の南、太陽の西』	92年10月	*
長編8	『ねじまき鳥クロニクル』		新潮社	『ねじまき鳥クロニクル』	94年4月 95年8月	*
65	めくらやなぎと、眠る女	95年11月	文學界	『レキシントンの幽霊』7		BWSW
66	七番目の男	96年2月	文藝春秋	『レキシントンの幽霊』6		BWSW
67	レキシントンの幽霊（ショートヴァージョン）	96年10月	群像	『レキシントンの幽霊』1（ロングヴァージョン）	96年11月	
ノン1	『アンダーグラウンド』		講談社	『アンダーグラウンド』	97年3月	*
ノン2	『ポスト・アンダーグラウンド』	98年4~11月	文藝春秋	『約束された場所で……』	98年11月	*
長編9	『スプートニクの恋人』		講談社	『スプートニクの恋人』	99年4月	*
68	UFOが釧路に降りる	99年8月	新潮	『神の子どもたちはみな踊る』1	00年2月	AQ

後期						
69	アイロンのある風景	99年9月	新潮	『神の子どもたちはみな踊る』2		AQ
70	神の子どもたちはみな踊る	99年10月	新潮	『神の子どもたちはみな踊る』3		AQ
71	タイランド	99年11月	新潮	『神の子どもたちはみな踊る』4		AQ
72	かえるくん、東京を救う	99年12月	新潮	『神の子どもたちはみな踊る』5		AQ
73	蜂蜜パイ	00年2月	書き下ろし	『神の子どもたちはみな踊る』6		AQ
長編10	『海辺のカフカ』		新潮社	『海辺のカフカ』	02年9月	＊
長編11	『アフターダーク』		講談社	『アフターダーク』	04年9月	＊
74	バースデイ・ガール	02年11月	書き下ろし	『バースディ・ストーリーズ』	02年11月	BWSW
75	蟹（註4）	03年4月	Stories Magazine	『めくらやなぎと眠る女』	09年11月	BWSW
76	偶然の旅人	05年3月	新潮	『東京奇譚集』1	05年9月	BWSW
77	ハナレイ・ベイ	05年4月	新潮	『東京奇譚集』2		BWSW
78	どこであれそれが見つかりそうな場所で	05年5月	新潮	『東京奇譚集』3		BWSW
79	日々移動する腎臓のかたちをした石	05年6月	新潮	『東京奇譚集』4		BWSW
80	品川猿	05年9月	書き下ろし	『東京奇譚集』5		BWSW
長編12	『1Q84』		新潮社	『1Q84』	09年5月、10年4月	＊

※註記1　元の題は「バート・バカラックはお好き？」　2　元の題は「TVピープルの逆襲」　3　後に「ねむり」と題し、一部改編をへて二〇一〇年十一月、新潮社より単行本として刊行　4　初出は英訳（Crabs）　英訳短編集タイトル　EV→The Elephant Vanishes　AQ→After the Quake　BWSW→Blind Willow, Sleeping Woman　＊短編集以外の単行本　作品番号の「ノン」は「ノンフィクション」を指す

著者の言うところでは、この時期を境にして、前後、「二つのグループのあいだには四年半ほどのブランクがある。考えてみれば四年半のあいだ、僕はただのひとつも短編小説を書かなかった（小説を書き始めて以来、そんなことは初めてだった）」。「ずいぶん長いブランクだ。四年半も経てば人は変わる。小説家も変わる」ということになります（『全作品第2期-3　短篇集Ⅱ』解題、以後、『全作品第1期』第1〜8巻、『全作品第2期』第1〜7の各巻をこのようにも表記します）。

後に触れますが、ここには彼のコミットメントとデタッチメントという問題が関係しています。この二つには、社会への関わり、それへの距離を置くこと、ということ以外に、書法としての物語への関与と、そのことへの距離、という意味も含まれているからです。彼は徐々に「物語」の自律的な運動に身を任せる、という意味で物語へのコミットメントの度合いを強めていく。そのもう一つのコミットメントの動きが、短編から長編への重心移動、ひいてはこの時期の四年半に及ぶ短編執筆の中断という事態を生みだしているのです。

そこで僕はこの「四年半ほどのブランク」を境に、彼の短編世界を前半（一九七九〜九一年）と後半（一九九二〜二〇〇五年）とに二分し、そのうち後半を「後期」と名づけたうえで、短編的に多産な前半期間を「初期」と「前期」と「中期」に、三分しようと思います。

さて、前半期間を三つに分けるのは、一つには、ここから「初期」という概念を「截《き》り出し」たいからです。あわせて、「前期」における達成と、「中期」における小説家の危機というものに、それぞれ独自の光を当てたいと思います。

このうち、後の方から言うと、初期・前期からなるそれ以前と「中期」を区切るのは、八七年の長編『ノルウェイの森』です。この作品は大ベストセラーとなり、著者の生活環境を激変させました。著者自身の言うところによれば、この椿事によって「失われてしまった貴重なもののひとつ」は「それまで僕がありがたく手にしていた『心地よい匿名性』」でした（『全作品第2期-1　短篇集I』解題）。以後、周囲と無用の「軋轢」が生じるようになり、個人の生活の独立性を守ろうとして彼は「日本を出て、ギリシャとイタリアに住むようにな」ります。

思いもよらぬ百万部を超えてもとまらない大ベストセラー。彼は、滞在地のローマで『増刷のおしらせ』を手にするたびに」「なんとなく不安な、そしてひやりとした気持ちになってい」きます。「これによって自分がもう以前の自分ではなくなっていくのではないかという、一種の揺らぎ」、根元的な動揺。プラス周囲の人々との関係の激変。「巨大な津波のようなもの」に続き、やってきたのは、酷い「落ち込み状態」でした。

ただ「書けなくなった」のだ。僕は毎日少しずつ翻訳の作業を続けていた。しかし小説や、それに類する自前の文章を書きたいという気持ちは、どうしても湧いてこなかった。そのうちに簡単な日誌さえつけることができなくなってしまった。自分がなんだかからっぽになってしまったような気がした。僕はその時期、一種のリンボ（中間地点としての冥界）の中にいた。（『全作品第2期-1　短篇集I』解題）

この危機からの回復を記すものとしてようやく書かれるのが、八九年六月号発表の「TVピープル」（作品番号53、以下作品名各章初出時に番号のみ付す）です。後に見ていくとわかりますが、彼の経験した孤立の深さを刻印しており、作品にホラーの感触ともいうべきものがつけ加わっています。これら、八九年の「TVピープル」から九一年末の「青が消える（Losing Blue）」（64）までの、先の「四年半ほどのブランク」に至る期間に書かれた十二編が、「中期」の作品です。

次に、それ以前に書かれた五十二編のうち、僕が特定したいのが、いわばごく初期の作品群がもつ特異な意味と、それ以後、特に八五年の長編『世界の終りとハードボイルド・ワンダーランド』が書かれた後に現れる短編集『パン屋再襲撃』に収録される作品群の豊穣さのもつ意味です。この二つを、初期、前期と区切ると、その区切りを生じさせているのが、八二年に書かれた長編『羊をめぐる冒険』です。この最初の本格的な物語長編の執筆により、彼のうちに、長編作家としての目算が立ちました。これ以前に書かれたものを

「初期」と呼ぶのは、そこにはまだ長編と短編の位階性が生まれる前の「混沌」があるからです。また表では、それ以後『ノルウェイの森』以後の失調までに書かれた「前期」作品を、次の『世界の終りとハードボイルド・ワンダーランド』の執筆時期を境に、さらに第Ⅰ期、第Ⅱ期に分けています。その理由は、「前期」中、特に『世界の終りとハードボイルド・ワンダーランド』以後にその後産として書かれた短編群に、彼の長編からはうかがい知れない小説家としての戦いが刻まれていると思うからです。

村上の全九冊のオリジナル短編小説集中、意義深いものを二点あげよと言われたら、僕は、この「初期」と「前期」の第Ⅱ期、それぞれの大事な時期に書かれた短編を収める二つの短編集、『中国行きのスロウ・ボート』と『パン屋再襲撃』をあげるでしょう。『パン屋再襲撃』は、村上が『世界の終りとハードボイルド・ワンダーランド』を書くことで見出すことになった新しい地平で、彼がどんな問題にぶつかったかを典型的に示していますが、この時期の彼の戦いは、長編小説には反映されていません。彼は、ここで、短編執筆を通じて、ひとつ小説家として彼の前に立ちはだかることになった問題と、正面から向きあっているというのが僕の判断です。

ここまでをまとめると、こうなります。

初期は、「中国行きのスロウ・ボート」(1)から長編『羊をめぐる冒険』が書かれるまでの二十三編です。

前期は、『羊をめぐる冒険』以後、『世界の終りとハードボイルド・ワンダーランド』をへて『ノルウェイの森』が書かれるまでの、「午後の最後の芝生」(24)から「雨の日の女#241・#242」(52)にいたる二十九編で、『世界の終りとハードボイルド・ワンダーランド』の執筆を境に、そのうち、第Ⅰ期が「ハイネケン・ビールの空き缶を踏む象についての短文」(43)までの二十編、第Ⅱ期が「パン屋再襲撃」(44)以降の九編です。

中期は、『ノルウェイの森』によって孤立を強いられ、危機の時期を迎えてから、ようやく回復し、『国境の南、太陽の西』、『ねじまき鳥クロニクル』執筆のため、再び短編執筆のブランク期に入るまでの二年半の期間に書かれた「TVピープル」からの十二編。

そして後期が、九五年、阪神淡路大震災の被災地で著者自身により朗読された「めくらやなぎと、眠る女」(65)から現時点での最新作「品川猿」(80)にいたる十六編です。

このうち、僕が取り上げたいと思っているのは、初期で『中国行きのスロウ・ボート』からの三編、前期で『中国行きのスロウ・ボート』からの一編と『パン屋再襲撃』からの三編の計四編、中期で、『回転木馬のデッド・ヒート』からの一編、『TVピープル』からの一編、『レキシントンの幽霊』からの二編の計四編、そして後期で、『レキシントンの幽霊』からの一編、連作短編集、『神の子どもたちはみな踊る』、『東京奇譚集』からのそれぞれ一編の計三編、全て合わせて十四編の短編作品です。

さて、これを短編集で言うと、初期と前期で僕が重視しているのは、『中国行きのスロウ・ボート』、『螢・納屋を焼く・その他の短編』、『パン屋再襲撃』の三冊ということです。中期では、『TVピープル』、『レキシントンの幽霊』、ともに逸せず。後期の『神の子どもたちはみな踊る』、『東京奇譚集』、これも重要。でも、前期には、ほかに『カンガルー日和』と『回転木馬のデッド・ヒート』の二冊があり、ともに興味深い作品を含んでいます。特に『回転木馬のデッド・ヒート』は僕の好きな短編集でもある。でも、ここでは、とりあえず、カッコに入れておきます。

この二冊について、村上自身はこう述べています。これらはともに「雑誌の連載」という形で発表された。自分は「原則的に連載形式では小説を書かない。毎月毎月きめられた日までに義務的に小説を書くという作業が苦痛だからである」。「締切があるというだけで神経質になってしまうのだ」。「小説というのはやはり自発的に書きたくて書くものであろうと僕は考えている」。

そういうわけで、僕は書いた当時、これらの作品を小説とは見なしていなかったし、今でも見なしていない。これらは正確な意味における小説ではない。小説でないとしたらじゃあいったい何なんだと言われるとすごく困るのだが、でも少なくとも僕は『カンガルー日和』と『回転木馬のデッド・ヒート』という二冊の本を「短編集」という名前では呼ばない。これは小説に近いけれど、小説からは(少なくとも僕が小説として考えるものからは）ちょっと離れた場所で成立しているものである。（『全作品第1期－5 短篇集Ⅱ』別刷「『自作を語る』――補足する物語群」）

この短文のタイトルを借りて言えば、この初期～前期に属する二冊は「補足する物語群」――補足的存在――だと言うのです。

さて、著者の言葉に従い、この二冊を外して見ると、彼の前期の短編世界に、どういう図柄が浮かびあがるでしょうか。一つはっきりとわかるのが、三番目の長編小説『羊をめぐる冒険』が書かれるまでの短編群と、それ以後の短編群の書かれようの違い、つまり「初期」の浮上であり、とりわけ最初の短編三作の置かれている、特異な位置にほかなりません。

2 「初期」の特定

初期とは何か。

先の補足的存在を外すと村上自身が「短編集」と見なしているものは初期と前期Ⅰとで『中国行きのスロウ・ボート』、『螢・納屋を焼く・その他の短編』の二冊となります。この二冊に収録された計十二編中、八編が英語に翻訳されています。内訳は『中国行きのスロウ・ボート』が七編中五編、『螢・納屋を焼く・その他の短編』が五編中三編です。

　英訳された八編からもこのことははっきりと見て取れますが、これらを一読してわかることは、このうち最初の短編集『中国行きのスロウ・ボート』所収の前半四つの作品と後半三つの作品のあいだに、大きな落差があるということです。具体的には、収録作中、前半四つの作品——「中国行きのスロウ・ボート」(1)、「貧乏な叔母さんの話」(2)、「ニューヨーク炭鉱の悲劇」(3)、「カンガルー通信」(10)で全て英訳されています——が『羊をめぐる冒険』執筆以前に書かれ、後半三つの作品——「午後の最後の芝生」、「土の中の彼女の小さな犬」(25)、「シドニーのグリーン・ストリート」(26)。このうち「午後の最後の芝生」だけが英訳短編集に収録——が『羊をめぐる冒険』執筆以後に書かれているのですが、両者のあり方が誰の目にも明らかなくらいに、違うのです。

　たとえば初期作品に詳細な検討を加えている研究者の山根由美恵は、前半の作では「主人公『僕』の意識を描くことが中心となっており、テクストに提示されたモチーフは問題提起的」なのに対し、後半の作では「『僕』と他者との交流にその主眼が置かれ、そのモチーフも一応の帰結が見られる(それが完全に解決されているかは別として)」と述べています(「書く行為《エクリチュール》と語る行為《ナラティヴ》/改稿・記憶・トラウマ——『中国行きのスロウ・ボート』の世界——」山根由美恵『村上春樹〈物語〉の認識システム』)。

　また、ウェブで見つけた次のような評言は、どのような人のものかわからないながら、一般的な観点から違いを的確に言いあてている例であると言えます（www.silverboy.com/）。「読んでみると分かるが、最初の4編（初期短編――引用者）と残りの3編（中でも「午後の最後の芝生」と「土の中の彼女の小さな犬」の2編）の間には明確な断層がある。最初の4編がまだどこか未成熟で、生硬で、挑戦的で、試行錯誤的であるのに比べ、次の2編は明らかに小説的な成熟を遂げ、それ自体物語として十分な喚起力を備えるに至っている」（村上春樹作品レビュー『中国行きのスロウ・ボート』）。

しかし、僕に言わせるなら、この違いがどこから生まれているかということを、「未成熟」から「成熟」へ、『羊をめぐる冒険』を書きあげたことによる専門的熟練の問題としてだけ語ることはできません。つまり、あることが村上に加わったためにこの変化が起こったと見ると、前半分の試みを「作り上げていた」要因が、こぼれ落ちるでしょう。なぜ前半四つの作品――ここで僕が初期短編と名づけようとしているもの――が「未成熟で、生硬で、挑戦的で、試行錯誤的である」のか、あるいは、そう見えるのか、このあり方をもたらしている実体的なもの、ポジティブなものが、取り落とされます。そこで、この部分をすくい上げるようにして言えば、こうなるのではないかと、思います。

『羊をめぐる冒険』以前の短編は、いわばその一作に何かが賭けられるように書き手が作品執筆に「全的」なコミットメントをする形で書かれている。これに対し、『羊をめぐる冒険』以後の短編は、いわば分をわきまえた、長編が書かれたうえでそれとバランスを取った形で構想された「部分的」なコミットメントの産物となっている――。わかりにくいですね。村上自身の言葉を援用します。まず、彼にとって短編とはどういう存在か。彼はこう言っています。

（『レキシントンの幽霊』所収の短編にふれて――引用者）これらの短編小説には長編小説という入れ物の中では発揮されにくい個性と主張が、そしてまたある種の「傾向」があるように思う。僕はつまり『ねじまき鳥クロニクル』にうまく盛り込めなかったり、盛り込めそうになかったり、あるいは馴染まなかったり、馴染みそうになかったりしたいくつかのマテリアルを、短編というかたちに、楽しみながら仕上げていったわけだ。これらの作品には、大きな惑星のまわりを静かに、しかしそれぞれに興味深い軌道を描いてまわる衛星のような趣があると僕は感じる。それらは独自の重力と風景を持つ小天体であり、巨大な重力圏に呑みこまれることをよしとしないものなのだ。

僕は自分のことを基本的には長編作家だと考えているが、それでも長編小説を書いたあとには、使い切れなかったアイデアや、果たされざる思いのようなものをかたちにするために、短編小説をまとめて書きたくなることが多い。（『全作品第2期-3　短篇集Ⅱ』解題）

ような存在だと。これに従うなら、先ほど述べた前期のⅡ、『パン屋再襲撃』所収の短編群は、『世界の終りとハードボイルド・ワンダーランド』という長編が書かれた後、「独自の重力と風景」をもって生まれた「小天体」であり、「衛星」でありつつ、なかんずく、「大きな惑星」である長編群の「巨大な重力圏に呑みこまれることをよしとしない」短編の世界独自の問題を強く抱えた独立性の強い短編群だと、なるでしょう。これに対して前期のⅠ、『中国行きのスロウ・ボート』所収の後半三編とそれに続く『螢・納屋を焼く・その他の短編』所収の短編群は、『羊をめぐる冒険』という長編が書かれた後、そこに「使い切れなかったアイデアや、果たされざる思いのようなものをかたちにするために、短編小説をまとめて書きたくなる」という村上における短編小説の「衛星」としての位置し具合が確立した、いかにも「衛星」らしい「小天体」としての完成度の高い短編群ということになるかと思います。完成度は高い。しかし長編の重力圏内にある。

それらは、長編という「大きな惑星」があったうえで、それとの関係で「独自の重力と風景」をもつ、でも「衛星」としての短編群です。これが右に言う『羊をめぐる冒険』が書かれて以来、『国境の南、太陽の西』、『ねじまき鳥クロニクル』執筆による「四年半ほどのブランク」が来るまでの、ほぼ八二年夏から九一年夏にいたる九年間の村上の「長編短編均衡期」ともいうべき標準的な時期の——長編との力関係で自己の位置を確定する

――短編群のあり方なのです。

しかし、それ以後、またそれ以前は、どうか。

これ以後、彼における短編は、いわばそれ自体が一個の「大きな惑星」に該当する――多数のカケラでありつつ一個の「小惑星」の帯となって存在する――連作短編集中の一編になり変わります。一個の作品としてはほかの短編と違いませんが、連作で一個の「惑星」（長編作品）に該当するような「まとまり」を形成することを念頭に置いて書かれるように、変わるのです。序に述べた『神の子どもたちはみな踊る』、『東京奇譚集』といった二〇〇〇年以後に刊行される連作群が、そうです。

しかしまた、長編短編均衡期以前の初期にも、村上において短編は、「衛星」とは異なるあり方を示しています。それは、いまだ長編との関係で安定した位置を持っていません。その周辺をめぐるだけの「大きな惑星」といえる確固とした長編はまだ書かれていません。そのためそれは、非力ながら、自分はいったい何を書きたいのだろう、という小説家としての根源的な問いを呼び出す。そしてそれに促されて書かれようとする。無謀にも「惑星」に匹敵する「独自の重力と風景」をもとうとして、「無理な姿勢」を強いられつつ、書かれるのです。これが、出来上がってみれば「未成熟で、生硬で、挑戦的で、試行錯誤的で」すらあると見える、初期の短編の内的理由なのだというのが、僕の考えにほかなりません。

『羊をめぐる冒険』以後、最初にものされるのは、読者からの支持が多いことで知られる「午後の最後の芝生」という作品です。後の回で僕も取り上げてみますが、短編として、よく書かれており、完成度も高い。次に発表される「土の中の彼女の小さな犬」も同様の趣きをもっています。クールな一人称「僕」を名乗る主人公、社会からのおだやかな孤立、その彼の前に現れるどこか暗部を感じさせる登場人物、彼らを包むけだるい午後、あるいはひそやかな夕暮れ、──村上春樹の短編としてわれわれが念頭におくもののほぼすべての要素がそこには備わっています。しかし、それに先立つ諸作品──初期の作品──は見事なほどに、こうした安定を欠いている。それこそ非力ながら、自分はいったい何を書きたいのだろう、という小説家の根源的な問いに促され、果敢にも、無理な姿勢で、ドン・キホーテさながら大きな「敵」に立ち向かおうとしているのです。

ここまで来ると村上春樹の短編世界の全貌を、こう整理ができるでしょう。

村上の短編は、ここでは、四つに分かれます。

初期、前期、中期、後期です。

初期とは、そのうち最初の短編から『羊をめぐる冒険』が書かれるまで。その特色は、無謀にも一作で自分は小説で何を書こうとするのか、という問いに立ち向かっていることです。初期短編のうち、最初の三編にその特色がよく現れています。『中国行きのスロウ・ボート』前半の作品群です。

「前期」は、『羊をめぐる冒険』が書かれてから以後の作品で、『中国行きのスロウ・ボート』後半所収の「午後の最後の芝生」を嚆矢《こうし》とします。そこから『ノルウェイの森』が書かれるまでの時期。長編とのコンビネーションで書かれ、短編として安定し、高い完成度を見せているのが特徴です。でもこのうち、途中、『世界の終りとハードボイルド・ワンダーランド』以後、短編が第Ⅱ期に入って、作品として長編とは別の「独自の重力と風景」をもつようになり、長編だけを見ているとわからない独立した課題に向きあっています。

「中期」は、『ノルウェイの森』の産物です。この時期、かつて前期Ⅰの代表的短編によって喪失とクールに語られた軽度の欠落が、外界からのきつい孤立によって深い欠損へと強まります。短編集で言うと『TVピープル』、そして『レキシントンの幽霊』収録の作品群です。

「後期」は、その後、これまでにない「四年半ほどのブランク」が短編執筆に生じ、短編のあり方が変わってからの作品群です。村上は長編の世界に没入し、後に述べるように、物語の生動の中に投身する「コミットメントの書法」を本格的、意識的に採用するようになるでしょう。これまでの長編と短編の安定したコンビネーションは終わりを告げ、長編主体の執筆のリズムに取って代わられます。『アンダーグラウンド』までに二、三の短編が単独に書かれますが（これが『レキシントンの幽霊』の残りの作品）、以後、そういうことはなくなる。それ自身が一個の長編にも該当する連作短編集の枠内で、それぞれが連作の一つのチップとして書かれます。『神の子どもたちはみな踊る』、『東京奇譚集』という連作短編集が書かれるようになるのです。

3 「特異な一年間」

「初期」ですが、僕は特に最初の三編をここでは初期短編三部作と呼んでおきたいと考えます。なぜこの三つなのか、それをどうしたら皆さんにわかってもらえるだろうか。そう考えたことが、実は僕が先の表を作成しようと思ったきっかけでした。表を見てください。すぐにわかることがあります。

一九七九年六月、村上は『風の歌を聴け』で群像新人文学賞を受賞してデビューします。さて彼はその後どうするか。まずやろうとしたのは、「次の作品」を書くことです。まだ長編だとか短編だとかという考えはなかったでしょう。とにかく次の作品を書こうとした。それに専念して、九カ月後、『1973年のピンボール』が発表されます。たぶんその執筆期間中に彼は別の雑誌の編集者から原稿の依頼を受けたのでしょう。きっと五十枚に満たない長さ、つまり短編の依頼を受けたのだと思います。それで彼は「短編」を書こうとする。しかし彼にまだ「短編」の位置づけはない。短編と長編の分岐は起こっていないのです。僕は、彼は、このとき、自分はどういう小説を書きたいのだろう、何を小説に書こうとしているのだろう、と自問したと思います。

素手で何かの前に立ったのだと思います。

それというのも、表がわれわれに教えるのは、『1973年のピンボール』が書かれてからの一年間――これは若い小説家がデビューを果たして、同年代の読者に熱く迎えられ、当人にも力量があって、これから文学の世界に乗りだそうという時期の一年間です――、彼がたった三編の短編しか発表していない、という事実だからです。一九八〇年四月に最初の短編「中国行きのスロウ・ボート」が書かれ、発表される。その後は、「貧乏な叔母さんの話」(八〇年十二月)、「ニューヨーク炭鉱の悲劇」(八一年三月)だけなのです。

むろんこの「特異な一年間」において彼は、注目すべき新しい世代の小説家として多くインタヴューなども受け、『happy end通信』というリトル・マガジンに毎月のようにまだ翻訳されていない同時代のアメリカの小説の書評などを寄稿していますし、一方で名高いグラフ雑誌『太陽』にマニアが歓びそうな癖のある映画評を書いたりしています。評判はよいのです。しかし、小説は、この三本だけ。

彼は見えにくい戦いの中にあるのです。

何が起こっているのでしょうか。もう少し詳しく見ていくと、その理由がわかってきます。『全作品』及び『東京奇譚集』収録の短編という基準から外れるために表には入れていないのですが、実はこの時期、彼は一つの中編を書いています。そしてそれは、大いなる失敗作でした。

一九八〇年九月に『文學界』に発表された「街と、その不確かな壁」というのがその作品です。百六十三枚ほどの長さの作品ですから短編とは言えません。百八十枚くらいの長さの『風の歌を聴け』、二百四十枚くらいの長さの『1973年のピンボール』と続けて、長編というほどの長さではないが、一冊それだけで単行本となる程度には尺のある作品を書いた後、彼は、それだけで単行本になるというにはいささか足りない長さの作品、つまり中編の小説を書き、それは失敗作だったのです。

この小説については、内容にはここで触れないでもよいでしょう。この作品がもとになって、後の傑作長編『世界の終りとハードボイルド・ワンダーランド』が生まれているとだけ言っておきます。これを村上はどの単行本にも収録していません。図書館に行けば読めますが、たぶん村上の公開した唯一の「失敗作」でしょう。「失敗作」という意味は、書き手自身が意に満たないままに発表してしまった作品ということです。

この「失敗」は、この時期の村上について、いくつかのことをわれわれに教えます。まず、めざしていることに対する村上の準備不足ないし力不足が一つです。ここで彼は非常に冒険的かつ実験的な、これまでにないような小説をめざしているのですが、その狙いに対して、どれほどの準備が必要か、見積もりを誤っています。その基本的な理由は経験不足でしょう。これに加えて、いわば日本の文芸誌ジャーナリズムとの関係の作り方という問題があります。村上は以後、いわゆる締め切りに迫られての小説執筆は行わないという、日本では少数派に属する書き手として知られるようになりますが、自分でも納得できないままに活字にしなくてはならなかったというこのときの苦い思いが、彼にこうした執筆態度を促すようになったのではないかというのが僕の想像です。

日本にはたとえば丸谷才一など、比較的早くから、作品を書きあげると編集者に連絡してこれを雑誌に掲載するという流儀の小説家が少数存在します。しかし大多数は、文芸誌にその作品を載せる際、短編の場合はおおよその枚数の制限を受けいれ、締め切りに従うのが常です。また、長編の場合でも、雑誌への連載という形での執筆形態がしばしば取られます。文芸誌を見ると、その後段には「連載」というのが目白押しですがこれがそのケースにあたるでしょう。これは雑誌掲載ごとに原稿料が発生する、書き手にとってはありがたい制度ですが、他方、作品から自発的な執筆において可能なダイナミズムを奪いかねない危険をもっています。日本の小説家の書く長編作品がしばしば冒頭部分で冗長だとの指摘が、特に翻訳などの場合、なされますが、それも（一通り書き上げた時点でもう一度冒頭に戻るという作業が困難な）この執筆形態と関係があります。この締め切りという制限のため、特に立場の弱い新人作家の場合など、十分に自らの納得が得られないまま活字にしてしまうという場合も往々にして出てきますが、村上のこの中編の場合も、その問題がからんでいた可能性があるのです。

しかし、もう一つ、より本質的な意味で背景として考えられるのが、この時期、彼が、まだ、今後の小説家としての方向を定めかねていたということ、徒手空拳で小説家としての本質的な問題に向きあっていた、ということです。

小説家として、自分はどういう方向に進めばよいのか。いったい自分は何を書きたいのか。彼はこの時期、そういう模索の段階にあった。長い回り道になりましたが、長編で言うなら『羊をめぐる冒険』が書かれる以前の、この「特異な一年間」の存在が示唆しているのは、彼がこのとき、決定的な「岐路」を前にしていたのではないか、ということなのです。

4 「コラーゲン」と「ばらばらのアミノ酸」

一九八〇年三月に「一九七三年のピンボール」が書かれてからの一年間に、彼は小説として三つの短編（と一つの「失敗作」）を書いています。というか、それをしか書いていません。でも、この一年間を「特異な一年間」と呼ぶのは、そのためではなく、このとき書かれた三つの短編がほかの短編とは違う書かれ方をしているからです。

村上のぶつかった「岐路」とはどのようなものだったか。

僕はそれを、「言葉」か「物語」かの二者択一問題だったと、言ってみたい気がします。

村上の小説の前史は、こうでした。

この後触れるイアン・ブルマの村上論に、村上が、ブルマの取材に答え、少年時代、日本の社会と文化を忌避し、「心の中に外国を作り上げようとした」と述べるくだりが出てきます（「日本人になるということ」）。彼は少年時代、「古本屋にアメリカのペーパーバックを買いに行」き、「FMでアメリカの音楽を聞いた。それが自由――社会的なというより、少なくとも精神的な自由――を得るための方法だった」というのです。

二十代の終わり、小説を書こうと考えたとき、彼は、むろんのこと、日本の社会のコンテクストに染まった言葉では自分の小説を書きたくないと思っています。いったん、日本の社会に流通している物語を「言葉」の段階まで解体して、日本の社会のコンテクストからの汚染を捨象したうえで、そのまっさらな「言葉」で自分の小説を構築したい。後の章でまた触れますが、これが先に少しだけ触れた彼の言う、書法としての「デタッチメント」ということの中身なのです。

このことをわかってもらうために、こんなたとえを使ってみましょう。

福岡伸一という分子生物学者が面白いことを言っています。肌の張りをよくするタンパク質にコラーゲンという物質があります。細胞と細胞の間をみたすクッションの役割を果たす重要なタンパク質です。そこで、健康食品としてコラーゲンを添加した食品が売り出されます。中にはわざわざ「吸収しやすいように」小さく細切れにされた「低分子化」コラーゲンというものまであります。けれども「コラーゲンを食べ物として外部からたくさん摂取すれば、衰えがちな肌の張りを取り戻すことができるだろうか」。「答えは端的に否である」。なぜなら、「食品として摂取されたコラーゲンは消化管内で消化酵素の働きにより、ばらばらのアミノ酸に消化され吸収される」。そして、「消化できなかった部分は排泄されてしまう」。一方で、吸収されたばらばらのアミノ酸は「血液に乗って全身に散らばっていく。そこで新しいタンパク質の合成材料になる」。しかしそれはコラーゲンとは別のタンパク質で、コラーゲンというような大きなタンパク質がそのまま体外から摂取されるということは、ありえない。人体で、コラーゲンを作っていた要素は、いったんばらばらなアミノ酸に分解され、吸収された後は、別種のタンパク質の材料として使われるだけだからだ、というのです。

このことを、福岡は、

体内に入ったアミノ酸は血流に乗って全身の細胞に運ばれる。そして細胞内に取り込まれて新たなタンパク質に再合成され、新たな情報＝意味をつむぎだす。つまり生命活動とは、アミノ酸というアルファベットによる不断のアナグラム＝並べ替えであるといってもよい。（『動的平衡』）

と書いています。

さて、この話のうち、大きなタンパク質である「コラーゲン」を、日本の社会に流通し、そのコンテクストに色濃く染まった「物語」と、また、それを構成するばらばらのアミノ酸を「言葉」と、言い換えてみましょう。そしてそこから新しく再合成されるタンパク質を小説家の手で生みだされる新しい物語としての「小説」と、考えてみます。

村上は、日本語で自分の小説世界を作り上げるのに、いま日本の社会に流通している文脈、考え方、感じ方（コラーゲン）は全部「使えない」と思った。それはすべて古い時代のコンテクストに汚染されていて、そのコンテクストに乗っかって言葉を使い、物語を構成すれば、そこからは同じ古い物語しか生まれてこないだろうと、そう考えた。彼はそれを全部遮断したいと思う。そうでないと、自分の書きたいようなことは一行たりとも書けないし、自分の作り上げたい小説世界はその片鱗さえも構築できないだろう。そのためには、小説を構成する「物語」の要素（「コラーゲン」というタンパク質）を、いったん無色の「言葉」の単位（「ばらばらのアミノ酸」）までしっかりと分解しなければならない。そして、そのうえで、これを取り込み、そこから「新たなタンパク質（＝小説）」を「再合成」し、「新たな情報＝意味をつむぎだ」さなければならない。

そのためにはどうすればよいか。

村上が、自分でも小説を書いてみようと思ったとき、その前にあったのは、こういう形をした問題だったろうというのが僕の考えです。

小説を書くうえでの方法として、彼がデタッチメントという契機とぶつかるのは、まず、この「コラーゲン」の「ばらばらのアミノ酸」への分解・解体の作業が必要だったということです。彼がどこかで最初の小説『風の歌を聴け』を書くに際しては、当初英語で書いてみたとか、いったん物語を書いた上で、これをばらばらにし、シャッフルして再構成するという手続きを踏んだ、という意味のことを述べているのは、このことを指しているのでしょう。たとえば彼は、こう述べています。

結局、それまで日本の小説の使っている日本語には、ぼくはほんと、我慢ができなかったのです。我（エゴ）というものが相対化されないままに、ベタッと迫ってくる部分があって、とくにいわゆる純文学・私小説の世界というのは、ほんとうにまつわりついてくるような感じだった。（『村上春樹、河合隼雄に会いにいく』）

既成の文脈を離れる。日本社会に蔓延しているタンパク質（＝コラーゲン）を、いったんとことん言葉の単位まで分解・解体する。そのうえで自分の体内にまったく異質のタンパク質を再合成する。そのため、彼の最初の小説は、六〇年代後半から七〇年代にかけて日本に紹介された、アメリカの同時代の小説家で言うと、カート・ヴォネガット・ジュニア（後にカート・ヴォネガット）の『猫のゆりかご』、リチャード・ブローティガンの『アメリカの鱒釣り』を思わせる、いくつもの断片を組み合わせた、断章単位の体裁ないし形式をとることとなりました。しかしこれは、偶然でないことは当然として、単なる模倣の結果でもありません。そこには新しい翻訳から得られたヒントがあったからです。これらの外国の小説の翻訳、とりわけ一九七五年に藤本和子という新しい翻訳者の手になった後者、ブローティガン作『アメリカの鱒釣り』の日本語訳は、僕の考えでは、――明治期の二葉亭四迷のツルゲーネフ「あひゞき」訳もかくやというほどの――画期的訳業でした。その翻訳によって当時、小説中の日本語に「我慢ができなかった」若者の一部が、日本語によってもいかに自分たちの感性にフィットした、これまでとは異質の小説世界が構築できるかということを、身にしみて教えられたのです。

このことは、それほど日本で言われていませんが、この藤本訳をはじめとして、当時の高松雄一によるロレンス・ダレル『アレクサンドリア四重奏』の訳、伊藤典夫によるカート・ヴォネガットの諸作の翻訳、また、フランス語なら清水徹、豊崎光一、岩崎力、荒木亨、曾根元吉などの訳者による訳業は、この時期の日本の文学の「革新」にとって実に大きな意味をもっています。広くこれらからの刺激を受けつつ、また直接にダシール・ハメット、レイモンド・チャンドラー、スティーブン・キング、ジョン・アーヴィングなど戦前期から同時代まで、ハードボイルド小説から現代文学までの広範なアメリカ文学に英語で親しむことを通じて、村上の最初の小説執筆までのウォーミングアップがなされただろうことを、われわれは疑うことができないのです。

村上がこの時期、どれくらい同時代の米国ジャーナリズムに通じ、怜悧なアメリカ文学の解釈者でもあったかを示すものに、この「特異な一年間」の後連載された「同時代としてのアメリカ」と題された一連のエッセイがあります。英訳はむろん、日本語でも単行本としては刊行されていないのですが、ほぼ隔月で一年間続いた、いまも十分に読むにたえる、充実したエッセイ群です。掲載誌は『海』（一九八一年七月号〜八二年七月号）。ラインアップをあげればこうなっています。

「疲弊の中の恐怖――スティフン・キング」（第一回）
「誇張された状況論――ヴェトナム戦争をめぐる作品群」（第二回）
「方法論としてのアナーキズム――フランシス・コッポラと『地獄の黙示録』」（第三回）
「反現代であることの現代性――ジョン・アーヴィングの小説をめぐって」（第四回）
「都市小説の成立と展開――チャンドラーとチャンドラー以降」（第五回）
「用意された犠牲者の伝説――ジム・モリソン／ザ・ドアーズ」（第六回）

これが八〇年代初頭の連載であることを考えるなら、この新人小説家の見識にすでに端《たん》倪《げい》すべからざるものがあることが、歴然とします。

5 村上春樹と高橋源一郎

さて、僕が「岐路」ということを言うのは、この同じ要請から小説家として出発することになった、村上とある意味では双生児的な存在と目される小説家を、もう一人、われわれの周囲に知っているからです。高橋源一郎というのがその小説家の名前です。四九年生れの村上が『風の歌を聴け』で七九年に群像新人文学賞を受賞してデビューするのとほぼ踵を接するようにして、こちらは五一年生れで八一年、やはり同じ群像新人文学賞に「すばらしい日本の戦争」という作品で応募し、最終候補作に残るものの、内容の過激さから落選しています。しかし編集部から応募を慫慂《しょうよう》されて書いた次の『さようなら、ギャングたち』で、もう少し長い作品を対象にした群像新人長編小説賞の優秀作に選ばれ、デビューするとたちまち同世代の読者から、強い支持を受けます。村上の作風に比べ、よりポストモダンふう、言葉遊びなども多く含んだ前衛的な構えであったため、英語に翻訳されるのはだいぶ遅く、二〇〇四年まで待たなければなりませんでしたが（*Sayonara Gangsters*, 訳者はマイケル・エメリック）、この第一作がけっして村上の作品に引けを取らない重要な作品だという以上に、ここで指摘したいのが、これが村上の最初の作品とほぼ同様の体裁をもち、ほぼ同様の方法意識に立つ、断章を寄せ集めてなる、「ばらばらのアミノ酸」

の小説だったという事実です。

もし皆さんのなかに、日本の現代文学の息吹にもう少し触れたいという人がいたら、僕は強くこの高橋の小説の英訳を読まれることを推奨します。ちなみに、ここに、伊藤典夫訳のカート・ヴォネガット『猫のゆりかご』、藤本和子訳のリチャード・ブローティガン『アメリカの鱒釣り』、そして、村上春樹『風の歌を聴け』、高橋源一郎『さようなら、ギャングたち』と四冊の日本語の小説をもってきました。その英語のもの——前の二つは原著、後の二つは訳書——も、ここにあります。この四つずつ、全部で八冊を並べて読めば、日本語の小説として、後の二つが先の二つに大いに影響を受けて書かれたことが歴然とするでしょうし、また英語の小説として、この四者のあいだに明瞭な類縁関係の存在することにも、容易に気づくでしょう。

ここで強調しなければならないことは、この影響が村上、高橋ともに、単に文体上の模倣、方法的な前例踏襲といった表面的なものにとどまらず、深い内在的な理由から生じているということです。書法としてのデタッチメントという契機が、その内在的な理由にあたります。このとき、村上、高橋の小説が断章的な作品からはじまっているのには、理由がある。高橋が、ブローティガンふう、あるいはフランスの小説家ボリス・ヴィアンの『日々の泡』を思わせる破天荒でクリスピーで硬質な作品（「すばらしい日本の戦争」と『さようなら、ギャングたち』）を書くまでに書いてきたものとは、学生運動の挫折と青春といった旧套《きゅうとう》の物語を綴った「どうしようもない」作品だったとのことです。そういうことを、高橋本人がどこかで述べています。古い例で言えば、大正から昭和にかけての時期に梶井基次郎という天才的な短編小説家がいて「檸檬」という作品で登場しているのですが、彼の場合にもまったく同じことが起きていて、これは珍しいことではない。村上の場合にも、似たような事情はあったでしょう。「どうしようもない」作品こそ書かなかったにせよ、学生運動の挫折の物語であるとか社会から孤立する物語だとかいった手垢にまみれた物語がある。厄介なことに自分にとって大切な、かけがえのない希望や願いや気がかりが、すべてこうした手垢にまみれた「物語」に回収されかねない形で存在している。彼らに共通していたのは、そういう出発点の苦衷です。大きな土嚢《どのう》のようなものを、瞬間冷凍し、顆粒状のものに破砕してしまいたい。その破砕されたカケラから、まったく別のものを作り上げたい。そういう希望。先の話に重ねれば、こうした「コラーゲン」としての物語をいったん「ばらばらのアミノ酸」、無色の言葉まで分解したうえ、その新しいコトバをもって未知の新しい小説世界を「再合成」しなければならない。これが、彼らがある意味で、普遍的に、共通してこの時期に直面した課題の形でした。

村上も、高橋も、それに同じやり方で対処している。序で、村上のデタッチメントの書法として述べようとしたものがそれで、この書法を彼らは、この当時現れつつあった新しい外国文学の翻訳をヒントに、手にしました。

しかし、そこからどう進むべきか。「言葉」への解体をもっと推進する方向で小説を書いていくのがよいのか。「物語」の構築に新しい小説の可能性を求めていくのがよいのか。

村上の八〇年三月発表の「一九七三年のピンボール」にはその双方の可能性がまだ保持されています。そこに作品を構成する（登場人物の一人、鼠をめぐる、また3《スリー》フリッパーのスペースシップのピンボール・マシーンの探索にかかわる）「物語」が伏在しているにもかかわらず、それがはっきりとは追求されずに終わっていることが、その指標です。作中の、物語の断片性、言葉の単独性へのこだわりも目を引きます。小説の中でピンボール・マシーンと鼠の物語は切り離されたまま。さらなる物語がそこから起動されることはありません。

そこに右に述べたことがらの残映が見られる例として、ほかに、たとえば作中、主人公「僕」が一緒に暮らす双子の女の子が「208」と「209」という「白抜きの数字」の浮き出た揃いのネイビー・ブルーのトレーナー・シャツを着ているという挿話をあげることができます。というのも、リチャード・ブローティガンの『アメリカの鱒釣り』に「〈アメリカの鱒釣りホテル〉二〇八号室」という題の断章があるのです。そしてそこに「二〇八」という名前の獰猛な猫が出てくる。村上はむろん、そのようなことはおくびにも出さないわけですけれど、双子のトレーナー・シャツの数字の起点である「208」は、そのブローティガン作へのささやかなオマージュなのではないでしょうか。

また、先にふれた「街と、その不確かな壁」（八〇年九月）の失敗理由の主たるものが、このことにほかなりません。この「言葉」か「物語」かの未決状態が物語としてのこの小説の骨格を損ない、この作品を不徹底な物語への関与による失敗作とさせていることは、ほぼ疑いないことでしょう。この時期、村上は、「言葉」へゆくべきか、「物語」へゆくべきか、決しかねており、以後、「物語」の方向に進むと決めることで、『羊をめぐる冒険』に向かう、あるいは、『羊をめぐる冒険』に手を染める過程で、「物語」への道を選ぶことを決意する、――いずれにしても「物語」への道を、採るのです。

それがそれほど自明の選択ではなかっただろうというのは、この同じ場所で、一方の高橋源一郎が「言葉」のほうを採っているからです。高橋は、第一作の後、これも渾身の力をこめた同じ形式の長編『虹の彼方に《オーヴァー・ザ・レインボウ》』（一九八四年）を書き、ついで、第一作以前に書いていた「すばらしい日本の戦争」を書き改め、『ジョン・レノン対火星人』（一九八五年）を発表します。物語か、言葉か、というなら、まだしも双方の可能性をもっていた第一作に比べると、明らかに言語革命という形容が似つかわしい、「言語的冒険」としての小説の道へと進んでいくのです。

僕の考えでは、八一年四月の『カンガルー日和』収録の短編小説の連載の開始は、村上が「物語」へと一歩近づき、『羊をめぐる冒険』の執筆準備に入ったことを間接的ながら、告げるものです。次の大がかりな長編への心づもりが定まり、そのときはじめて村上は、いわばもう一方の手で行うべき「小説とは見なさない」短編の連載を「補足的な物語」の練習として、受諾しているのでしょう。ちなみにこの短編小説の連載(『トレフル』誌に掲載)の第一回目は「五月の海岸線」(4)と題されていますが、三十一歳の語り手が友人からの手紙で十九歳のときに過ごした「街」を十二年ぶりに再訪し、海岸を訪れるというプロットをもつ作品です。『羊をめぐる冒険』の最後の故郷の海岸のシーンは、明らかにここのことを書いたのだなとわかる。もしこの推測通りなら、このとき村上は次の長編(『羊をめぐる冒険』)にむけての一種の「取材」の旅行を行っているのであり、彼の一年間の模索、つまり僕の言う短編的な「初期」世界が、このとき、つまり「ニューヨーク炭鉱の悲劇」の発表翌月にあたる八一年四月には、実質的に終わっていることがわかるのです。

僕の言う村上の短編の「初期」は前回掲げたリストにあるごとく「中国行きのスロウ・ボート」から「おだまき酒の夜」(23)までの時期をカヴァーしますが、あの「特異な一年間」に書かれた最初の三作はそういうわけで、以降の諸作とは違っています。それは、長編との安定した関係を欠き、今後進むべき方向も決めかねるなかで、いわば新鮮な小説家としての村上の手で、徒手空拳で、書かれているからです。それ以後のいわゆる――「惑星」(長編小説)を前提とし、短編小説自体は「衛星」として安定した――「短編」ではない。これを初期三部作と呼び、以下、個別に丁寧に見ていく所以《ゆえん》です。

第2章

「無謀な姿勢」はどこから来るか――「中国行きのスロウ・ボート」

1　村上春樹と中国

『羊をめぐる冒険』が書かれる以前と以後とで短編小説のあり方が異なることに、たぶん村上は八三年、最初の短編集『中国行きのスロウ・ボート』を刊行した時点で、意味を認めていたでしょう。短編集表題の後の断りに、こう書いています。

本書には1980年春から1982年夏にかけて発表された七つの短編が年代順に収められている。長編を里程標にすると、「1973年のピンボール」の発表後に最初の四編が書かれ、「羊をめぐる冒険」のあとに後半の三編が書かれた。したがって（四編目の――引用者）「カンガルー通信」と（五編目の――引用者）「午後の最後の芝生」のあいだには一年近くのブランクがある。（『中国行きのスロウ・ボート』）

冒頭の一編「中国行きのスロウ・ボート」(1)は八〇年四月、文芸誌『海』に掲載されています。最初の掲載誌が『海』という雑誌だったのは、きっとその後、(生原稿が後に古書店に流出したことで)村上が異例の文章(「ある編集者の生と死」『文藝春秋』二〇〇六年四月号)を書いて苦言を呈することになる、当時『海』の名物編集者だった安原顯氏が村上の第一作の発表後(一九七九年六月)、いちはやくその才能に注目し、原稿依頼した結果だったのでしょう。村上の第一作は比較的すぐに若い読者の評判になっていますから、その後、原稿執筆の依頼は少なくなかったはずです。引き続いて書かれる短編の掲載誌が、『新潮』、『BRUTUS』、『トレフル』、『早稲田文学』と多岐にわたっていることもこの推測を後押しします。そのことを勘定に入れると、この最初の短編が、実際の執筆期間はともかく、準備期間をだいぶ長くもった中で書かれた作品なのであろうことが推定できます。

僕がこんなことを言うのは、この最初の短編が、日本に住む中国人の話であることには、村上春樹にとって深い意味があると考えるからです。もう少し言うと、それは熟慮の結果だったろうと思われるからです。

この短編も含む *The Elephant Vanishes* をいわば教材のようなものに選び、皆さん同様、日本語を読めない若い人と英語でやりとりするなか、リポートのようなものを書いてもらうことをここ数年やってきています。すると、毎回、数人の中国人ないし中国系の若い人がこの作品について書いてきます。

タイトルに中国が出てくるだけではない。いわば主題が日本に住む中国人との関わりなのですから、あなた方のうちの何人かが色めきたち、関心を寄せるのは当然と言えます。日本語で読む読者はそういうことに余り気づかないのですが、英語でアクセスする場合――先の二つの長編が少なくとも英語では海外で翻訳刊行されていないため――これが村上の最初の作品になっている。そしてそれが中国人の話である。そこにはすでに一つのメッセージが醸しだされているのです。

なぜ村上の最初の短編に、中国人との出会いの話が選ばれているのか。

むろん偶然ではありません。

僕の想像を言えば、ここで彼は、このとき、自分にとって一番気がかりなことを主題に作品を書こうとしている。そしてそういう「主題」に、中国を選ぼうとしているのです。後に彼は、「この作品はまず題から始まった」、「もちろん例のソニー・ロリンズの演奏で有名な『オン・ナ・スロウ・ボート・トゥ・チャイナ』からタイトルを取った」、理由は「この演奏と曲が大好きだからである。それ以外にはあまり意味はない」とそっけない言い方をしています（『全作品第1期‐3　短篇集1』別刷「『自作を語る』――短篇小説への試み」）。短編執筆から十年後、一九九〇年のことです。しかし本当にそうなのか。これは韜晦なのではないだろうか。

それからさらに十四年後、彼は『アフターダーク』という長編を書きますが、これは中国をめぐる小説です。そしてそこにはこの最初の短編の影が、色濃く落ちています。彼がこの長編を書くに際して、もう一度この「中国行きのスロウ・ボート」に立ち返ってこれを読み直し、そこから執筆をはじめていることは、間違いがない。中国という存在は彼にとってきわめて重大な関心の対象であり、この短編はそれが彼の小説家としてのキャリアの起点から変わらないものであったことを、われわれに教えているのです。

さて、ここで一つ、寄り道をしましょう。

中国と村上の関係で知られているのは、彼が中国料理をいっさい口にしないことです。これは、主に外国人ジャーナリスト、外国人学者の証言をつうじて広まった話かもしれません。『戦争の記憶——日本人とドイツ人』という日本とドイツの戦後比較の論で知られたオランダ人のジャーナリスト、イアン・ブルマが、『ザ・ニューヨーカー』掲載の村上論「日本人になるということ——村上春樹」（一九九六年十二月二十三日号）のなかで、そのことに触れています。これは彼の英文底本（*The Missionary and the Libertine: Love and war in East and West*）には入っていませんが、日本語の訳書である『イアン・ブルマの日本探訪——村上春樹からヒロシマまで』には収められている。そこで村上夫人がブルマに向け、村上について、「中華料理が嫌い」で「ラーメンなんか見るのもいや」なのだが、「中国にはとても興味がある」。そう述べているのです。また、僕の見聞の範囲では、英語で初の村上春樹に関する博士論文を書き、最近まで日本で教鞭をとっていたアメリカ人学者マシュー・C・ストレッチャーが、彼の出演した中国系オランダ人ヤン・ティン・ユエン監督のドキュメンタリー映画『ムラカミとの晩餐（Dinner with Murakami）』の中で、村上を自宅に招待したときのエピソードとしてこのことにふれ、なぜそうなのか、「大きな謎だね」と述べています。

日本の文脈から見ると、たとえばラーメンを食さない、というのは、ハイカラ好み、西洋かぶれといった意味あいでも受け取りが可能です。しかし外国人が日本にきて日本人に接する場合、その日本人がことに中華料理を食べない、というのは異様なことに映るようです。それが、この話が外国のジャーナリズム経由で知られるようになった一つの理由でしょう。

ところで、そのことの背景をなす事実として言われてきたことの一つに、僧侶でもあり高校の国語教師でもあった彼の父親がかつて兵士として中国大陸に渡ったことがあることから、その父の経験をつうじて、彼が日本の中国侵略の歴史的な事実に長年、深い関心を抱かざるをえなくなったという推定があります。そのことの延長で、彼の中華料理への忌避は生じているのではないか、というのです。イアン・ブルマとのやりとりでは、そこのところは、村上が、ブルマに、父親が「京都大学」の「在学中に徴兵で陸軍に入り、中国に渡った」こと、一度「ドキッとするような中国での経験を語ってくれた」こと、しかしその内容はいまでは自分の「記憶にない」こと、でも、「ともかくひどく悲しかったのを覚えている」ことなどがあげられ、ついで「ひょっとすると、それが原因でいまだに中華料理が食べられないのかも知れない」という村上の発言が記録されています（『イアン・ブルマの日本探訪』）。

そこには同じく、村上が「父親とは今では疎遠になっており、滅多に会うこともない」こと、「僕の血の中には彼の経験（父親の戦争の経験――引用者）が入り込んでいると思う。そういう遺伝があり得ると僕は信じている」と語ったこと、しかし翌日自ら電話をかけてきて「微妙な問題だから」「あのこと（父親とのこと――引用者）は書きたてないでくれと言っ」てきたことが、述べられています。このイアン・ブルマの村上論は、取り上げないでほしいという依頼がなされたことが、その事実まで含めてすべて取り上げて書かれているという、ルール違反ではないかとも思われる、奇怪な取材文なのですが、二〇〇九年の二月、イエルサレム賞受賞のためイスラエルを訪れた際、受賞演説の中で、序に触れたごとく、村上は、前年亡くなった彼の父親にふれ、こう述べることになります。

わたしの父は昨年90歳で亡くなりました。元教師で、ときどき僧侶の仕事をしていました。父は大学院在籍中に徴兵され、中国へ送られました。戦後に生まれたわたしは子どもの頃、父が朝食前に毎日、家の仏壇の前で長く心をこめた祈りを捧げるのを見たものです。あるとき理由をたずねると、父は戦争で亡くなった人々のために祈っているのだと言いました。

味方でも敵でも、亡くなったすべての人のために祈っているんだよ、そう父は言いました。仏前に坐す父の背中を見つめていると、そこに死の影が漂っているように思われました。

父は死に、父の記憶も一緒に消えてしまいました。わたしが決して知りえない記憶です。しかし父につきまとっていた死の存在感は、わたしの記憶のなかにとどまっています。父から受け継いだ数少ない、そしてもっとも大切なもののひとつです。(「常に卵の側に」『COURRiER Japon』二〇〇九年四月号)

ここで「父から受け継いだ数少ない、そしてもっとも大切なもののひとつ」と語られている「父につきまとっていた死の存在感」。

それは、一言で言えば、日本における「中国」の意味、ということでしょう。

「中国行きのスロウ・ボート」は五つの部分に分かれていますが、その第一の断章はこういう言葉で終わっています。

死について考えることは、少なくとも僕にとっては、ひどく茫漠とした作業だ。そして死はなぜかしら僕に、中国人のことを思い出させる。(『中国行きのスロウ・ボート』)

2 「中国行きのスロウ・ボート」、あるいは良心の呵責

「中国行きのスロウ・ボート」は語り手の「僕」が、これまでに出会った——と言える——三人の中国人について語る作品です。最初に中国人に出会うのは、一九五九年、または六〇年というのですから、八〇年現在で三十一歳になるという語り手「僕」の設定から推して、彼が十歳ないし十一歳、小学校の五年生か六年生のときの話です。舞台は——村上の故郷である神戸を思わせる——「港街」。小学生の「僕」は「何かの事務的な手違い」のため、自分の学校からは一人だけ港街の山の手にある中国人子弟のための学校で模擬試験を受けることとなり、そこに行きます。そこでほかの生徒とともに中国人の教師の監督のもと試験を受ける。試験の前にその足の悪い杖をついた教師が、「十分ばかり」簡単な話をします。中国と日本は「お隣り同士」なので「仲良くしなくてはいけない」、そのためには「お互いを尊敬しあわねばな」らない、だから机に落書きなどしないように。そして最後に、「いいですか、顔を上げて胸をはりなさい」、「そして誇りを持ちなさい」。そう言います。

二人目の中国人は、それからおよそ九年後、ときは三月。「僕」が十九歳のときに知った相手で、場所は東京です。「僕」はとある小さな出版社の倉庫で発送のアルバイトをしている。そこで仕事仲間である日本生まれの同い年の中国人の女の子と知り合い、三週間のアルバイトが終わった日に、一緒に新宿のディスコティックに行きます。帰り、駒込に住む彼女を送ろうと彼は新宿駅まで一緒に行きますが、誤って逆方向の山手線に乗せてしまう。すぐに間違いに気づき、駒込駅まで行って逆回りでくる彼女を待ち受け、さんざん謝ります。明日また会おうと約束し、電話することにして別れるのですが、九時間後にふたたび「致命的な過ち」を犯したことに気づく。別れた後、駅のプラットフォームで、彼女から教えてもらった電話番号を書いた紙マッチを、不注意にも煙草の空箱と一緒に捨ててしまっていたことが、判明するのです。「僕」はアルバイト先、電話帳と、手を尽くして探すけれどもついに彼女の電話番号は見つからない。それ以来、彼女とは会っていないというところで、この話は終わっています。

三人目の中国人は、さらに九年後、もう結婚をした彼が東京の青山通りの喫茶店で休んでいるとき話しかけてくる高校時代の知り合いです。ときは十二月。相手は自分を知っていて話しかけてきます。でもこちらでは思い出せません。やがてこの知り合いが百科事典のセールスをしていることがわかる。「僕」の気持ちはとたんに冷えます。しかしそれが「中国人」の「同胞」相手のセールスであると語られると、違う感情が生まれる。すぐに相手を思い出します。そう、彼はそれほど親しくはないが、中国人生徒の数がけっこう多かった高校で、周りのゆるい交友関係の中にいた中国人の学友の一人でした。ところで、その「彼」は、自分を思い出させる過程で、「僕」は「昔のことを忘れたがってる」、しかし「俺は君と同じ理由で、昔のことをひとつ残らず覚えてる」、「全く妙なものだよね。どうにも忘れようとすればするほど、ますますいろんなことを思い出してくるんだよ。困ったことにさ」などと言います。作品のなかで、ここは少し浮いている。しかしこの不自然さは作者にチェックされません(この違和感をおぼえさせる「彼」の物言いは『全作品第1期』第3巻への改稿によっても保持されています)。そしてそのまま、「僕」が「彼」に好感をおぼえ、いつか余裕ができたら百科事典を買いたいからと、自分の住所を知らせる場面にまで、接続していく。「僕」が「手帳のページを破り、住所を書いて彼に渡」す。すると、——九年前に「僕」は中国人の女の子の電話番号を「ディスコティックの紙マッチの裏にボールペンで書きとめ」ただけで、不注意にも後になくしたわけですが——中国人の「彼」は「それをきちんと四つに畳んで名刺入れにしま」う。日本人の自分は非常にずぼらだった、しかし中国人の彼は丁寧至極。その対照が読者の心に残る。その残像の中で、二人は別れる。そういう話になっています。

さて、これに続く最後の断章ですが、数年後、山手線に乗りながら、ガラス越しの風景を前に、ふいに「僕」は「ここは僕の場所でもない」と思います。そして、以前、中国人の女の子が自分はこの国でよく意地悪をされてきた、という意味合いのことを言い、それに続けて「そもそもここは私の居るべき場所じゃないのよ」と述べたことを思い出します。日本生まれの中国人の女の子が言った「ここは私の居るべき場所じゃない」と、日本嫌いの日本人の「僕」が言う「ここは僕の場所でもない」は、意味が違うのですが、しかしここはそのことを彼自身わかったうえで言われた言葉であると、受けとめられる。どこにも行き場はない、出口もない。けれども、「ささやかな誇り」をもっていつか水平線上に姿を現す「中国行きのスロウ・ボート」を待とう。この短編は、こうした独白を受け、最後、

友よ、
友よ、中国はあまりにも遠い。

という言葉で終わります。

さて、われわれはこの作品をどう受けとめるのがよいのか。

これを僕はなかなかに好ましい短編だと思います。単独の短編として受けとるなら、そうなります。三人の中国人との出会いが描かれていますが、その三つの例に即して言えば、ここには、まず、日本に長い間侵略行為を受け、その後、十分に謝罪されるということも

ないまま、その日本と一定の「善隣外交」をもとうという中国の姿勢を前にした、そのことに引け目を感じつつも何とか未来に向け関係を築きたいという書き手の思いが、示されているでしょう。第一挿話のなかで足が悪い、杖をついた中国人小学校の教師は日本人の小学生に向かって、礼儀正しく、威儀をただして、「わたくしはこの小学校に勤める中国人の教師です」と挨拶し、中日両国は相手を尊敬しあわなければならないと述べます。「僕」を含む日本人の小学生たちが押し黙っていると、「わかりましたか？」と言い、「中国人の生徒たちはもっときちんとした返事をしますよ」と注意し、最後に、「いいですか、顔を上げて胸をはりなさい」、「そして誇りを持ちなさい」と諭すのです。

　また、ここには日本国内で少数者の立場に置かれ、差別の対象ともされてきた在日中国人への――他の在日外国人をも含めた――日本人の一人としての痛みの感覚も、控え目に、ごくごく目立たない形のうちに、語られているでしょう。第二挿話のなかで、山手線を逆方向に乗せてしまったことを「僕」が謝ると、中国人の女の子が、「わざとやったのかと思ったわ」と答える。そして「いいのよ。そもそもここは私の居るべき場所じゃないのよ」と言う彼女に、「ねえ、もう一度初めからやりなおしてみないか？」と提案し、ようやく明日会う約束を取りつける。でもそのあげくに「僕」は再び「過ち」を犯してしまう。そして「僕」の思いは届かない。しかもその原因はすべて自分から出たこと。話はそこで終わるのです。

さらに、ここには、そのような関係のなかで日本人の健忘ぶりを思い出させずにはいない、日本の中で中国という存在のもつ棘にも似た他者性への認識が、リアルな形で示されてもいるでしょう。リアルというのは、「僕」は「忘れたがってる」という告発を行う高校時代の知り合いが、彼自身、奇妙な「欠落感」を抱え、「何もかもが少しずつ擦り減りつつあるという印象」とともに埃っぽい印象のうちに「僕」の前に現れるからです。その告発はいわば影の薄い告発です。そして彼は——それが「僕」のつけ加えたささやかなコミットメントの証しででもあるかのように——その影をほんの少し濃くして、「僕」の前から姿を消すのです。

一般的な評の輪郭をあえて言葉で言おうとすれば、こうなります。

でも、この短編で大事なことは、別のことです。この作品がわれわれに届けてよこす、「無理な姿勢」ともいうべき、ある切迫した感じはこうした言い方では、けっして伝わらないでしょう。

しかし、むしろそのことに、この短編のほぼ全量の存在意義は、かかっている、と思われます。

ここには無謀な企てがある。そしてそのことがこの作品のすべてだ、僕は、いやわれわれは、そう感じます。

3 無謀な姿勢

語られようとしているのは、たしかに、日本に住む中国人への、あるいは戦後の日本が中国に対し、戦前に一方的に「不当な仕打ち」をした後、戦争が終わった後は心の底で「ほおかむり」をしているといったあり方への、日本人としての自分の後ろめたさと責任といったことです。もう気恥ずかしくなるくらいに、素朴な中国への良心の呵責といったようなことがモチーフの核心を占めているのです。

だからわれわれはむしろ、こう問うてみたほうがよい。いったいこの若い小説家は、何を思ってこんなにナイーブな、気恥ずかしくなるような、「良心の呵責」のモチーフを小説に盛り込もうとしているのだろう、と。

この村上の姿勢から感じられるのは、彼が途方もなくナイーブで柔らかい心を抱えた、良心的な小説家だということではありません。その逆。ということはないが、もう少し複雑なことだと、われわれはこの短編を読んで感じます。やってくるのは、むしろ、いまどき、こんなナイーブな思いを小説に盛ることがどれほど人を鼻白ませる反時代的、かつ無意味な行為であるかを、この若い小説家は誰より深く自覚している。その自覚の深さによってかろうじて成就されるようなことが、ここで成就をめざされている、という感触なのです。

先に述べたデタッチメントの書法が、ここにも同じく生きているのをわれわれは認めるでしょう。中国への不当な仕打ちへの反省の念は、それ自体、貴重で大切でかけがえのないものだが、そういうものがいったん社会の「一般通念」となるや、いかにたやすく鈍感で扁平に良心めかした正義の主張に成りかわるか。「正義」を声高に主張し、「良心」を深刻めかしてふりかざす鈍感な若者たちの洗礼をたっぷり学生時代に味わった村上には、よくわかっていたでしょう。その一端をわれわれは、七年後に彼の書く『ノルウェイの森』の主人公たちの大学生活の描写からうかがい知ることができます。ではその貴重で大切でかけがえのないものを、手垢にまみれた平板な概念化――社会一般の「物語」化――からもう一度生き生きとしたものとして蘇らせるにはどうすればよいか。――これをいったん既成社会の文脈から切り離し《デタッチ》、分解し、再合成すること。そのような前史としての模索の果てに、ここでもあの「良心の呵責」という「コラーゲン」としての概念が、生き生きとした姿で再生するため、いったんばらばらのアミノ酸としての「言葉」に解体されようとしていると、見るのがよいのではないでしょうか。

僕は先に、この作品は日本人の中国への「良心の呵責」、痛みの感覚を描いていると述べましたが、厳密に言えばそうではない。そういうものを「コラーゲン」と見立てて、それを「ばらばらのアミノ酸」たる無味無臭の言葉に解体するということ、そのことがここで、めざされています。むろん必ずしもそれはここで成功しているわけではありません。だから、痛みの感覚がここに吐露されている。先のような「一般的な評」も一部妥当性をもつ出来になっています。でも、めざされているのは、「良心の呵責」の分解であり、解体なのだ。われわれが無謀だと感じ、同時にこの若い小説家はナイーブながら、反時代的な「柄の大きな」メッセージを引き受けようとしていると感じるのは、そこの点なのにほかなりません。

ここで日本人の中国ないし中国人に対する「良心の呵責」は、いったん分解・解体の対象と目されつつ、言語化されているのです。

ですから、われわれには奇妙な二律背反的読後感が残ります。「友よ、中国はあまりにも遠い」という最後の言葉にしても、日本のある年齢以上の読者なら、ここから、容易に萩原朔太郎という大正・昭和初期のすぐれた詩人が書いた『純情小曲集』という詩集にある「旅上」という詩の、

ふらんすへ行きたしと思へども
ふらんすはあまりに遠し
せめては新しき背広をきて
きままなる旅にいでてみん。

というくだりを連想するでしょう。フランスに憧れている極東日本の田舎に住む詩人が、そこまでは行けないのでせめて「新しき背広」を着て近くの町に旅に出よう、というのです。そんな古き良き時代の西洋思慕と中国への良心の呵責が合体しているとは、何とも中途半端ではないか。いったいこれは、中国への不当な仕打ちに対する痛みの感覚を盛った作品なのか。それとも潔癖な中国への心情をちょっと洒落た形状で述べただけの掘り下げの足りない「若書き」なのか。

事実、これまでこの作品に対する大方の評価はそれほどに高いものではありませんでした、それにはそれなりの理由があったというべきです。しかし、この二律背反ないし両義的な——中途半端とも見えかねない——読後感は、あのデタッチメントの効果、ないし副作用と受けとめるべきでしょう。そこでは、西洋思慕の大正期の「抒情」が、中国への思いを曖昧化させているというより、異化させるべく引用されているのであり、他方の軸をなすソニー・ロリンズの「音楽」の異化効果と相まって、コラーゲンとしての中国への「良心の呵責」を、分解・解体しようとしているのです。

4 「中国行きのスロウ・ボート」から『アフターダーク』へ

ですから、デタッチメントとは、これを書法の問題としてみた場合にはコミットメントのもう一つの側面でもあります。彼は短編の初期三部作ではこれまで思われてきたのとはちょうど逆に、大柄で直接的な社会的関心を愚直なまでに作品に盛ろうとしています。一九八〇年代の初頭といえば、日本の社会にようやく高度消費社会が到来し、他方社会変革の熱気が遠のき、若者のあいだにアパシー（政治的無関心）が広がり、シラケ世代などという呼び名が現れて久しかった時代です。こんなとき、誰が、中国への痛みの感覚を文学作品で訴えようとするでしょうか。また、誰かがあえてそうしたとして、いったいどんな読者がそのような「時代遅れ」のメッセージに心をひかれるでしょうか。

社会的な関心がこの時代、日本社会で無力化していった背景には、かつて人々をとらえた六〇年代から七〇年代初頭にかけての熱い社会的・政治的な活動や訴えの数々が、大衆的な運動の過程で内部的に自壊してゆき、人々の幻滅を誘うものになり変わっていったというわば敗退の過程があります。中国への痛みの感覚とか平和への願いとかといったものも――社会が豊かになり、無関心の度合いが深まったということはあるにせよ――、それ自体が人々の関心から去るようになったというより、それが「運動」や「主張」の形で社会の中で語られる、その「押しつけがましい」文脈、あり方への人々の倦厭《けんえん》、不信の念がこれまでになく高まったというのがそこに生じた本筋の動向でした。ですから、そこでこの種のコミットメントの表現は、むしろその既成の文脈に汚染された「運動」や「主張」からの「初心の形」の離隔《デタッチメント》、そして取りだし、という姿を取るようになる。長編において既成の「日本的な」文脈を（非日本的な）言葉へと解体することがデタッチメントの意味として現れていたとすれば、短編においてはそれが既成の「社会的な」文脈を（非社会的な）言葉へと解体することとして、現れているのです。

村上の中国への思いは、近年さまざまな形で彼自身の口からも語られるようになり、広く知られています。しかしそれは途中から現れるようになったのではなく、村上において出発点からあったものなのです。僕がそう言っただけでは誰も信じないかもしれない。しかし二〇〇四年に書かれる『アフターダーク』と「中国行きのスロウ・ボート」あるいは初期作品とのつながりを示されれば、このことがよくわかるでしょう。

『アフターダーク』は、二〇〇二年の長編小説『海辺のカフカ』に続いてその二年後、発表された村上の定義に言う「短めの長編小説」です。十九歳の浅井マリという女の子が主人公で、彼女の東京渋谷での「秋の終わり」のある一日の深夜から翌朝までの物語が語られます。このいっぷう変わった長編小説を読むと、村上がこの小説を書くにあたり、まず間違いなく二十四年前に発表された彼の最初の短編「中国行きのスロウ・ボート」を読み返していること、そのうえでこの長編を書いていること、また彼にはそうする理由があり、この小説で、日本における、あるいは彼における、「中国」の意味ともいうべきものを再度考えようとしたのだ、ということがわかります。

彼がこの小説を書くに際し、「中国行きのスロウ・ボート」を読み返しただろうというのは、いくつかの点でこの長編がこの短編と符丁をあわせているからです。

まず主人公。『アフターダーク』の主人公は、日本人ですが、日本の小学校にうまく順応できず、「学校に行けなくな」り、横浜の「中国人の子供たちのための学校」に通い、「中学校から高校まで、ずっとそこにい」て、いま「外国語大学」に在学中。十九歳です。日本人ですが、中国語を学んでおり、将来の希望は「翻訳か通訳の仕事」につくこととされています。

これに対し、「中国行きのスロウ・ボート」の第二挿話の中国人の女の子も、同じく十九歳でした。また、「将来の希望」も同じく「通訳になること」でした。『アフターダーク』の主人公とはちょうど逆で、こちらは中国人ですが、日本で生まれ、「中国人小学校ではな」く「日本の小学校」に通い、「ある女子大に籍を置」いている。中国語は話せない。それで日本語と中国語の通訳をめざすという設定に無理があると考えられたせいでしょう。『全作品第1期』第3巻への再収録時にはここの部分が加筆され、ついで彼女について「中国語は殆んどできなかったが、英語は得意だった」と断られ、「通訳」の希望が日英通訳とも読めるように訂正されています。

『アフターダーク』には、さらにこの二人をつなぐように中国からきた中国語しか話せない同じ十九歳の中国人の女の子も登場してきます。職業は娼婦です。先に新進評論家の水牛健太郎が指摘しているように（「過去　メタファー　中国——ある『アフターダーク』論」）、主人公の浅井マリには名前が彼女と「一字違い」の姉浅井エリがいて、重要な役割を果たしているのですが、この中国人の女の子の名前も、読みとしては同じく「リ」で終る「冬莉《ドンリ》」。そして作中、マリと彼女のあいだに次のような会話がかわされます。


「你几岁了？〈歳はいくつなの？〉」

「十黪。〈十九〉」

「我也是。叫什么名子？〈私も同じ。名前は？〉」

娼婦は少し迷ってから答える。「〈郭冬莉《グオ・ドンリ》〉」

「我叫玛丽。〈私の名前はマリ〉」（『アフターダーク』）

後にマリはこの娼婦に関し「あの子も19歳だった」と言い、「一目見たときから、その子と友だちになりたいと思ったの。とても強く。そして私たちは、もっと違う場所で、違うときに会っていたら、きっと仲のいい友だちになれたと思うんだ。私が誰かに対してそんな風に感じることって、あまりないのよ。あまりっていうか、全然っていうか」とも述べますが、僕はこのくだりの——たぶん作者としてわかったうえで置かれた——不自然な強意に、山手線で二度も「過ち」を犯し、語り手の「僕」が誤解されたまま会えずじまいになる、先の十九歳の中国人の女の子への思いが、残響をひびかせていると感じます。

もっというなら、先のイアン・ブルマの奇怪な取材文に記された、「僕の血の中には彼（父親——引用者）の経験が入り込んでいる」、「そういう遺伝があり得ると僕は信じている」という村上自身の不自然な言葉も、残響をとどろかせていると思います。

また、浅井マリの通う横浜の中国人学校は「中国行きのスロウ・ボート」の第一挿話の舞台となる「港街」（神戸）の「中国人子弟のための小学校」を連想させます。「中国行きのスロウ・ボート」の「僕」は日本人ながら、「おい、ここは僕の場所でもない」と呟くのですが、『アフターダーク』の主人公は、小学校時にすでに日本の学校になじめず、彼に代わり「中国人子弟のための」学校に通うのです。

次に、主人公のマリの前に現れる音楽青年タカハシ・テツヤとのやりとり。そこでタカハシは翌週北京の大学に交換留学生として向かうマリに「よかったら向こうの住所を教えてくれないか」と言い、マリは「ポケットから小さな赤い手帳を出し、北京の住所を書いて、そのページを破り」、彼に手渡します。それをタカハシは、しっかりと「二つに折り畳み、自分の札入れの中に入れる」。このくだりは「中国行きのスロウ・ボート」の第三挿話で、「僕」が「手帳のページを破り、住所を書いて彼に渡」すと、「僕」の中国人の知り合いが「それをきちんと四つに畳んで名刺入れにしま」う、そのしぐさと同じです。つまり『アフターダーク』の副主人公格の青年はもはや「中国行きのスロウ・ボート」の主人公の、第二挿話における、相手の教えてくれた電話番号を紙マッチの裏に書き込む、そして誤って捨てる。などという「過ち」を繰り返さないよう、用意周到にことに対処するのです。

物事の対処が丁寧だというのは『アフターダーク』の目につく点で、中国人組織の男も、娼婦に暴行を働いた日本人の顔の写真を、やはり「ジャンパーのジッパーを下ろし、首から吊していた書類入れのようなものに、二つ折りにした」うえ、注意深くしまい込んでいます。

また、蛇足を付け加えれば、この副主人公格の青年の名前タカハシ(高橋)・テツヤは、日本では歴史認識論争というものの一方の論客であった学者、高橋哲哉の名前と同じ読みです。この論者は中国での過去の日本の行いについて日本の責任を厳しく追及している人物です。ちなみにここでは触れませんが、この右の九〇年代の論争における論敵は、実を言うと、僕でした。

作中の高橋は、マリに対し、「ゆっくり歩け、たくさん水を飲め」と言い、「何、それ?」と尋ねられると「僕の人生のモットーだ」と答えます。ところがこの言葉は実は「中国行きのスロウ・ボート」の一カ月前に発表された「一九七三年のピンボール」で中国人のバー・マスターである「ジェイズ・バー」のジェイが「街」を出ようか決めかねて「迷っている」主人公の一人、「鼠」に送った、叡知の言葉でもありました。ジェイは鼠にこう言います。「ねえ、誰かが言ったよ。ゆっくり歩け、そしてたっぷり水を飲めってね」と。鼠はそれを聞いて「ジェイに向かって微笑み、ドアを開け、階段を上る」のです。高橋は、その意味では、村上の初期長編三部作で重要な役割を果たす最初の中国人ジェイの教えを今も忘れない、「鼠」の末裔でもあるわけです。

続けましょう。

さらに、「中国行きのスロウ・ボート」で二人が別れるのはいまで言うならJRの山手線、新宿、ついで駒込駅のプラットフォームでですが、これに対し、『アフターダーク』の男女は渋谷の東横線の駅（マリの家が「日吉の方」にあると語られているので）の近くで、別れる。「手紙を書くよ」と言って別れた高橋はそこから「JRの駅に向かって歩いてい」きます。この二人の——再会を約しての——別れの場面にもはっきりと「中国行きのスロウ・ボート」との対応が見られるのです。

しかし、中でも特に両者をつなぎとめるものは、「中国行きのスロウ・ボート」の第三挿話で、高校の中国人の知り合いが語り手の「僕」に向かい、自分のことを「思い出せない」のは「僕」が「昔のことを忘れたがってるんだよ」、「きっと潜在的にそうなんだね」と述べ、さらに「そうそう、ところでさっきの話のつづきだけどね、俺は君と同じ理由で、昔のことをひとつ残らず覚えてるんだよ」と続ける、先に作中少し浮いていると評した少々どぎついばかりのモチーフだと言わねばなりません。さしずめそれを、「日中間の記憶をめぐる齟齬」とでも呼んでおくなら、それが、『アフターダーク』でも、執拗に繰り返されるのです。

作中、ラブホテルで中国人娼婦に理不尽な暴行を働いた日本人のコンピュータ・プログラマーらしき男がそのまま姿を消すと、彼が娼婦から奪い、コンビニに遺棄した後、コンビニに放置されたままの携帯に、執拗に中国人組織から脅迫の電話がかかってきます。呼び出し音を鳴らす携帯を手にするのは、たまたまコンビニで近くにいる高橋だったり在庫調べ途中のコンビニの店員だったりするのですが、中国人の男は、その「彼」に向かい、「逃げ切れない。どこまで逃げてもね、わたしたちはあんたをつかまえる」、「あんたは忘れるかもしれない。わたしたちは忘れない」、もう「顔」はわかっているのだと、繰り返します。その「彼」はこの携帯を手にする人によって変わる。しかし日本人なら誰もがその「彼」たりうる。表現こそ違え、より精緻な構成のうちに「中国行きのスロウ・ボート」での「中国からのメッセージ」が、ここに再現されるのです。

『アフターダーク』が刊行されたのは、二〇〇四年九月のことで、これは、〇一年八月以来、〇二年四月、〇三年一月と続いた小泉純一郎首相（当時）の靖国神社参拝に対して中国政府が抗議し、両国政府間に緊張が高まるなか、前年十月には日本人留学生による西安寸劇事件が起き、これをきっかけに中国における反日感情が爆発、同年夏の中国開催のサッカー・アジア杯大会での中国人観衆の反日ブーイングを契機に、今度は日本でも急激に反中国感情が昂進するといった時期でした。しかし、その一方で、小泉首相の靖国参拝を機に日中関係が緊張の度を高めるまでは、少なくとも日本では〇一年七月の、〇八年北京オリンピック開催決定などを機に中国ブームが起こり、雇用機会を求めて中国語を学ぶ若者が急増するなど、中国への友好ムードが広がりを見せはじめた時期でもあったのです。

その背景に、ようやく国力を増し、世界への存在感を高める位置に達した新しい中国像の浮上ということがあったでしょう。それへの日本国民の期待、羨望と不安、反発が相まって、日中間に政府レベル、社会レベルで新しい関係の構築が模索されようとしていました。村上がふたたび中国に関心を向けた作品を構想したのには、こうした社会の動きも影響しているかもしれません。村上はそれまで、アメリカ文学の影響を受けた作家として知られ、その小説にも色濃くアメリカ的な文化、風俗が登場してきたのですが、ここでは、中国という存在に大きな関心が払われています。僕は、この小説をはじめて読んだとき、たぶん二十年くらい後の時点から振り返れば、村上がここで主人公をアメリカにではなく中国に行かせる小説を書いていることが、この時期、日本が大きくアメリカから中国へと関係の重心を変えたことの目印のようなものとして、語られるのではないかと思ったものです。その後世界は、イラク戦争後の混迷、金融恐慌などで、一筋縄ではいかないことを示して現在にいたっていますが、それでもこの村上の「方向転換」は、一つの指標たる意味を失わないでしょう。

日本列島は縦に長く山脈が張っており、長い間、太平洋側と日本海側が社会的経済的に二分されてきました。近代に入り、われわれは太平洋側をオモテ日本、日本海側をウラ日本と呼んできたのですが、その前、特に江戸期以前は、日本海側が文化の中心中国を向いているという意味でオモテ、太平洋側はウラでした。この関係がまた、そのように「戻る」かもしれない。その場合、村上のこの小説は、中国語を学ぶ主人公がボストン・レッドソックスの野球帽をかぶりながら――アメリカにではなく――オリンピック開催前の北京に留学に行く物語として、文学史のうちに再浮上するでしょう。

それは、こうして一つの方向転換を示唆する作品となっています。この作品は、長編としては小ぶりながら、日本社会にはまだ未決の問題が多くあること、けれどもそのことが、これにしっかり向き合えばという条件つきでではあるけれども、日本社会の希望であることを、語っています。「中国行きのスロウ・ボート」は、中国への関心が村上の中でけっしておざなりのものではないこと、しかもこうした社会的関心が生き延びるうえに、彼のデタッチメントの書法が有効であるばかりか、必要ですらあったかもしれないことをわれわれに示唆する、村上最初の短編でした。

第3章
観念と初心――「貧乏な叔母さんの話」

1 翻訳と短編

さて、このあたりで村上の初期短編の世界ということを、改めて考えてみましょう。僕がこの本を初期の三部作からはじめようと思ったのは、先に述べたように、そこに重要で特異な村上のコミットメントが見られると考えたからです。けれどもそれとは別に、日本での村上の初期短編への評価が、これまで余りに低いままにきていることも、これらをいつかしっかりと論じたいと思ってきた理由のはしくれくらいには、なっています。

村上の短編について考える場合、翻訳は一つの手がかりになります。内容では後にふれるように、個別的に多々問題がありますが、その作品の位置、評価のあり方については、信頼ができます。翻訳がここで大きく参考になるのは、特に英語圏の場合なのかもしれませんが、そこに、短編独特の読書市場があるからです。長編小説が上位で、短編がその付録、というような位階秩序はそこにはありません。明らかに長編小説の読者世界と短編小説の読者世界が、別立てで、しかも長編小説よりも短編小説の読者世界が「広い」。村上春樹自身が述べているように、英語で書く小説家の誰もがそこに掲載されることを夢見る雑誌は、『ザ・ニューヨーカー』です。体裁を見ればわかりますが、A4判くらいの大きさの薄っぺらい雑誌で、ごく良質の読者が購買層です。そしてそこに載るのは短編なのです。

大切なことは、そこで短編作品が、長編作品と異なり、一般読者を対象とする広大な読書市場に出て行く点です。小説の面白さがこれだけ先入見なしに、日本のことを知る知らないに拘わらず、冷徹に評価される場所も少ないのです。

村上はこの雑誌に——日本語からの翻訳という形では——はじめて作品が掲載された日本人作家でもあります(「アメリカで『象の消滅』が出版された頃」『象の消滅　短篇選集1980—1991』)。第1章でふれた「TVピープル」(53、アルフレッド・バーンバウム訳)がその作品ですが(一九九〇年九月十日号)、それだけでなく、近年これだけ多くの短編がこの雑誌に掲載されている小説家も、少ないらしい。現在の英語圏での村上の短編への評価はきわめて高いわけです。

この雑誌には、近年の例で言うと、「トニー滝谷」(59、ジェイ・ルービン訳)が二〇〇二年四月十五日号に、「飛行機——あるいは彼はいかにして詩を読むようにひとりごとを言ったか」（54、同）が同年七月一日号に、「氷男」（62、リチャード・L・ピーターソン訳）が二〇〇三年二月十日号に、「我らの時代のフォークロア——高度資本主義前史」（55、アルフレッド・バーンバウム訳）が同年六月九日号に、「ハンティング・ナイフ」（42、フィリップ・ゲイブリエル訳）が同年十一月十七日号に、最近刊短編集である『東京奇譚集』から、「どこであれそれが見つかりそうな場所で」（78、同）が二〇〇五年五月二日号に、また、東日本大震災・福島原発事故を受けた二〇一一年三月二八日号には、先に同じく大震災と大事件（阪神淡路大震災と地下鉄サリン事件）を受けて書かれ、既に英訳も刊行されている『神の子どもたちはみな踊る』（*After the Quake*）から、転載の形で旧作の「UFOが釧路に降りる」が再録されているというように、コンスタントに村上の短編が登場しています（近年掲載が少ないのは二〇〇五年九月を最後に、短編の発表がないからでしょう）。

面白いのは、日本では、村上の短編世界中、「まだどこか未成熟で、生硬で、挑戦的で、試行錯誤的」と冷評されて久しい初期短編群が、そこでは、後年の作品と何ら区別されることなく処遇されていることです。『ハーパーズ・マガジン』、『グランタ』など、いくつかの有力文芸雑誌にも他に多数、短編が掲載されていますが、そこでも作品の制作時期による違いは認められません。

『中国行きのスロウ・ボート』所収の初期短編——「中国行きのスロウ・ボート」（1）、「貧乏な叔母さんの話」（2）、「ニューヨーク炭鉱の悲劇」（3）、「カンガルー通信」（10）

――の四編も、先に述べたように、全て英訳されています。そのうち、本章と次章で取り上げる「貧乏な叔母さんの話」、「ニューヨーク炭鉱の悲劇」の二編の掲載誌は、右の『ザ・ニューヨーカー』です。二〇〇六年刊の短編集 *Blind Willow, Sleeping Woman* が、短編を対象とするアイルランドの文学賞フランク・オコナー国際短編賞を受賞したことも、記憶に新しいところですが、そこでも、収録二十四編中、五編もの作品が初期から収録されています。

この初期短編をめぐる彼我の評価の違いは、何を語っているのでしょうか。これら初期作品の日本国内での評価は、先に見たように、あまり芳しいものではありません。それが特別なケースでなく、研究者などを含め、一般の見方になっていることも、先に少しだけ示しておいたとおりです。全体として評するなら、「午後の最後の芝生」(24) 以降のまともな村上らしい短編に比べると、『羊をめぐる冒険』以前に書かれた作品群には、「未成熟、生硬、挑戦的、試行錯誤的」という不安定要素が著しい、ということです。この評価は、『羊をめぐる冒険』以前と以後とを識別している点で、正しい。というか、僕も同感です。しかし、なぜこれらが「生硬で、挑戦的で、試行錯誤的」なのか。その理由を「未成熟」さに見ている点が、僕の考えと違います。

ここには何か足りないものを「若さ」のせいと考える、日本社会に通有の年功序列的な見方がほんの少しではありますが、影をさしているでしょう。でも、それだけではない。

理由は別のところにあります。それは、ここで村上の行おうとしていることが、日本の既成の文脈（社会的な「コラーゲン」）の解体という無謀なまでに壮大な試みであるため、読む人自身が既成の文脈のうちにある間は、これが見えない、ということです。初期短編三部作が、いったん翻訳されると、それなりに奇妙な味わいをもつ不思議な作品として『ザ・ニューヨーカー』の編集部をも納得させ、ついには外国人読者に広くアピールするのは、そこに扱われ、そこで解体・再構築されようとしているものがいわばこの「大きな図柄」をもつ「既成の文脈」だからなのではないか、というのが、僕の考えなのです。

村上自身はこのことを当時、どう考えていたか。「最初の短篇集」と題したこの短編集上梓直後のエッセイでは、こう述べられています。

こういう比喩はあるいは誤解を招くかもしれないけれど、僕にとって長篇を書くことは勝つための闘いであり、短篇を書くことは負けるための闘いである。もう少しべつな言い方をするなら、長篇を書くことは文章をねじ伏せるための闘いであり、短篇を書くことは文章にねじ伏せられるための闘いである。短篇を書き終えたあとで僕のシャツにこびりついている血は、他人の血ではなく、僕の血である。

もちろん最初からそんな風に考えて短篇を書きはじめたわけではなかった。僕は長篇を二本書きあげて（『風の歌を聴け』と『1973年のピンボール』）、ごく簡単な気持で、その延長上にある作業として、短篇にとりかかった。(略)ベストを尽しさえすれば、なんとかそれなりの報酬を得ることはできるだろうと、僕は簡単に考えていた。

しかし実際に短篇を書いてみると、そこには「ベストを尽す」などという科白が存在しえないことに気づく。それは、前にも述べたように、そもそも負けるための闘いなのだ。我々はそこでいくつかのポイントを稼ぐことはできる。しかしどれだけポイントを稼いだとしても、必ず負ける。(『海』一九八三年七月号)

僕の考えを先に言っておくと、これは主に、『中国行きのスロウ・ボート』所収の七つの短編中、初期の四短編について言われた感想です。『羊をめぐる冒険』以後の短編作品には、よほどの例外を除けば「負け」はないからです。というか、以後、村上にとっては長編も含め、小説を書くことは「負け」のない勝負になるからです。そのことにあきたらず、物語の海に投身を試み、再び「勝ち負けのわからない」無謀な勝負に出るようになる。それが後年の書法としてのコミットメント、物語への没入《コミットメント》ということが語っている事態なのだろうと思います。

では、『羊をめぐる冒険』以前の初期作品における「負け」とは何か。それは「失敗」ということです。たしかにここには何か足りないものがある。それら初期の短編は、バランスの良さをも、適度な主題と方法の適合性をも欠いています。でも、第1章に見たウェブ上の評がその原因に「未成熟」さ、いわば年功・熟練の〝不足〟を見ているのに対し、村上自身がそこに、違うものを見ている点が重要です。「実際に短篇を書いてみると、そこには『ベストを尽す』などという科白が存在しえないことに気づく」、それは「そもそも負けるための闘いなのだ」。

先の評は、初期短編の「負け＝企ての失敗」を成熟の不在と考え、原因は「未成熟」さにあると見るのですが、村上自身は初期短編の「負け＝企ての失敗」には、逆に、何かが「ある」、と言っています。そこでは「負ける」ことがなにごとかなのだ。なぜ負けるのか。そこには何かが「ない」というよりも「ある」。ありすぎる。そこに彼が認めているのは、そこでの闘いは求められているものが過剰ゆえに必ずや「負け」る、でもそこでは「負ける」ことに意味がある、ということなのではないか。それが、「僕にとって長篇を書くことは勝つための闘いであり、短篇を書くことは負けるための闘いである」ということの意味ではないか。僕にはそう読めます。

どこからその「過剰」さはくるのか。

ここに彼の言う「デタッチメントの書法」の、短編執筆における闘いがあるというのが、先に述べておいた、僕の見当にほかなりません。

では「既成の文脈」の「ばらばらの言葉」への「分解」と「解体」というデタッチメントの書法は、初期短編三部作中、残りの二作品にはどう現れているのか。フィルムを逆回しするようにそこから「既成の文脈」を復元してみたら、第一作からは、「中国」への良心の呵責という「初心の形」がその解体構築の作業と一緒に浮かび上がってきました。そうだとしたら、第二作からは、何が浮かびあがってくるのでしょうか。

2 「貧乏な叔母さんの話」、あるいは『貧しい人々』

「中国行きのスロウ・ボート」の場合と同じ言い方をしてみます。結論から言えば、「貧乏な叔母さんの話」は、日本における「プロレタリアート」、つまり貧困層――貧しい人々――への気がかり、もしそう言いたければ、良心の呵責について書いた短編です。ここでは、第一作同様、そういう「観念」つまりコラーゲンが、ばらばらなアミノ酸に「分解・解体」されるさまが、かなり工夫をこめて、作品化されているのです。

え、そんなことが、と思われる人がいるかもしれませんが、それほど意外なことではないでしょう。ことに近代以降の小説家には、こういうことはしばしば起こることです。たとえば、村上が愛読する小説家の一人であるロシアの小説家ドストエフスキー。彼の最初の小説は、タイトルを言うと、『貧しい人々』。次の長編は、『虐げられた人々』という――これまたいささか「無謀にも」直接的なきらいのある題名をもつ――、魅力あふれる作品でした。

そして村上の最初の作品『風の歌を聴け』もまた、ある意味では金持ちと貧乏の対照を基本的な物語の軸とする、思われている以上に社会的関心をひめた作品だったのです。

村上の、日本でなら英訳書が入手可能というこの幻の第一作、『風の歌を聴け』には、「僕」と「僕」の友人の「鼠」が出てきます。大学生の「僕」が港のある自分の町に夏休み、帰郷して、一夏をすごし、夏の終わりにそこを離れるというのがこの作品の骨格です。「小指のない女の子」という登場人物、ラジオ番組のディスク・ジョッキー、それから先にふれた中国人のジェイのやっているジェイズ・バーというものが出てくる。金持ちと貧乏、健康と病気とがこの作品の基本の軸です。この二つを軸に、幸福とは何か、ということがとってもシンプルに考えられます。「鼠」は金持ちの家の息子で、「小指のない女の子」は貧乏な階層の出身、そして「僕」が中産階層出身者という設定。村上は「おしゃれ」な小説家として登場してきたと思われているので、意外かもしれませんが、この小説には、実は「金持ち」という言葉が十五回、「貧乏」、「貧しい」という言葉が「貧乏人」も含めると、七回も出てくるのです。

「金持ち」が出てくる用例の代表は、「鼠」のいう、

「金持ちなんて・みんな・糞くらえさ」（"The rich can all eat shit!"）

という台詞です。「鼠」は父が戦前の貧乏から成りあがったものの、いまは事故で石柱にぶつけた「黒塗りのフィアット600」を苦もなく「買い戻せる」ほどには裕福な家に

育った子どもです。自分の出身階級（？）に対するコンプレックス——良心の呵責——に苦しんでいる。で、何かにつけ、こう言う。言わずにはいられない。

これに対し、「僕」は、中産階層の出身者で、そういう「良心の呵責」から自由です。八〇年代当時、新しく生まれてきた感性を、この「僕」が体現しています。それで、「鼠」が金持ちには「虫酸が走る」と悪口を言うと、お前の家だって相当の金持ちじゃないか、とまぜかえす。「鼠」が「俺のせいじゃないさ」とうそぶくと、

時折（大抵はビールを飲み過ぎたような場合なのだが）、「いや、お前のせいさ」と僕は言って、そして言ってしまった後で必ず嫌な気分になった。鼠の言い分にも一理はあったからだ。（『風の歌を聴け』）

というわけで、この「僕」はなかなかタフな、心強い造型なのです。で、この「僕」のポジションを示す言葉として、作者は、「気分が良くて何が悪い？」（*What's So Bad About Feeling Good?*）という言葉を用意している。作中に出てくる架空の小説家のエッセイ集のタイトルという設定ですが、金がある、気分がいい、それで何が悪い？という「良心の呵責」に苦しむインテリ層以降に現れてきた、新しい感性の中産階層のモラルの基盤を言い当てた、相

当に鋭い位置設定の言葉なのです。

つけ加えて言うと、これは、「気分がいい」ことを、――「良心の呵責」なしに――"What's so bad?" といった日本で最初の宣言でした。後の章にまたふれますが、この言明を、モラルなんてどうでもいい、という意味でではなく、これを新しいモラルの基盤にする、という宣言と受けとると、このマニフェストの意味がしっかりと把握できます。

さて、しかしこの「僕」も、さらに貧しい階層出身の「小指のない女の子」とはこんな会話を交わさずにはいません。「僕」が自分の家の話を冗談で言うと、彼女が言う。


「きっと立派なお家なのね」

「ああ、立派な上に金がないとくれば、嬉しくて涙が出るよ」

(略)

「でも私の家の方がずっと貧乏だったわ」

「何故わかる?」

「匂いよ。金持ちが金持ちを嗅ぎわけられるように、貧乏な人間には貧乏な人間を嗅ぎわけることができるのよ」

ジェイの持ってきたビールを僕はグラスに注いだ。

「両親は何処に居る?」

「話したくないわ」（同前）

この小説の最後のほうに、ある意味で作者からのメッセージとも受け取れるディスク・ジョッキーの台詞が、ラジオから流れ出ます。そこでディスク・ジョッキーはこんな手紙があったよ、と三年間寝たきりの難病の女の子からの一通の手紙を読み上げます。そして、こういう。この手紙を読んだ後、自分は、散歩に出て「山の方を眺めてみた」。「山の方には実にたくさんの灯りが見えた」。「あるものは貧しい家の灯りだし、あるものは大きな屋敷の灯りだ」。「実にいろんな人がそれぞれに生きて」いるんだ、と思った。そうしたら「急に涙が出てきた」、と。

というわけで、この最初の小説からも、村上にとって「貧しさ」への関心がそう浅いものでないことが、伝わってくるのです。

さて、「貧乏な叔母さんの話」は、このような背景を念頭に読むなら、一言で言えば、語り手の主人公「僕」が――『風の歌を聴け』の「鼠」よろしく――ある日突然、「貧しい人々」を救う、あるいは「貧しい人々」についての話を書きたい、というまったく反時代的な願望、気がかり、呵責の気持ちに取りつかれる、そういう話だとわかります。そして、それについて書けないまま、その思いあるいは「観念」に押しひしがれる日々を過ごしたあげく、ある日、身近で起こる小さな出来事をきっかけに、主人公の「僕」が、その

「観念」から自由になる、という推移あるいは経験を、あざやかに描くのです。

まずある七月の日曜日の午後、「連れ」と一緒にいるとき、彼は突然、奇妙なものに取りつかれます。

そもそもの始めは七月のある晴れた午後だった。とびっきり気持の良い日曜日の午後だ。（略）
そんな午後になぜ貧乏な叔母さんが心を捉えたのか、僕にはわからない。まわりには貧乏な叔母さんの姿さえなかった。それでもそのわずか何百分の一秒かのあいだ、彼女は僕の心の中にいたし、その冷やりとした不思議な肌ざわりはいつまでもそこに残っていた。
貧乏な叔母さん？　（「貧乏な叔母さんの話」『新潮』一九八〇年十二月号）

彼は「連れ」に言います。「貧乏な叔母さんについて何かを書いてみたいんだ」

「連れ」は答えます。「貧乏な叔母さん？」「どうして貧乏な叔母さんなの？」

「あなたが貧乏な叔母さんの話を書くの？」

「そう。僕が貧乏な叔母さんの話を書くんだ」

「そんな話、誰も読みたがらないかもしれない」

「そうかもしれない」と僕は言った。

「それでも書いてみたいのね？」

「仕方ないんだ」と僕は弁解した。（同前）

さて、「連れ」は、ところで「あなたの親戚に貧乏な叔母さんはいる」のか、と訊きます。あなたはそもそも、貧しい人たちを知っているのか、というのです。これに「僕」は「いや」と答える。『風の歌を聴け』の「鼠」と「僕」の対話が、「僕」と「連れ」の間でやや変奏されつつ反復されているのがわかります。『風の歌を聴け』の「鼠」が没落する旧左翼的な――時代遅れの――「良心の呵責」組を代表していたように、ここでは「僕」が、時代遅れな「気がかり」を代表しています。でも、「気がかり」は残っていても、もうそれをどうにかするための「手がかり」はない。消えかかっている。それはそうでしょう。村上がこれを書いているのは、一九八〇年のことですが、これが、どういう時期であったかといえば、日本社会は貧困というものと完全に訣別し、別種の社会へと「離陸」しつつあると、多くの人に観察されていました。

たとえば、思想家で当時文芸評論にも手を染めていた吉本隆明は、この時期に行った文芸時評を本にするに際して、これを『空虚としての主題』と名づけています。何かこれまで社会に満ちていたものが、水位を下げ、やがて空っぽになったというのです。その次にはじめた『マス・イメージ論』という論考では、「情況」という名の下にこれまでは歴史的に、通時的に、過去とのつながりのもとに捉えてきた社会を、今後は、むしろ未来とのつながりのほうから共時的に捉えるようにしたいと述べ、新しく（過去の文脈から自由になった）「現在」としての状況把握という考えを提示するようになります。もう「貧困」との関係で社会の問題は考えられなくなった、ということです。これがこの時期、一九八〇年代の初頭のことでした。

僕について言うと、それからほぼ十年後の八九年、バブル絶頂という時期に、現代風俗研究会という組織の年報の編集責任者として、『貧乏――現代風俗'90』というムックの作成に携わったことがあります。そのとき、われわれの周囲に「貧乏な叔母さん」はもうどこにもいなかった。一度、埼玉県大宮市（現さいたま市）のおそばやで、ひと頃なら「貧乏な叔母さん」であるはずの年配女性の一団と隣り合わせましたが、彼女らは、株式投資とグアムへの旅行の話で盛り上がっていました。新聞やテレビで言われていることが本当なんだとわかり、度肝を抜かれたことをおぼえています。こんなに短期間のうちに社会風俗の中から姿を消した貧乏、「希少価値」になってしまった貧乏を、現代風俗のうちに探索しようと、だいぶ屈折した「風俗研究」を企図したのですが、その年報の冒頭グラビアに、僕は、八九年当時、「十円」で買えるものの「標本」を載せています。この物価狂奔の時代に三十年前と同様、「十円で買えるもの」をさまざまなところから「採集」してきてもらって、それを記録しようと、六本木のスタジオを借り、細心の注意を払い、時間をかけて、――お金もかけて（笑）――、それら希少な「昆虫」の標本を、撮影したのです。

村上がこの短編を書こうとした時期が、八〇年代初頭、日本の社会にこうした過去からの切断の徴候がはっきりと見えはじめた時点でした。これから日本の経済がバブルに向かおうという時です。

作中、「貧乏な叔母さん」が「僕」に取りつく場面で、「僕」の耳に、「誰かが芝生の上に置いたラジオ」から「失われた愛だとか、失われそうな愛だとかについて」の歌が聞こえてきます。「砂糖を入れすぎたコーヒーのような甘たるいポップソング」です。そう書かれている。「僕」は社会の気分からは遠いのです。「連れ」とやりとりを交わしていると、またラジオが「違った歌を流し始め」る。「僕」は皮肉めかして思います。「世の中はきっと失われた愛や、失われそうな愛で充ちているのだろう」、と。しかし、新しい社会の現状には十分にイヤミを言える彼にしても、「貧乏な叔母さん」は知らない。貧困からは遠い。「連れ」は言います。

「私の身内には貧乏な叔母さんが一人いるの。まったくの本物よ。何年か一緒に暮したこともある」

「うん」
「でも私は彼女について何も書きたくなんかない」（同前）

このような時代に、「貧しい人々」について考えること、それについて書こうとすることの観念性、本当に「貧しさ」に触れていれば「貧しい人々」という観念自体が蒸留水のような清廉なありかたをしてはいないであろうこと。この若い小説家は、当然ながら、この種のポリティカル・コレクトネスのもっている危うさをよく知り、またこのような「豊かな時代」に貧困に苦しむ人々を気にかけることの反時代的ではありつつも紋切り型でもある退屈さ、観念性を、十分わきまえています。すべてこういうことは十分わかったうえで、この作品に手をつけているのです。

あなたの身内にだってやはり貧乏な叔母さんはいないかもしれない。とすれば僕とあなたは「貧乏な叔母さんを持たない」という共通項を持つことになる。不思議な共通項だ。まるで静かな朝の水たまりみたいな共通項だ。

けれどもあなただって誰かの結婚式で、貧乏な叔母さんの姿くらいは見かけたことがあるだろう。どんな本棚にも長いあいだ読み残された一冊の本があるように、どんな洋服ダンスにもほとんど袖をとおされたことのない一着のシャツがあるように、どんな結

婚式にも一人の貧乏な叔母さんがいる。(同前)

やがてそれは「僕」の背中に貼りつくようになります。「僕の背中」には四六時中、「貧乏な叔母さんがいる」ようになり、飼い猫たちも当初は「胡散臭い目」で彼女を眺めます。友人たちとお酒を飲んでいても、「僕の背後から彼女が時折ちらりと顔をのぞかせる」。そのたび、友人たちに、「どうも落ちつかないな」「なんだか辛気臭くって」かなわないな、と不評を買います。そして、やがて「僕のまわりから一人また一人と、まるで櫛の歯が抜けるように友人たちが去ってい」く。どうもこの小説に出てくる「連れ」というのは別格らしく、「僕」の分身的存在としてとどまり続けますが、それを除くと「みんな」が「僕を避け、どこかで偶然顔をあわせてももっともらしい理由をみつけてはすぐに姿を消すようにな」るのです。

あなたと二人でいるとどうも気づまりなのよ、と一人の女の子は正直に言った。
僕のせいじゃないよ。
わかってるわ、彼女はそう言って具合悪そうに笑った。(同前)

『風の歌を聴け』の「僕」ではないので、「いや、お前のせいさ」と嫌みをいうような友人はここにはいません。

やがて、このことが評判になり、彼は雑誌の取材を受け、テレビにも出るようになる。質問され、彼は、「貧乏な叔母さん」は「幽霊」ではない。「どこにもひそんじゃいないし、誰にもとりついたりはしない。それはいわばただのことばなんです」と正直に言います。「貧乏な叔母さん」、それは、

ただのことば

なのだ、と。自分の背中に貼りついているのも、結局は「貧乏な叔母さんということば」なのです。意味もなければ形もない。あえて言えばそれは「概念的な記号」のようなものにすぎない。

つまり彼は、彼に取りついたものの正体を、それがいまでは一個の観念にほかならないことを、よく知っているのです。

やがて、ちょうどフランツ・カフカの「断食芸人」の場合のように、人々はこの「僕」に起こった椿事への興味を失い、誰もが「僕」のことも、「貧乏な叔母さん」のことも忘れ、後に、「僕と貧乏な叔母さんが一体化してしまったような沈黙」だけが「僕」の手元に残ります。

そんなある日、「秋の終り」、「僕」は「貧乏な叔母さんとともに」乗りこんだ空いた「郊外電車」で、ある親子連れと乗りあわせます。乗ってくるのは生活に疲れたような三十代半ばのやせた母親と二人の子供です。そのうち、「年上の女の子は幼稚園の制服らしい紺サージのワンピースを着て」、「真新しいグレイのフェルト帽」をかぶり、その隣に三歳ばかりの男の子が座っていました。

やがて、男の子がお姉さんの帽子を手に取り、いたずらをはじめる。女の子はしきりにそのことをお母さんに訴えます。「ねえ、ぶって取り上げてよ」、お母さんは、「黙ってらっしゃいって言ったでしょ」と、男の子をちらりと見てめんどくさそうにため息をつくばかり。すると、ややあって女の子が「突然手を伸ばして弟の肩をつきとばし、相手がひるんだすきにさっと帽子をひったく」り、取り返します。一瞬の沈黙の後、弟が突然大声で泣き出し、それと同時に「母親が平手で女の子の裸の膝をぴしゃりと打」つ。「だってママ、この子の方が先に……」、抗弁する彼女に母親が、「電車の中で騒ぐような子はもううちの子供じゃないからね」、怒りの言葉を放ち、あっちに行ってなさい、と命じる。女の子はしばらく抗った後、向かい側の席、つまり「僕」のいる側に身を移し、「僕」の隣りに「顔を伏せ」て腰を下ろすのです。

初期短編全般に言えることですが、村上はこれを十年後、『全作品第1期』第3巻に収録する際、だいぶ大きく加筆改稿しています。この個所も、改稿されている部分で、この後、この女の子の「赤い頰を幾筋かの涙が下りていくのが見え」る、とあるのに続く、次の個所は、村上が改稿し、新しく補った個所です。そこにはこうある。

時刻はもう夕方に近かった。（略）僕は本を閉じ、膝の上に両手を置いて、長いあいだ自分の手のひらをじっと眺めた。自分の手のひらをそんなにじっくりと見るのは、考えてみればずいぶん久し振りのことだった。車内灯のくすんだ光の下では、僕の手はいやに黒ずんで汚れていた。それは自分の手には見えなかった。そのことは僕を哀しい気持にさせた。その手はどう見ても、この先誰かを幸せにできるような手には見えなかったからだ。誰かを救うことができる手のようにも見えなかったからだ。僕は隣りの席でしゃくりあげているその女の子の肩に手を置いて慰めてやりたかった。君のやったことは全然間違ってないし、帽子を奪いかえしたときのあの手際なんて実にたいしたものだったよと言ってやりたかった。（「貧乏な叔母さんの話」『全作品第1期-3　短篇集Ⅰ』、加筆個所）

さて、電車を降りると、「あたりにはもう冬の風が吹いてい」ます。「セーターの季節が終り、厚いコートの季節が街に近づいてい」ます。「僕」は「階段を下り改札を抜け」外に出る。そして気づく。あんなにも彼に固着するようだった「貧乏な叔母さん」が、「いつの間にか消え去っている」のです。あの観念、「概念的な記号」、「ことば」は、「秋の終り」、この出来事を機に、彼のもとを去ります。

3 大きな気がかりと小さな手がかり

この短編について、村上は、『全作品第1期』第3巻別刷の「『自作を語る』――短篇小説への試み」に、短編第一作と同様に「これも難しい展開の話だった。僕としてはかなりの意欲作だったのだが、あまりにもテーマが大きすぎて、駆け出しの作家の手にはあまる部分があった」。「そういうわけで当時も（掲載誌の――引用者）『新潮』の担当編集者と二人でとことん話し合って手を入れた。何度も何度も討論を重ね、薄紙を重ねるように丁寧に書き直した」。しかし今回読み直すとまだまだ問題があることがわかったので、「全集収録にあたって全体的にかなり手を入れた」と記しています。かなり熱のこもった述べようです。

後に触れますが、これに続いて、彼は、「あるいはもっと年をとって、もう一度書き直すことになるかなという気もしないではない。これは僕にとってけっこう重要な意味を持つ短編であったように思う」とすら、書いているのです。

この小説が描いているのは、八〇年代初頭、「貧乏な叔母さん」（＝貧しい人々）のことを書こうという反時代的な意欲、衝迫に取りつかれた語り手の「僕」が、徐々に孤立を深めながら、ある日、隣りに座った「女の子」に、君は間違ってない、あの手際なんか大したものだったよ、と言ってあげようと思いながら、ついに「肩に手を置いて慰めてや」ることもできなかった、そういうごく身近な経験をへることで、貧しい人々のために何かをしたいという強迫的な「観念」から、自由になる、という話です。

なぜこれが村上にとって「重要な意味を持つ」かと言えば、ここに彼の小説作法の原型が現れているからでしょう。あのデタッチメントの書法の核にあるもののもう一つの意味あいが、姿を見せているからでしょう。彼は貧しい人々のために何かをしたい。そんな話を書いてみたい。でも、同時にそんな話は誰も読みたくない、また、自分に、人に読んでもらえそうなそんな物語が書けるわけもないことが、よおくわかっている。ではどうすればよいのか。どうすればよいのかはわからない。でも、ごく身近に一人の女の子がいて、肩をふるわせ、「しゃくりあげている」。その女の子の「肩に手を置いて」、いいんだ、君は間違っていない、と励まし、慰めてあげたいと、心の底から思う。そうできないままに、そう思った。そしたら、先の強迫観念は、消えていた、というのです。

小説を書くとは、大きな「観念」（気がかり）に苦しめられながら、身近な出来事に助けられ、これに具体的な、小さな「形」（手がかり）を与えることなのではないだろうか。

それに「小さな」形を与えながらまた、「大きな」観念から離れないことなのでは、ないだろうか。つまり、大きな汚染された「物語」から、小さな「初心の形」を離隔し、取り出すことなのではないだろうか。

僕は、ここで村上が悪戦苦闘しながら、その「無謀な企て」を何とか成就に導いていることの内容を、こう言ってみたいと思います。

これは余りに自分に引きつけすぎた解釈だと思われるでしょうか。いくら何でも「深読み」にすぎるよ、と言われるでしょうか。でも、作者はこういうことを書こうとしたのだ。そうでなければ、次のような最後のくだりは書かれないでしょう。

これが最後の部分。初出のほうで引用してみます。

> もし、と僕は思う、もし一万年の後に貧乏な叔母さんたちだけの社会が出現したとすれば、僕のために彼女たちは街の門を開いてくれるだろうか？　そこには貧乏な叔母さんたちによって選ばれた貧乏な叔母さんたちの政府があり、貧乏な叔母さんたちがハンドルを握った貧乏な叔母さんたちのための電車が走り、貧乏な叔母さんたちの手によって書かれた小説が存在しているはずだ。
>
> いや、彼女たちはそんなものを必要とは感じないかもしれない。政府も電車も小説も……。

彼女たちは巨大な酢の瓶をいくつも作り、その中に入ってひっそりと生きることを望むかもしれない。空から眺めると、そんな瓶が何万本、何十万本と見渡す限り地表に並んでいることだろう。それはきっと素晴しい眺めであるに違いない。

そうだ、もしその世界に一片の詩の入り込む余地があるとすれば、僕は詩を書いてもいい。貧乏な叔母さんたちの桂冠詩人だ。（「貧乏な叔母さんの話」『新潮』一九八〇年十二月号、傍点引用者）

作者は、自分はもしそこに場所があるなら、「貧乏な叔母さんたち」の国の「桂冠詩人」になってもよい、なりたい、とすら、言っているのです。ちょうど『キャッチャー・イン・ザ・ライ』の主人公が、ライ麦畑で遊ぶ子どもたちの「捕まえ手」になってもよい、なりたい、と言うように。しかし、サリンジャーの場合は、相手は「子どもたち」ですが、村上の場合は「プロレタリアート」である点が違います。右の引用の「貧乏な叔母さんたち」は、それまで「プロレタリアート」として語られてきた存在の置換、代置の形象であり、そこでは、従来の概念——貧しい人々——が、分解され、解体され、別の形で再構築されようとしているのです。

村上が、この後、日本の高度消費社会とともにやってきた新しい都市風俗の文化的ヒーローとしてもてはやされることを考えるなら、これは、とんでもないブラック・ジョークといったところでしょう。だから、この作品は日本ではまさか、このように直接的には受けとられていない。しかし、ほんとうにこの作品は「貧乏な人々」――貧しい人々――と関係ないのか。作中、「まるで路上で死ぬまで老馬をうちすえるあの御者」という言葉が出てきます。

> もちろん時は全ての人々を平等にうちのめしていくのだろう。まるで路上で死ぬまで老馬をうちすえるあの御者のように。しかしそれはおそろしく静かな打擲であるから、自らが打たれていることに気づくものは少ない。（同前、傍点引用者）

村上の思いのよく示されたくだりですが、この「老馬」が何からのレファレンスか。誰かわかるでしょうか。

わかる人は手をあげてください。

そう、ドストエフスキーの『罪と罰』、ラスコーリニコフの夢に出てくる話ですね。子ども時代の彼が打たれて死ぬ老馬を前に、誰か、助けてあげて！　と声にならない声で叫び、泣きじゃくるのです。ドストエフスキーはこの挿話を他にも小さなエッセイに書いています。かなり知られた挿話です。村上は、この短編を書きながら、『罪と罰』のこういう個所にふれているわけですが、当時、この若い小説家と重厚な長編小説家の取り合わせは、もしこれに気づく人がいたら、意外なことと思われたでしょう。しかし、彼は若い頃から筋金入りのドストエフスキーの読者でもあった。当然、ドストエフスキーの小説家としての閲歴が『貧しい人々』という小説から始まっていることを承知していたはずです。プロレタリアートへの関心。そういう生といえば生のまま、「低分子化」を施されていないコラーゲンが、ここでばらばらのアミノ酸に分解、解体されているのです。

4 二つの郊外電車

ここで先にちょっとだけ触れた九〇年刊『全作品第1期』第3巻別刷（「『自作を語る』——短篇小説への試み」）にある「貧乏な叔母さんの話」に関する作者の言葉、「あるいはもっと年をとって、もう一度書き直すことになるかなという気もしないではない」について、一言述べておきます。

村上は、ことによれば以後、「もう一度」この短編に立ち返っているのではないでしょうか。僕の推測があたっているとすれば、彼がそうしているのは、今回（二〇〇九年五月、BOOK1、BOOK2。後に二〇一〇年四月、BOOK3）刊行された『1Q84』でのことかもしれません。というのも、序にほんの少しふれたように、この新刊の長編小説を読んでいて、僕の思い出したのが、この「貧乏な叔母さんの話」だったからです。

『1Q84』は刊行されてほどないので、皆さんのうち、三分の一前後の人には読めません。でも、僕がこれをどんなふうに読んだかの一端を述べておくことは、短編について考えるこの論考でも、無駄ではないでしょう。そのつもりで話しますが、この長編でもっとも僕の心ひかれた側面というのが、これだけ大きな柄をもつ全体が、とてもちっぽけな一つの出来事に支えられている、という、この小説のカギといってもよい、独特のあり方でした。

少し序での記述と重なるでしょうが、ごく簡単に紹介すると、『1Q84』は二人の主人公にまつわる二つの物語が交互に語られるパラレルワールドふうの語り(ナラティブ)の構造になっています。一つは天吾という二十九歳の青年の物語で、彼は予備校の数学教師をしながら小説家をめざしています。旧知のやり手の編集者の発意から、雑誌の有望な新人文学賞応募作をひそかにリライトする仕事を引き受けます。そしてそこから不思議な世界に引き込まれるのです。

その作品は、ふかえりという読字障害(ディスレクシア)を抱えた十七歳の少女が書いて、応募したものでした。その背景に新興宗教集団の秘密が関わっている。この作品が天吾のリライトをへて新人賞を受賞し、やがて芥川賞というこの国で最も名高い文学賞をも受賞しようかという動きのなかで、今度は天吾に向け、その宗教集団の背後にいるリトル・ピープルという存在からの魔手が伸びてきます。因みに言えばこのふかえりは本名が深田絵里子ですが、『アフターダーク』の主人公浅井マリとも姉浅井エリを媒介してつながっているかもしれません。『アフターダーク』の浅井エリが略せば「あさえり」ですから、『1Q84』のふかえりとは、「浅い」エリ（あさえり）、「深い」えり（ふかえり）という対応関係にあるからです。

さて、もう一つは、青豆という天吾と同年齢の女性を主人公とした物語で、こちらはスポーツジムのインストラクター、その一方でアイスピックに似たものを使う特異な女殺し屋でもあります。暴君的な夫などによる家庭内暴力に苦しむ女性のための避難所をひそかに営む篤志家の女性からの依頼で、更生の見込みのない悪質なケースの加害者の男を、殺害の痕跡なしに始末するのが仕事ですが、やがて新興宗教集団の教祖（リーダー）が幼女陵辱を繰り返していることが判明すると、この人物を殺害しなければならなくなる。

こうして、二つの話が徐々に交錯してくるのですが、このうち、二人の主人公の関係が読者に明らかになるきっかけとなるできごとが、読んでいて僕に強く、「貧乏な叔母さんの話」を思い出させました。

それはこういう場面です。

現時点で全三巻からなる話の第一巻（BOOK1）の半ばあたりで、天吾は首都圏青梅線の奥の二俣尾という場所に、ふかえりの「先生」に会いに行きます。その帰り、立川駅で中央線に乗り換え、電車が三鷹駅に着くと、「天吾の向かいに親子連れが座」ります。

母親はこざっぱりとし、なかなか整った顔をしていますが、「両目の外側の脇に神経的な疲れがにじみ出ていて、それが彼女をおそらくは実際以上に老けて見せてい」ます。黒縁の眼鏡、色褪せたぶ厚い布製バッグ。「まだ四月の半ばだというのに、日傘を持っていた。傘はまるで干からびた棍棒のようにぎゅっと堅く巻かれていた」。娘は「小学校の二年生か三年生か、そんなところ」。「目の大きな、顔立ちの良い女の子」です。

二人はシートに腰掛けたまま、終始黙り込んでいた。母親は頭の中で何かの段取りを組み立てているみたいに見えた。隣りに座った娘は（略）天吾の顔をちらちら見たりしていた。（『1Q84』BOOK1第12章）

母子は荻窪駅で電車を降ります。電車がスピードを緩めると、母親が「さっと席を立」ちます。「左手に日傘、右手に布バッグ」。「娘もすぐにそれに従」いますが、「席を立つときに、もう一度ちらりと天吾の顔を見」るのです。

そこには何かを求めるような、何かを訴えるような、不思議な光が宿っていた。ほんの微かな光なのだが、それを見てとることが天吾にはできた。この女の子は何かの信号を発しているのだ——天吾はそう感じた。しかし言うまでもないことだが、たとえ信号を送られたとしても、天吾には何をすることもできない。事情もわからないし、関わりあう資格もない。少女は荻窪駅で母親とともに電車を降り、ドアが閉まり、天吾はそこに腰を下ろしたまま次の駅に向かった。少女が座っていた座席には、模擬試験を受けた帰りらしい中学生の三人組が座った。そして大声で賑やかに話を始めた。しかしそれでも少女の静かな残像はまだしばらくのあいだそこに残っていた。（同前）

これだけのシーンですが、これで終わっていれば僕も初期短編のある場面を思い出すということはなかったでしょう。しかし、そうではない。この一見何気ないシーンがこの作品で重要なのは、次に改行して、「その少女の目は、天吾に一人の少女のことを思い出させた」という一文に接続し、そこから小説が、天吾の小学校の三年生、四年生のときの話に転じるからです。

彼が小学校の三年生と四年生の二年間、同じクラスにいた女の子だ。彼女もさっきの少女と同じような目をしていた。その目で天吾をじっと見つめていた。そして……（同前）

村上の小説にありうべからざる、一歩間違えば陳腐きわまりない一語の「そして……」。

映画でいうなら、フェードアウト・フェードインを導く苦肉の一語が出現します。

天吾の想起のなかに現れる「彼女」は、ある新興の宗教団体の信者の子で、その女の子も「さっきの少女と同じような、大きな綺麗な目をしてい」ました。天吾が彼女に関心をもったのは、この同級生の女の子が週末になると「母親と一緒に」布教活動をしていたからです。母親はその新興宗教のパンフレットである「洪水の前」を詰めた「布の袋」を片手に持ち、

だいたいは日傘をもう片方の手に持っていた。(同前)

天吾の父はNHK受信料の集金人で、天吾もまた週末ごとに父親に集金のお伴をさせられています。そのことを恥ずかしく思い、集金の行脚中、級友に目撃されたくないと心の隅で思っていました。彼は通りで何度か彼女とすれ違ったものです。そのたび、「少女の目の中で何かがこっそりと光ったように見え」ました。

彼らは学校では口をきくこともなく、挨拶一つかわしません。でも、一度だけ、天吾がこの女の子を庇《かば》ったことがあります。彼女が理科の実験で間違いをし、同級生から毒のある言葉を投げかけられるのを耳にしたとき、なぜかはわからないまま、「どうしてもそれを聞き捨てにしておけ」ずに、「その少女に助けの手を差し伸べ」るのです。そして、そ

れから数カ月後、そのできごとが起こります。

よく晴れた十二月初めの午後、放課後の掃除が終わった後の教室にたまたま二人だけがいたとき、この女の子が「何かを決断したように足早に教室を横切り」天吾のところにやってくると、何も言わずにただ天吾の「手を握」るのです。彼女は、

そしてじっと彼の顔を見上げた（天吾の方が十センチばかり身長が高かった）。天吾も驚いて彼女の顔を見た。二人の目が合った。天吾は相手の瞳の中に、これまで見たこともないような透明な深みを見ることができた。その少女は長いあいだ無言のまま彼の手を握りしめていた。（略）それから彼女はさっと手を放し、スカートの裾を翻し、小走りに教室から出ていった。（同前）

小説は、この後、天吾がこの想起からさめ、現実の場面に戻ります。そして青豆の章になり、青豆が、最初の「殺し」を行う場面にさしかかります。青豆は冷静に事を処す。そのおり、彼女の口から、「天上のお方さま。あなたの御名がどこまでも清められ（略）」という「祈りの文句」が口をついて出る。ここで読者は「彼女が、あの新興宗教の信者を親にもつ女の子だった」とわかる。この展開に、読む者は、戦慄をおぼえます。

僕の考えでは、『1Q84』は、この小さなできごとにその全存在をささえられるよう

にして逆ピラミッドの形で立っています。しかし揺らぎがない。そのありようが僕の胸を締めつけます。

この小説は、二人の主人公の男女が互いに相手を忘れられずに探しあう、古典的な「メロドラマ」の枠組みを「借り入れ」ています。ここでは詳しく述べませんが、わざと「稚拙な物語」のありようが求められている。ここにも実は初期短編の無謀な姿勢がかいま見られるでしょう。未読の皆さんを前に詳しくは述べませんが、二人はこの後、すれ違う、でも典型的な「メロドラマ」そのままに、会えないのです。新興宗教信者の親のもとに生まれ育ち、ふだん学校では感情を出さない十歳の女の子が、一度だけ、好きな男の子のもとに走り寄り、無言で「手を握」る。これが全二巻で刊行された初期形の『1Q84』で言うならこの長い小説で主人公の男女がただ一度、ふれあうシーンであったことを、後に読者は知ることになります（第三巻では二人は再会、そこから新しい話が展開します）。

さて、村上はあの「貧乏な叔母さんの話」について、「僕にとってけっこう重要な意味を持つ短編」と述べ、「もう一度書き直すことになるかなという気もしないではない」と記したのですが、『1Q84』を書くという形で、「貧乏な叔母さんの話」中、もっとも心に残る、「郊外電車」の場面を、「もう一度書き直」しているのではないでしょうか。

誰もが認めるでしょうが、「貧乏な叔母さんの話」の中で、あの場面は、忘れがたい印象を残します。

僕は隣りの席でしゃくりあげているその女の子の肩に手を置いて慰めてやりたかった。君のやったことは全然間違ってないし、帽子を奪いかえしたときのあの手際なんて実にたいしたものだったよと言ってやりたかった。（「貧乏な叔母さんの話」『全作品第1期－3短篇集Ⅰ』）

ここはこう続きます。

でももちろん僕は彼女に手も触れなかったし、何も言わなかった。そんなことをしたら、彼女はもっと混乱してもっと怯えてしまったことだろう。それにだいいち、僕の手はこんなに黒く汚れてしまっているのだ。（同前）

と。彼は「手」を「触れ」ない。「何も言わな」い。でもこの思いが、この電車のシーンを『1Q84』中に二人の子どもの無言の「手を触れあう」シーンとして、蘇らせているのではないだろうか。このシーンを呼び出すのに、三鷹駅から荻窪駅までの「電車」のシーンが使われているのは、それが意図されたとされなかったとに拘わらず、「貧乏な叔母さんの話」の一シーンの果たされなかった「思い」が、源泉として村上のなかにあったからではないのだろうか。

『1Q84』がこの場面を通じて読者に伝えてよこすのは、ただ一度、人に愛された（人を愛した）記憶があるだけでも、人間は生きることができる、というナイーブなメッセージです。ナイーブすぎるメッセージだといってもよい。ここには、「無謀な姿勢」と「初心の形」、の組み合わせ、長編小説を作り上げるには単純すぎる、「ちっぽけ」すぎる支点と長編小説を作り上げるには乱暴すぎる、「無茶な」姿勢があるのです。

どう考えても、あまりにも「ナイーブ」なものがこの小説を動かしている。しかし僕は、このアンバランスさのうちに、この小説のこれまでにない可能性を感じます。あの「無謀な姿勢」を通じて、この最新の大きな長編小説が、三十年近く前の、「未成熟で、生硬で、挑戦的で、試行錯誤的で」すらあった初期短編群の書き手と、またその作品の最深部分と、じかにつながっています。

第4章
「耳をすませる」こと――「ニューヨーク炭鉱の悲劇」

1 「ニューヨーク炭鉱の悲劇、一九四一年」

さて、「ニューヨーク炭鉱の悲劇」（3）ですが、今回は、日本語の初出テクストを特に配付することにしました。

挿画は絵本作家の佐々木マキ。佐々木は『風の歌を聴け』以降、しばしば村上春樹の著作の表紙を担当しています。中に素晴らしい批評性を感じさせるものが少なくありません。特にこの後取り上げる『パン屋再襲撃』という短編集の表紙が素晴らしい。それはそのときに見ますが、この「ニューヨーク炭鉱の悲劇」のイラストも素敵です。色鮮やかで、なかなかに喚起的でしょう？

「ニューヨーク炭鉱の悲劇」は一九八一年三月、いま皆さんの手にある『ＢＲＵＴＵＳ』という男性雑誌に掲載されました。こうして見てくるとわかりますが、初期三部作の最後。

「ニューヨーク炭鉱の悲劇」(『BRUTUS』1981年3月15日号(平凡出版〔現マガジンハウス〕刊)より)

第一、第二作の長編から数えて、『群像』、『群像』、『海』、『新潮』と定評ある文芸誌に作品を掲載してきて、はじめて当時都市風俗の先端に位置する、米国で言ったら『Esquire』とか『PLAYBOY』といった雑誌に該当するだろうこの雑誌に、村上の短編が掲載されるのです。この作品に関して彼は、これまで何回かふれてきた『全作品第1期』第3巻別刷のパンフレット「『自作を語る』──短篇小説への試み」で前の二作ほど熱を入れては述べていません。「中国行きのスロウ・ボート」(1)のコメントが二十五行、「貧乏な叔母さんの話」(2)のコメントが十九行であるのに比べると、十行のみ。

でもそこで、こんなことを述べています。
この作品もまた、「中国行きのスロウ・ボート」のソニー・ロリンズ同様、「初期ビージーズのヒット・ソングの題名」から始まった。

担当の編集者は当時この作品を掲載することを渋った。「ビージーズはおしゃれじゃない」というのがその理由であったと記憶している。まあそれはそうかもしれないけれど、そんなこと言われても僕としてはとても困った。僕はこの曲の歌詞にひかれて、とにかく『ニューヨーク炭鉱の悲劇』という題の小説を書いてみたかったのである。ビージーズが歌おうが、ベイ・シティー・ローラーズが歌おうが、関係ないのだ。人はおしゃれになるために小説を書いているわけではない――と思う。（『全作品第1期-3　短篇集I』別刷「『自作を語る』――短篇小説への試み」）

当時の村上の関心と「都市風俗の先端」に位置する雑誌の編集者の嗜好のズレ、また知的水準のズレをもよく示すかもしれない、面白いエピソードですが、ここでは「中国行きのスロウ・ボート」の場合と違い、ビージーズの曲の「歌詞にひかれて」書いたとされている点が、僕から見ると喚起的です。
その意味で、序にちょっとだけふれましたが、フィリップ・ゲイブリエルの訳がこの曲の歌詞からなる題辞《エピグラフ》を脱落させていること、また、この短編の英語タイトルを単に「ニューヨーク炭鉱の悲劇（New York Mining Disaster）」と訳出していること、また、とりわけて最後の断章をイタリックにしていることを、ちょっと困ったことだと思うのです。まず題辞についていうと、たしかに『BRUTUS』誌上でもこの題辞はいささか居心地悪そうに収まっています。けれども、ゲイブリエル訳が最初に載った『ザ・ニューヨーカー』一九九九年一月十一日号を見ると、英訳短編集と同様、やはりここにも原作にはあった題辞がありません。ことによったらここでも編集者と翻訳者が「おしゃれでないな」と思い、削ることにしたのかもしれません。題名のほうも、実は村上も「この曲そのものは僕はあまり好きではない」と断っているので、厄介なのですが（笑）、初出の『BRUTUS』を見ればわかるように、そこには英語タイトルが一緒に書かれていて、「The New York Mining Disaster 1941 by HARUKI MURAKAMI」とある。というのもこの歌の原題は「New York Mining Disaster 1941」なのです。そして「ニューヨーク炭鉱の悲劇」はこの曲の日本での訳題なのですから、この短編の英語題名は、そうは書かれていなくとも、New York Mining Disaster 1941 とならなくてはいけない。また、本文中、最後の断章についても致命的な問題が生じていますが、これは、後で触れましょう。

考えてみると、奇妙な題名ですよね。この後の解釈に役立つはずなので、英語での歌詞を紹介することをかね、YouTube から、当時の映像を取り出し、これがどんな歌であるかを聴いておきましょう。

＊

さて、「ニューヨーク炭鉱の悲劇」です。

これは、次のような話です。

全部で七つの断章からなり（☆印で区切られています）、話はおよそ三つに分かれています。二つ目の断章に、「まったくのところ、それはおそろしく葬式の多い年だった」とあり、およそ前二作と同様の断章形式で、話者の「僕」の二十八歳だった年の話が展開されます。

第一は、台風や集中豪雨がくるたび動物園に足を運ぶという友人の話。その年のその友人とのいっぷう変わった交友が綴られます。

第二は、その年の大晦日の小さなパーティの話。「僕」はそこで不思議な三十二歳見当の女性に出会い、言葉をかわします。

第三が、右に言う、これらと全く無関係に出てくる最後の断章で、落盤事故で生き埋めになった炭鉱内部での坑夫たちのやりとりが出てくる。ここが題名の「ニューヨーク炭鉱の悲劇」と直接関係しているくだりです（念のためにいうと斜体ではなく普通の書体で印刷されています）。

まず、第一の挿話では、なぜかその年、「僕」の友人が次から次へと死んでいく話が語られます。「僕」は喪服を持っていないため、葬式のたびに右の友人に黒の背広を借りにいかなくてはならない。この友人は、台風の午後はちょっと変人になるものの、それ以外はまともで、外資系の貿易会社に勤めているのですが、「葬式に着ていくにはおあつらえむきの黒い背広と黒いネクタイと黒い革靴」をもっているのです。「誰かが死ぬたび」、「僕」は彼に電話をかけます。

「申しわけない」といつも僕は言った。「また葬式なんだ」

「どうぞ、どうぞ」といつも彼は言った。(「ニューヨーク炭鉱の悲劇」)

ひととおり葬式の嵐が過ぎ去った後、ある十二月の午後、「僕」はクリーニング屋から戻ってきたばかりの背広とお礼のウィスキーをもって友人宅を訪ねます。「クリスマス用のポインセチアの鉢植え」をテーブル上に眺め、「冬の夕陽」が「なだらかな坂道のように」差し込むなか、二人してビールを空け、ウィスキーに進み、とっておきのシャンパンを空にして、一夜を過ごします。「夜中の三時」には「動物園」の「地面が方々で音もなく裂けて、そこから何かが這い上がってくるような」気がするという友人の経験談、テレビの優れた点は「好きな時に消せる」ことだなどという話があり、夜が更けていきます。

次は、きっとそれから一週間か、十日くらいした頃の話です。大晦日の小さなパーティ。そこで、「僕」がある女性に話しかけられます。その女性は「僕」に、あなたは自分の知っている人物にそっくりだと言う。しばらく気持のよい会話が続いた後、しかし、その人物は「五年前に死ん」だのだと女性が明かします。

「ふうん」と僕は言った。
「私が殺したの」(同前)

いったん中断した二人だけの会話が再開され、「僕」が「どうやって殺したんですか?」と訊くと、「みつばちの巣箱に投げ込んだのよ」と彼女は答える。

「嘘でしょ?」
「嘘よ」と彼女は言った。(同前)

「もちろん法律上の殺人なんかじゃないわよ」、「それに道義上の殺人でもない」と相手の女性が続け、「でも、あなたは人を殺した」と「僕」が応じる。そしてしばらくとりとめのないやりとりが交わされた後、二人は別れます。

さて、題辞ですが、英訳にこそないものの、この短編にはもともと、皆さんに配った資料、また、『中国行きのスロウ・ボート』に収められた短編の双方を見ればわかるように、冒頭、題名のもととなった六〇年代のヴォーカルグループ、ビージーズのヒット・ナンバー「ニューヨーク炭鉱の悲劇（New York Mining Disaster 1941）」の歌詞の一部が、引かれていました。日本語でこう訳されています。訳したのはたぶん、村上でしょう。

地下では救助作業が、
続いているかもしれない。
それともみんなあきらめて、
もう引きあげちまったのかな。（同前）

なんだかこれだけ読むとどういう意味かわからない。英訳者がこれを無視してしまった気持ちもわからないではありません。でも僕の考えでは、しっかりと曲名とともに「作詞・歌／ビージーズ」と明記もあるのだから、村上がなぜここに、こんなふうに題辞を選んでいるかを考えないといけない。後にもう一回ふれますが、これは六六年、イギリスのウェールズ地方、アバーファン村のマーシル・ヴェール炭鉱で起こった落盤事故をヒントに、ビージーズのメンバーが作ったロック曲なのです。

なぜ「ニューヨーク炭鉱」か。ニューヨークに炭鉱はありません。ビージーズは、この六六年のウェールズ地方の炭鉱事故を下敷きに、当時進行していたアメリカによるヴェトナム戦争がらみでこれを架空の「ニューヨーク炭鉱」に「置き換え」ている。それで太平洋戦争勃発の年、第二次世界大戦へのアメリカの参戦の年である「一九四一年」がくっついている。これはそういうけっこう高度な手続きを踏んで作られた歌です。だからその歌詞に、村上は「ひかれ」たのでしょう。右の題辞となった部分は、そのうち、落盤事故に遭い、「生き埋め」になった坑夫たちの坑内での会話部分に該当している。そして作品の最後にくるのが、この歌詞から促されたとおぼしい、落盤事故で「生き埋め」にされた人々の、次のような場面なのです。

そう長くないので、全部引いてみます。

☆

空気を節約するためにカンテラが吹き消され、あたりは漆黒の闇に覆われた。誰も口を開かなかった。五秒おきに天井から落ちてくる水滴の音だけが闇の中に響いていた。

「みんな、なるべく息をするんじゃない。残りの空気が少ないんだ」

年嵩の坑夫がそう言った。ひっそりとした声だったが、それでも天井の岩盤が微かに軋んだ音を立てた。坑夫たちは闇の中で身を寄せあい、耳を澄ませ、ただひとつの音が聞こえてくるのを待っていた。つるはしの音、生命の音だ。

彼らはもう何時間もそのように待ち続けていた。闇が少しずつ現実を溶解させていった。何もかもがずっと昔に、どこか遠い世界で起こったことであるように思えた。あるいは何もかもがずっと先に、どこか遠い世界で起こりそうなことであるようにも思えた。

みんな、なるべく息をするんじゃない。残りの空気が少ないんだ。

外ではもちろん人々は穴を掘り続けている。まるで映画の一場面のように。（同前、ゴシック文字原文）

さて、これをどう読めばよいのか。

これが初期短編三部作の最後の一編の問題です。

2　わけのわからない短編

この先を続ける前に、よい機会なので、僕の考える文学作品の解釈の基本のコツを皆さんに伝授しておきましょう。

文学作品を読んだら、第一印象を大切にしよう、というのがまず僕が皆さんに言っておきたい第一のことです。ぼんやりした、漠然ともやもやしたものを、そのままに一語にして確保しておく。それが皆さん一人一人の解釈の出発点になる。解釈をはじめると、皆さんは奇妙な無重力状態を経験します。つまり、何を言ってもかまわない。ふいに重力が消えて、身体が宇宙船の中にいるようにふんわりと浮かびはじめます。ですから、いつもそこに立ち戻って、自分の解釈が「変な理屈のこね回し」になっていないか、確かめないといけない。そのための足場が必要になる。アルキメデスは、我に支点を与えよ、されば地球を動かさん、と言ったそうですが、無重力状態の中でも足場がないと、「何でも言える」が、その代わり、作品の方はびくともしない、ということになってしまいます。

次にディテール。

気になる細部、気に入った細部、大事かなと思われる細部をチェックします。小説、総じて文学作品は、細部を積み重ねて作りあげられます。時には五年間をかけて書かれた作品をわれわれは一日、早ければ数時間で読む。部分の綜合として書かれたものを、全体として一瞥のもとに受けとるのです。そこでは部分と全体の関係が逆転しています。全体の解釈の方向が出来てから、説得力を増すために、それらしく「細部」をあげつらうということが、作品の解釈では一種のテクニックとしてよく行われますが、それは修辞的な疑似批評なので皆さんは真似しないようにしてください。一見意味のないディテールに立ちどまり、そこから全体をあてどなく考えてみる。そうすることは、ヒモ付きでない細部からはじめることです。ヒモ付きでないことが大事です。その場合、ディテールからはじめることは、細部から全体へという執筆時の動きを、復元することにつながります。ディテールは作品の中に入る、読者の前に開かれた無数の入り口になりうるのです。

それから最後が仮説です。

これは自分がその作品を「面白い」と思った場合に限られますが——面白いというのは僕の表現で、感動した、でも何でもよいのです——、これをどうすれば言葉にして相手に伝えられるか、と考えてみる。この種の「感動」というもの、「読後感」というものは、けっしてそのままには、言葉になりません。苦労して言葉にしても、現像しないままのネガフィルムを陽光のもとにさらせば真っ黒になるのと同じく、他の人には通用しないのです。そのことをわからないといけない。伝えることは不可能なのだと覚悟しなければならない。ですからこれを現像して印画紙に焼き付けるように、別のものに「置き換え」る。それしか方法がない。「でっちあげ」るのです。ということは、これも一種のフィクションです。ここで深淵を一つ「跳ぶ」。そのために仮説がいる。これを欲しさせるのは、作品から受けた刺激、感動の強さです。

もし面白くなかったらどうするか。ニーチェの「愛せなければ通過せよ」ではありませんが、何も言わずに「通過する」のがベスト。しかし、どうしてもそれについて何か言わなければならない場合もある。そういうときは、なぜ自分には「面白くないか」を考えてみるというのが、作品に対するもっとも礼に適った態度ということになります。

さて、「ニューヨーク炭鉱の悲劇」に戻りましょう。この作品を読んで最初にやってくるのはどんな印象でしょうか。

さあ、一語で言ってみて下さい。

あなたはどうですか。

そう、僕も同じ。「わけがわからない」。一読して、何のことが書かれているか、わからない。これが多分、誰が読んでも受けるだろう、この短編からくる第一印象です。わけがわからない、だけなら「通過」すればよい。しかし、何か気にかかるもの、読者としての僕を立ちどまらせるものがあります。それがこの作品中に浮遊する、作者と、「僕」と、ある種の「空白」とのあいだの連関の気配です。この三者を「死」というものがつないでいますが、この「死」はパーソナルなものではない。たとえば、村上がきわめて個人的な作とその単行本のあとがきで述べている『ノルウェイの森』に漂う「死」とは、まったく違っていますね。僕は、そのことに何か心をひかれる。

以下に示す解釈は、僕の場合、こういう順序で出てきたものです。ですから、平たく言えば、本当にそうかはわからない。作品解釈においては、何を指して「本当にそうだ」と言えるのかが大きな問題になりますが、ここではその問いは措いておきましょう。ただ以下に述べるものが、僕の仮説としての解釈であることをはじめにお断りしておきます。

僕の仮説がいかに突飛か、世の解釈と異なっているかを示すために、この作品に対する先行の解釈例を取りあげておきましょう。なぜ一つの作品についてさまざまな解釈が生じてくるのか、その前提にあるのがどういう問題か、一つのケース・スタディーとして聴いて下さい。

いったいこの作品をどう受けとめるのがよいのか。

この作品についてまとまった論を書いた「〈切断〉という方法――『ニューヨーク炭鉱の悲劇』――」（『村上春樹〈物語〉の認識システム』）の山根由美恵は、少しわかりにくいですが、この作品について、こう言っています。ここでは、「私たちの身近なところにいつも潜み、突然その姿を現す」死の「危い感覚」が、互いに「切断」された三つの挿話というあり方を通じて、描かれているのだ、と。

三つの話が「切断」されて出てきますね。そこに注目してみようと言うのです。彼女の論は、ビージーズの歌についてもよく調べていて、先に述べた歌の背景の炭鉱事故の部分は、この論文に教えられて記しました。よく調べられた論文ですが、この短編の先行解釈例について、こう述べています。

ところで、「ニューヨーク炭鉱の悲劇」を対象とした研究はないが、物語世界に濃厚に漂う「死」に関して幾つか言及されている。征木高司氏は「私たちが今あるこの世界が非現実であり、暗い淵の向こうにある死者の世界が現実であるという可能性を、思わず書いてしまっている」と述べ、山口政幸氏は「生きること、生きようとすることそれ自体が、紛れもなく、また確実に「死」に結びついてしまうのだ。その意味で、この〈ニューヨーク炭鉱〉の〈悲劇〉は、ニューヨーク炭鉱という特定の地域や地下を越えて、我々の〈悲劇〉とも呼び得るだろう」と普遍的なものと捉えている。不条理感、断絶感が残るテクストであるが、断絶感を全面に出すような構成（計算された〈切断〉）を持ち、それがこの物語世界に漂う「死」の気配を濃くしている。（「〈切断〉という方法――〈『ニューヨーク炭鉱の悲劇』〉――」『村上春樹〈物語〉の認識システム』）

ところで、僕の考えではこの短編は、死の不条理感だとか、そんなそれこそわけのわからない面倒なことについて語っているのではなく、もっと簡単に発想されています。第一の短編が、「中国」について、第二の短編が、「貧しい人々」についてと、ともにあきれるほどに明瞭に反時代的な関心に立脚して書かれているように、ここでも事情は同じ、ある一つのことがらについて書かれているのです。

僕の解釈と先行例の解釈とが、なぜこんなに違ってしまうかというと、僕は「仮説」に立っているからです。ここまで述べてきた、初期の村上の短編は必要に迫られ、デタッチメントの書法によって書かれているという仮説です。村上は、小説を書きはじめたとき、どうやれば、「コラーゲン」という大きなタンパク質を、いったん「ばらばらのアミノ酸」に解体して、全く別個のタンパク質に再合成することができるかという問題にぶつかった。なぜかと言えば、彼には大きな希望があった。これこれのことを小説に書きたい、という希望です。でもそれをそのまま書いても小説にはならないし、誰も読みたくないだろう。ではどうすればよいか。自分の中にある希望は、世の中に流布している手垢にまみれた「物語」の形のままでは言えない。だから、それを解体する。そのことが小説になるように書く。これが彼の見つけたデタッチメントの書法というものでした。

ここに僕と先行例の研究者たちの大きな出発点の違いがあります。僕は、小説家が「死」の不条理感を描こうなどと考えておもむろに作品の前に赴くなどということを、全く信じていません。小説家たちは——まともな小説家たちは、ということですが——もっと具体的な、単純なことからはじめるでしょう。ただ先行するどんな観念も持たずに歩きはじめる。もし何らかの先行する「観念」があれば、それを分解・解体することからはじめる。村上の場合は明らかに後者です。

僕にはこうした仮説がある。いや、仮説というだけではない。それが読後感に支えられています。どんな読後感か。ここでは何かが引き算されているという感触。他の人が、何がここに「書かれているか」と考えるところで、僕は何がここに「書かれていないか」と考えるのですが、それはこの作品の数式は、足し算ではなくて引き算だと、僕の読後感が教えるからです。だから、ここに何が「分解」されようとしているのかと考える。先行例の研究者が、ここに何が「構成」されようとしているのかと考えるのと、ちょうど方向が逆なのです。

では僕の仮説で、ここでは何が「分解」されているのか。一言で言えば、「法律上の殺人でも道義上の殺人でもない」、そういう遍在する「死」への作者の思い、関係が、分解され、解体されながら、描かれようとしています。

「死」はそこにどんなふうに描かれているでしょうか。

作中、第一の挿話部分で、それは、こう語られています。

まったくのところ、それはおそろしく葬式の多い年だった。僕のまわりでは、友人たちやかつての友人たちが次々に死んでいった。まるで日照りの夏のとうもろこし畑みたいな眺めだった。28の歳である。

まわりの友人たちも、だいたいが同じような年齢だった。27、28、29……死ぬには何かしら不適当な歳だ。

詩人は21で死ぬし、革命家とロックンローラーは24で死ぬ。それさえ過ぎちまえば、当分はなんとかうまくやっていけるだろう、というのが我々の大方の予測だった。

（略）

我々は髪を切り、毎朝髭を剃った。我々はもう詩人でも革命家でもロックンローラーでもないのだ。（略）

なにしろ、もう28だものな……。（「ニューヨーク炭鉱の悲劇」）

これは、いつの話でしょうか。はっきりと語り手の年齢が二十八歳と特定されています。掲載された時期から逆算してこの作品の書かれたのを八〇年の末ないし八一年の初頭と推定してみると、執筆当時の作者村上の年齢は、一九四九年一月生まれなので三十一歳から三十二歳にかけてだということになる。これはほぼ、先の第二の話に出てきた女性の年齢です。またこれをそのまま村上の実年齢に重ねるなら、四九年生まれに二十八を加算して、それは、七七年前後のことだということになる。一応、この仮説に立ってもう少し推測をつづけましょう。この年、「死」はこんなふうに新しい現実への順応に忙しい「僕」と「僕」のまわりの友人たちの前に姿を現した。右に続けて、

予期せぬ殺戮が始まったのはその直後だった。不意打ち、と言ってもいいだろう。我々はのんびりとした春の日ざしの下で、洋服を着替えている最中だった。なかなかサイズがあわなかったり、シャツの袖が裏がえしになっていたり、右足を現実的なズボ

ンにつっこみながら左足を非現実的なズボンにつっこんでみたり、まあちょっとした騒ぎだ。

殺戮は奇妙な銃声とともにやってきた。

誰かが形而上的な丘の上に形而上的な機関銃を据え、我々にむけて形而上的な弾丸を浴びせかけているようだった。（同前）

こうして、初めに「中学校の英語教師をしていた大学時代の友人」が二十八歳という年齢で「浴槽の中であっさりと手首を切って死」に、「それに続く十二か月のあいだに、四人の人間が死ん」でいきます。


三月にはサウジアラビアだかクウェートだかの油田事故で一人が死に、六月には二人が死んだ。心臓発作と交通事故である。七月から十一月まで、平和な季節が続いたあと、十二月の半ばに最後の一人がやはり交通事故で死んだ。

（略）

「布団を敷いてくれないかな」と一人の男は言った。六月に心臓発作で死んだ友人だ。

「頭の後でカタカタ音がするんだ」

彼は布団にもぐりこんで眠り、そして二度と目覚めなかった。

十二月に死んだ女の子がその年における最年少の死者で、同時に唯一の女性の死者でもあった。二十四歳、革命家とロックンローラーの歳だ。クリスマスを前にした冷ややかな雨が降る夕暮、ビール会社の運搬トラックとコンクリートの電柱とのあいだに作り出された悲劇的な（そして極めて日常的な）空間の中で、彼女はすりつぶされるように死んでいった。（同前）

3 歌詞の問題

これらの記述をどう受けとるのがよいのか。

僕の解釈はこうです。

ビージーズの「ニューヨーク炭鉱の悲劇」の原題「New York Mining Disaster 1941」は、一九四一年にニューヨーク炭鉱で起こった落盤事故の悲劇、というほどの意味です。むろん、先に述べたようにニューヨークに炭鉱はありませんから、これは架空の炭鉱で起こる架空の落盤事故の話です。これも先にふれたように、曲の誕生のきっかけとなったのは六六年のイギリス・ウェールズ地方の炭鉱の事故。そこでは連日の豪雨で地盤がゆるみ、ボタ山が崩れて住宅街と小学校を飲みこんで百十六名の子どもと二十八名の大人が犠牲となっています。この事故は当時、欧米世界に大きなショックをもって受けとめられたということです。当時、僕は大学の一年生でしたが、地球の裏側でビートルズの来日などに浮かれていたせいか、記憶にありません。しかし、ビージーズのメンバーは、この事故にあわせ、これを太平洋戦争勃発の年、一九四一年に架空のニューヨーク炭鉱で起こった落盤事故の悲劇という設定に「置き換え」、ヴェトナム戦争を遂行している米国で、ヴェトナムの戦場という社会から切り離された不可視の「坑内」に閉じこめられたもう一群の人々（＝若い兵士）の運命と重ねることを通じて、この曲を反戦の歌に作りました。おしゃれではないかもしれない、しかし、高度《スマート》。先にYouTubeから流したのはそういう曲でした。

村上は「この曲の歌詞にひかれて」と言っていますが、その意味は、歌詞に現れた、このようなこの曲の「作られ方」にひかれた、ということだったでしょう。誰だってこんな話を聞けば、へぇ、と思うからです。へぇ、というのは、へぇ、高度《スマート》なんだ、ということです。彼はその歌詞の一部だけを、題辞に引きますが、その引き方には特徴があります。その高度《スマート》さにおいて、本歌のそれを踏襲しているのです。その本歌を、原文と日本語訳を並べる仕方で示しましょう。

In the event of something happening to me,
（僕に何かが起きたら）

there is something I would like you all to see.
（あなた方皆に見てほしいものがある）
It's just a photograph of someone that I knew.
（僕の知り合いの写真なんだけどね）

Have you seen my wife, Mr. Jones?
（僕の妻に会ったことありますか、ジョーンズさん?）
Do you know what it's like on the outside?
（この坑の外がどんなふうか知っていますか?）
Don't go talking too loud you'll cause a landslide, Mr. Jones.
（そんなに大声で話さないで、土砂崩れがおきてしまうから、ジョーンズさん）

I keep straining my ears to hear a sound.
（僕は耳をすませている）
Maybe someone is digging underground,
（地下のすぐ近くでいまも［＝地下では］救助作業が続いているかもしれない）
or have they given up and all gone home to bed

（それともみんなあきらめて、もう引きあげちまったのかな）
thinking those who once existed must be dead.
（生存者もはやなし、絶望、なんてね）（"New York Mining Disaster 1941"）

ですから、この小説の題辞は、前後を補えばこうなるのです。

（僕は耳をすませている）
地下では救助作業が、
続いているかもしれない。
それともみんなあきらめて、
もう引きあげちまったのかな。
（生存者もはやなし、絶望、なんてね）（「ニューヨーク炭鉱の悲劇」）

村上はこの前後の括弧にくくられた部分を外して、歌詞の一段落の真ん中の部分だけを抜き出して題辞としているのです。

「ニューヨーク炭鉱の悲劇、一九四一年」。

ビージーズがこのタイトルのもと、聴き手に向かって歌っているのは、落盤事故で外界から隔絶された人々が、孤立しながら、自分たちを外の人間が、救助に来てくれるんだろうか、それとも、もうみんな死んだに違いないなどと考えて、引き上げてしまったのだろうかと自問する、そういう歌です。これは、外界から隔てられ、坑内に「生き埋めになった人」の歌ですが、同時に、その外にあって「生き埋めになった人」のことを気がかりに思う、彼らへの関与の気持を歌った歌でもあります。この歌が、ヴェトナム戦争で戦場に送られた若い兵士への思いを代弁するものとして当時、歌われ、そう受けとられたのは、こういう「置き換え」の構造をこの歌自体がもっていたからにほかなりません。その場合には、先の「僕は耳をすませている」は、本歌の本来の文脈では、生き埋めになった坑内で、若い坑夫が自分たちを助けにきているだろう、救助作業の鶴嘴《つるはし》の音に耳をすませているということですが、その「置き換え」の構造の中では、同時に、坑の外にいる人間が、社会から隔てられた「戦場」という「落盤事故の坑内」に「生き埋めになった人」(ヴェトナム戦争への出征兵士たち)の動向に、「耳をすませている」、関心を持続させている、という意味をももつことになります。

ビージーズはオーストラリアのグループであり、イギリスを経由してアメリカをめぐる歌を作った。そしてそれは、一九四一年の太平洋戦争勃発の年、アメリカが第二次世界大戦に参戦した年と重なることで、反戦の歌となる。こういう「置き換え」の磁場の中で、ここでジョーンズさんと呼ばれている名前もまた、当時、北爆に踏み切った米国のリンドン・ジョンソン大統領の名前と重なって聴く者の耳に入るでしょう。そして村上はこの歌を、たぶん、さらにこれに「置き換え」をほどこすことで、また別個の文脈で「生き埋めになった人」への歌として、自分の小説に引き取っているのです。

一九六六年、ビージーズの前ではヴェトナム戦争が進行していました。では、一九七七年、村上の前で、というか日本の社会で、どんな「戦争」――というか「戦争」にほんの少しであれ類したもの――が、進行していたでしょうか。

ここにこんな表があります。一九六九年から二〇〇一年まで、年ごとの数字が並んでいます。

1969年	2人	1983年	0人
1970年	1人	1984年	0人
1971年	8人	1985年	0人
1972年	14人	1986年	2人
1973年	2人	1987年	0人
1974年	11人	1988年	1人
1975年	21人	1989年	3人
1976年	3人	1990年	0人
1977年	**10人**	1991年	0人
1978年	7人	1992年	1人
1979年	8人	1993年	1人
1980年	8人	1994～1998年	0人
1981年	2人	1999～2001年	7人
1982年	1人	―	―

この数字、なんだと思いますか。

わかる人は手をあげて下さい。

村上は書いています。一九七七年、

まったくのところ、それはおそろしく葬式の多い年だった。僕のまわりでは、友人たちやかつての友人たちが次々に死んでいった。まるで日照りの夏のとうもろこし畑みたいな眺めだった。28の歳である。(同前)

と。二〇一〇年代に入り、圧倒的に政治に無関心な若者たちを生み出してきた日本社会にやってきた皆さんのうちの何人かには、想像することが困難でしょうが、日本にもつい最近まで、これと別種の時代があったのです。

答えを言いましょう。

これは死者の数です。

日本の学生運動が衰退の過程で起こすことになった左翼学生組織間・組織内の衝突、ふつう「内ゲバ」と呼ばれるセクト間、時にセクト内の〝殲滅戦〟によってもたらされた死者数なのです。

いま、『検証　内ゲバ』という本をもとにこのできごとの概要を紹介すれば、社会からまったく隔絶された空間で繰り返されたこの日本版の「ニューヨーク炭鉱の悲劇」は、一九六九年から二〇〇一年までの三十余年で、発生件数千九百六十件以上を数え、そこでの死者は百十三人、負傷者四千六百人を越えています。中でももっとも激しかったのが、新左翼セクトの革マル派と中核派のあいだの「内ゲバ」です。この場合、負傷者・発生件数ともに概算であると、こう断られています。

というのは、内ゲバの多くは、特に革共同両派や革労協以外の新左翼党派では、内ゲバは隠密に内部で処理されているからである。だから、負傷者数・発生件数は、この数字よりもはるかに多いと言わねばならない。（小西誠「なぜいま内ゲバの検証が必要か」『検証　内ゲバ――日本社会運動史の負の教訓』）

驚くべき数字と言ってよいでしょう。ついこの間まで、五千人にも及ぼうという、実数で言ったらさらにこれよりも「はるかに多い」若い人々が、殺され、あるいは社会に復帰できないほどの重傷を負い、あるいは家族にも友人にも病院にも知らせることのできない形で、負傷し、社会から姿を消すということが、落盤事故で閉ざされた「地下の坑内」のようなところで、続いてきた。しかも、このことはそれほどしっかりとは日本社会自体に受けとめられていない。日本人学生を含め、皆さんの多くが驚いた様子ですが、それは不思議ではありません。このことはいまではほとんど忘れられているというだけでなく、当時もそれほど話題に上りませんでした。このことの総体が、いわば日本社会から「見放されてきた」からです。

内ゲバは、学生運動の完全な「末期的症状」、左翼「過激派集団」の常軌を逸した「殺し合い」として、新聞などのメディアでも片づけられ、一部の知識人や作家などを除けば、外部の人々から深い関心をもたれないまま、一般社会の人々から「白い目」で見られつつ、経過していきました。事実、そう見られても仕方がないほど、内部的に頽廃と問題を抱えた、絶望的な「殺戮」でもありました。その意味では、

クリスマスを前にした冷ややかな雨が降る夕暮、ビール会社の運搬トラックとコンクリートの電柱とのあいだに作り出された悲劇的な（そして極めて日常的な）空間の中で、彼女はすりつぶされるように死んでいった。（「ニューヨーク炭鉱の悲劇」）

というのは、作中、それほど「分解」にさらされていない生な「表現」の例と言ってよいでしょう。

以上、これは、僕の「仮説」ですが、いったん、先の「中国への良心の呵責」、「貧しい人々への関心」に続けて、ここに「内ゲバの死者への思い」ともいうべき深い関心（concern）をコラーゲンとして「代置」してみれば、この短編が、世にどのように言われ言い古され片づけられてきたできごとに目を向け、そのうちの何を「分解・解体」する物語として——というより解体・構築（de-construct）する物語として——書かれているのかが見えてきます。

この「ニューヨーク炭鉱の悲劇」が内ゲバという社会的落盤事故ともいうべきできごと

の換喩的位置におかれている、と考えるなら、この短編を構成する第一の挿話（立て続けに友人が死んでいく）、第二の挿話（自分に似た人物を殺したという女性との出会い）、第三の挿話（生き埋めになった人々の坑内での会話）は、それこそ、切断され、分解されつつ、一つの物語を解体・構築している。その分解作用のさまが浮かび上がるでしょう。作中、「大学時代の友人」が死者として出てきます。村上の在学した大学は早稲田大学ですが、この大学は、内ゲバの当事者セクトである革マル派の牙城の一つとして知られ、七〇年代、このできごとの主要舞台の一つでした。

また、表を見ると、一九七二年の「内ゲバ」の死者が十四名となっています。これは先にあげた二つのセクト間の衝突による死者ではありません。連合赤軍事件という別の大きな出来事による内部の死者十二名を含む数です。この後この出来事には別の章でもう一度ふれますが、連合赤軍は、七一年に銃による武装闘争をめざして赤軍派と京浜安保共闘という二つの新左翼過激派組織が合体して生まれた新左翼セクトの一つです。それで名称が連合・赤軍（The United Red Army）となっています。

この組織が、七一年、中国共産党の過去の戦いに範を取り、山岳キャンプを設営して武装蜂起の準備として武装訓練を行う中、その年の暮れから年初にかけ、自壊現象を起こし、仲間十二名をリンチの形で死にいたらしめます。そしてその愚かしくも痛ましいできごとが契機となり、日本の学生運動は、以後、社会から孤立し、衰退し、「内ゲバ」によってこれまで学生運動に関心を持っていた層をさらに激しく解体しつつ、完全に社会から見放されてしまうのです。

村上は、もし僕の解釈が間違っていなければ、そういうとき、彼らを「地下」の坑内に「生き埋め」になった坑夫たちに見立て、「初期ビージーズのヒット・ソング」経由で「ニューヨーク炭鉱」というフィクションの落盤事故に「置き換え」、『BRUTUS』という「おしゃれ」な都市風俗の先端を自任するメディアのただ中で、彼らの生の気配に「耳をすませる」物語を書こうと、企てたことになります。

第一の挿話に出てくる午前三時の「動物園」の話は、動物園という場所も、――彼らなかば非公然組織のアジト同様――これ自体、そこに入れられた存在からすれば閉ざされ、社会から孤立した場所であることを思い出させます。

第二の挿話、大晦日のパーティに出てくる女性の年齢がほぼこの小説を書く村上自身の年齢に重なるのは、『ノルウェイの森』に出てくる石田玲子という年長の女性が、執筆時の村上の年齢に重なるのとたぶん、同じ力学によっているでしょう。彼女は執筆時の作者の分身でもある。その彼女が「僕」にあなたにそっくりな若者を殺したと言う。その「五年前」は、先の時期想定に従えば、連合赤軍事件のあった一九七二年。しかもこの出来事におけるリンチはまさしく、一九七一年の暮れから年初にかけて最後の一線を越えてはじまる。それから一年後、七二年の大晦日に、この出来事の主犯と目された森恒夫という元リーダーの青年が、逮捕後、身を置いていた拘置所の独房で自殺しています。ともに年末から年初にかけての一夜。大晦日というのはそんなことを思い出させる日付でもあるのです。

ですから、英語の訳で、第三の挿話である最後の「坑内」の部分が思わせぶりに何の解釈上の根拠もなく、イタリックになっているのはいただけません。という以上に、英訳初出の『ザ・ニューヨーカー』では、何を思ったか――きっと、これでは完全に「わけがわからない」ので、少しでも意味ありげに「おしゃれっぽく」したかったのでしょう――、この最後の断章が、勝手に動かされ、冒頭部分に置かれているのですが、これなどは、何となく『ザ・ニューヨーカー』もやはりアメリカ帝国主義だね、という半畳を入れたくなるほどの「暴虐ぶり」です。さすがに訳者も、これはひどい、と感じ、困惑したのでしょう。単行本収録の際、訳者としての良心に従って断章の位置を原作通りに戻しています。知的に問題があるのは、権威もものかは、何も日本のおしゃれな雑誌だけではないということでしょうか。

4　カフカという名前

この僕の解釈について、いくら何でも「思いつき」が過ぎるのでは、と見る人がいるかもしれません。ですが、村上がこの社会的落盤事故に当時から無関心ではなかったかもしれないことが、二〇〇二年に書かれた『海辺のカフカ』を読むと窺えます。連合赤軍事件のほうでいうなら、第6章に扱う別の短編のほか、長編の『羊をめぐる冒険』にもその影が認められるというのが僕の判断です。『海辺のカフカ』についていえば、この小説には、主人公の十五歳の少年田村カフカのほかに、ナカタさんと、佐伯さんという二人の重要な登場人物が配されていますが、このうち、主人公の母親ともおぼしい佐伯さんは、表題である「海辺のカフカ」という歌を六〇年代末に歌い、一時評判になった後、社会から姿を消すという設定です。その後、一時的に結婚し、ことによれば主人公を生み、離婚して去っているのですが、この佐伯さんが社会から消えるきっかけは、佐伯さんの幼なじみの恋人が、二十歳のときに「内ゲバ」で殺害されたことでした。

その事情は、こう記されています。

20歳のときに佐伯さんの恋人は死んだ。『海辺のカフカ』が大ヒットしている最中のことだ。彼の通っている大学はストライキで封鎖中だった。そこに泊まりこんでいる友人に差し入れをするために、彼はバリケードをくぐった。夜の10時前だった。建物を占拠している学生たちは、彼を対立セクトの幹部とまちがえて捕まえ（顔がよく似ていたのだ）、椅子に縛りつけて、スパイ容疑で「尋問」した。彼は人違いであることを相手に説明しようとしたが、そのたびに鉄パイプや角棒で殴りつけられた。床に倒れると、ブーツの底で蹴《け》りあげられた。夜明け前には彼は死んでいた。頭蓋骨《ずがいこつ》が陥没し、肋骨《ろっこつ》が折れ、肺が破裂していた。死体は犬の死骸《しがい》みたいに道ばたに放りだされた。（『海辺のカフカ』）

「人違い」のくだりでは、この短編がかすかに思い出されます。佐伯さんの恋人も、誰かと「顔がよく似ていた」のです。「内ゲバ」という言葉は出てこない。でもこれも、「内ゲバ」の話です。これが事実であった場合、佐伯さんの恋人の死は、先の死者数の中に加わったでしょう。

数字が一つ増えるだけですが、そうなったはずです。

この空想は、こんなことを思い出させます。

僕もこの小説の源泉の一つとなっているプラハ生まれの小説家フランツ・カフカが好きで、以前、パリに一年間在住した折り、カフカの生地であるプラハを訪れたことがあります。カフカは完全な町っ子で、東京で言えば銀座のど真ん中のようなところにお父さんの店がある。そこで生まれ育ちました。でもプラハの街にはユダヤ人のゲットーがあり、そこは貧しい地域です。僕はそこにも行きました。一人で半地下の食堂に入り、スープを注文したら虫が入っていました。プラハからは、数万人のユダヤ人がナチスの絶滅収容所に送られています。カフカの三人の妹も全員そこで命を落としているのです。

僕はそこでユダヤ人犠牲者を追悼する記念館を訪れました。そこには白い壁の上に数万の犠牲者の名前がアルファベット順に記されています。日本にはラフカディオ・ハーンの『怪談』に出てくる耳なし芳一という盲人琵琶師の話がありますが、そこでの芳一の身体のように、建物の内壁という内壁がびっしりと死者の名前に覆われているのです。僕は名前を追っていきました。AからKまでたどるのにも、部屋を一つ、二つ、通過しなければなりません。Kafkaの文字はありました。プラハから収容所に送られたカフカ姓の人はたしか六名だったか、七名だったか。そしてそこにカフカの妹の名前はありませんでした。でも僕にはそのときこう思えたのです。ここ、アルファベット順のしかるべき位置に、一語、Franz Kafkaという名前があっても少しも変ではないと。すると、数万のおびただしい名が、一つ一つ、僕にとってのフランツ・カフカのように、かけがえのない光芒のうちに、見えはじめました。

さて、話はこれだけですが、こうして、初期短編を読んでくると、「中国行きのスロウ・ボート」は、二〇〇四年の『アフターダーク』とのあいだに、「貧乏な叔母さんの話」は、二〇〇九、一〇年の『1Q84』とのあいだに、そして「ニューヨーク炭鉱の悲劇」は、二〇〇二年の『海辺のカフカ』とのあいだに、それぞれひとすじの照応関係を持つというようにして、近年の長編小説と初期の三つの短編が向かいあっているようだという感触がやってきます。

「ニューヨーク炭鉱の悲劇」については、僕は先に、村上春樹と大江健三郎という二人の小説家について書いた論考のなかで取りあげています（「大江と村上――一九八七年の分水嶺」『文学地図――大江と村上と二十年』）。そこで、これまで村上は、社会に無関心であることを旗印に若者に支持され、他方、年長の知識人階層に否定され、批判されてきたのだが、その見方は皮相にすぎるのではないか、という僕の長年の疑念を述べています。彼の初期の短編を見れば、当初から、村上が深い、ナイーブなまでの社会的な関心の持ち主であり、ただ、それにもまして、そのことが反時代的で、それをそのまま表出するのでは意味をなさないことを深く自覚した、思慮のすぐれた小説家であることがわかります。そのため、この「社会的な関心」を、解体・構築することが、小説家としての彼にとっての最初の仕事となりました。彼はそれをデタッチメントと呼ぶ。次の章にふれますが、デタッチメントに二つの意味があるとは、そういうことです。

村上は、あまり自分を解説する小説家ではありません。また、自分を論じる外部の人間を快く歓迎する書き手でもありません。言いかえれば、小説家として、非常にディーセントである。こういう書き手を丁寧に見ていく上で、英語訳を手がかりに、いったん個別的で実証的な日本の作品読解の流儀をはなれ、全体として短編の世界に接近するというアプローチは、意外に適切なのかもしれません。

ときには先に見たように、とんでもない間違いが差し挟まれるとはいえ、この種の迂回は、ウィスキーをオークの樽の中でそうするように、作品を「寝かせる」のに有効です。一つの作品がどれだけその作者の生きる社会と深く結びつき、しかもそこから自らを「離隔」させることによってその重力を脱し、誰の手にも取れるものへと自分を変えてゆくのか。われわれは、その運動の果実である英語訳を読むことで、よりゆとりをもって知ることができます。

一つの作品はどこからやってくるのか。こうわれわれは問うことができる。しかし、その作品を読む上で、その出自を問うことは、けっして必要不可欠なことではありません。それなしに、一つの作品であるということが、作品が単独で存在しているということの意味だからです。とはいえ、われわれが関与し、それを読むと、そこに何かがつけ加わる。一つの作品が作品として成立するのに、読者という項目が必須なのは、作品が本質的に他者にひらかれた存在だからでしょう。われわれはそこに関与する。そして何かをつけ加える。そして、その付加されたものの重量を、作品を通じて知ることになります。

第二部

前期

喪失と
マクシムの
崩壊

第5章
卑小な「空白《デタッチメント》」——「午後の最後の芝生」

1　初期から前期へ

前期短編の世界の最初の話題は、短編が、村上春樹の作品全体の流れのなかでどんな役割を果たしているのか、ということです。

一九八二年八月、村上は初の本格長編である『羊をめぐる冒険』を発表しますが、それによってある変化が起こっています。そこでどういう変化が生まれるのか、というところから入りましょう。

『羊をめぐる冒険』以降、何が変わるのか。短編小説が、これまで初期短編の世界と題して四つの章で見てきたようなあり方から、別のあり方に変わる。僕は、この変化が告げているのは、より大いなる変容の一つの「現れ」なのだと考えています。

では、短編小説はどう変わるのか。

彼の中で長編小説の書き方と位置が確立すると、短編も、長編小説との関係のうちに、付随的な「衛星」としての位置を獲得し、安定した書き方をとるようになります。長編小説としての書き方＝書法の確立とは、先に示した、「言葉」か「物語」か、という二者択一で、村上が「物語」を選んだということです。

短めとはいえ、いちおう、長編小説として最初に書かれた『風の歌を聴け』（初出『群像』一九七九年六月号）では、まだ「物語」への胎動は観察できません。先に述べたようにこれは語り手「僕」の一夏の帰郷譚で、「僕」、「鼠」、「小指のない女の子」、「ジェイ」、「鼠」の恋人が登場し、さらにラジオのディスク・ジョッキーも出てきますが、物語の展開めいたものは、「僕」と「小指のない女の子」の間にわずかに認められるだけです。「小指のない女の子」が「僕」のことを最初、酔っぱらって意識を失った女の子にレイプまがいのことをする「最低」の男ではないかと思い違いし、後でそのことに気づき、謝る、というのがそこでの小さなプロットラインです。しかしその一方で、何の脈絡もなく、後段、ラジオのディスク・ジョッキーが病気の少女のことを話す。そして物語が終わるが、それでも作品世界は壊れない。そのことが、この作品が「物語」にささえられて動いているのでないことを逆に照らし出しています。

でも、次に書かれる『1973年のピンボール』（同、一九八〇年三月号）になると、後半、「僕」の「3フリッパーのスペースシップ」のピンボール・マシーン探索の物語が、書き進められるにしたがい力を得、前半の「僕」の世界と「鼠」の世界の均衡《バランス》を脅かすまでの膨らみをもつようになります。とはいえ、しっかりと「物語」に軸足を置いて小説を書くにはどれだけの覚悟と準備が必要か、というところまで、まだ書き手の姿勢が固まっていない。それで「僕」の世界の物語も「鼠」の世界の物語も、ぼんやりとした一つの方向を暗示するにとどまったまま、それと独立に後半は「僕」とピンボール・マシーンの「シーク・アンド・ファインド」の物語が展開していく。結局、村上が先の「言葉」か、「物語」かという二者択一に明確な答えを示し、明瞭な一歩が踏み出されるのには、一九八〇年九月に発表される「街と、その不確かな壁」の失敗という試練が必要だったことがわかるのです。

この試練を経て書かれる『羊をめぐる冒険』では、村上ははっきりと「物語」に軸足を置いています。『羊をめぐる冒険』は一九七八年の物語ですが、これを記述するにあたって「序」のような形で置かれた第一章「1970／11／25」の部分でこそ、物語時点に先立つ前史が断章ふうのデタッチメントの書法で語られるものの、一九七八年七月にはじまる第二章「1978／7月」以降の文章は、文体、語り、物語の構成、すべてが、いったんばらばらにされたアミノ酸をもとに、「小説」という「新たなタンパク質」を「再合成」するために駆使・動員されています。

そこに消えているのは、ですから、あの「言葉」か「物語」か、のうちの「言葉」の側面、――書法としてのデタッチメントの姿勢であり、そこから生まれる断章形式の「語り」なのです。

第一作『風の歌を聴け』ではその存在理由であり、第二作『1973年のピンボール』においてもなお優勢であった、既存の日本的文脈・物語を解体し、そこから身を離すための方法としてのデタッチメントの書法。それが、長編第三作『羊をめぐる冒険』にいたり、いわばその三段ロケット中の第一段目としての役目を終えて、切り離され、姿を消していきます。

短編小説の変化はその結果、生じてきます。一段目のロケットが切り離され、長編小説が「物語」主体の書法のもとに安定すると、長編小説と短編小説の間に明確な力関係、位置関係が生まれ、身の程知らずにもそれ単独で全世界に対しようというドン・キホーテ的な覚悟から書かれた、あの初期短編に通有の「無謀な姿勢」が、姿をひそめる。消えてしまうのです。

その結果、以後の短編に、もうあの未消化な、しかしなぜか気がかりを残す、奇妙な初期独特の「残余感」と「切迫感」は見られなくなります。その代わりに、よくできた、完成度の高い短編が姿を現す。むろん初期にも後に取りあげる「パン屋襲撃」(9)のほか、「窓」(19)など重要な、あるいは心に残る作品があるのですが、『羊をめぐる冒険』以後は、コンスタントに、また高原状に、秀作短編が書きつがれるようになります。

今回取りあげる「午後の最後の芝生」(24)にはじまり、「土の中の彼女の小さな犬」(25)、「螢」(29)、「納屋を焼く」(30)、「めくらやなぎと眠る女」(34)と続く初々しい秀作群、ついで『世界の終りとハードボイルド・ワンダーランド』をはさみ、より高度な作品世界を蔵するものとして発表される「パン屋再襲撃」(44)、「象の消滅」(45)、「ファミリー・アフェア」(48)といった作品群がそうです。それに伴い、初期の後半から前期の一部にまで続いた、『カンガルー日和』にまとめられるような習作的な短編制作は、それほど見られなくなる。短篇がいわば長編に従属しながらも、「衛星」独自の安定した世界をもつようになります。

僕は、そのような新しい性格をもつようになることで、彼の短編はこの時期、ひとつの役割を果たしていると考えます。それが今回、主に「午後の最後の芝生」を例に、述べてみたいことです。その新しい役割とは何か。一言で言うと、短編は以後、村上春樹の小説世界のショー・ウィンドーとして機能するようになり、村上の小説の印象を決定していくのです。

2 混乱と整理

ショー・ウィンドーというのは、次のような意味です。

本書の序に僕は、村上春樹の小説の流れは、これまでのところを三つに分類できると述べました。第一期は自意識を基本とする世界で「個と世界」の関係が基礎、語り手の「僕」は世界を前に一人で立っています。そのため、彼は、世界から孤立していなければならない。女性との関係があれば、「とぎれる」ないし「とぎれている」というのが基本です。第二期ではそれが「個と個」という一対の男女の関係に変わる。そこでは語り手で主人公の「僕」は相手の女性と「つながり」をもつ、もとうとする、あるいはとぎれたそれを「回復しようと」戦う。主人公が作る関係は、恋愛関係にある恋人同士、ないし結婚している夫婦で、一九八七年の『ノルウェイの森』から一九九四〜九五年の『ねじまき鳥クロニクル』にいたる時期がそれにあたります。

村上はむろんその変化に自覚的で、河合隼雄との対話では、「ぼくの小説の登場人物というのはだいたい独りだった」、「両親」も「子どもも出てこない」、「それから、奥さんも出てこないことが多かった」、「出てくるのは友だちとか、あとは娼婦とか」、それが「やっと『ねじまき鳥クロニクル』で夫婦というものを書けるようになった」という意味のことを述べています（『村上春樹、河合隼雄に会いにいく』）。これに、河合が、「ぼくはあれ（『ねじまき鳥クロニクル』――引用者）は夫婦のことを描いているすごい作品だ、というふうに読んでいますよ」と応じると、続けて、『ねじまき鳥クロニクル』を書くときに「ふとイメージがあった」のは、「漱石の『門』の夫婦」だと語っているのです。

皆さんはご存じかわかりませんが、夏目漱石の『門』というのは、『三四郎』『それから』『門』と続く日本の近代小説の枠組みを作ったと言ってもよい前期三部作の最後に来る作品です。その基本構図は三角関係。『三四郎』にも、『それから』にも、主人公を含む三角関係が底流していますが、そこでも主人公と世界の関係が、一人、ついで、恋人同士、それから夫婦関係、と深化しているのが認められます。三部作の最後の『門』というのは、第二作の三角関係の葛藤のなかで、いったん友達に「譲った」女性をその後「奪い取り」、いわば駆け落ち的に社会から脱落し、ようやく結婚した主人公とその妻の、その後の「夫婦の間の齟齬《そご》」と、そこからの主人公の回復のさまを描く作品です。ちなみに、『三四郎』の英訳者はいま村上作品の多くを訳しているジェイ・ルービンです。

さて、第三期では、その恋人、夫婦としての「個と個」の一対の関係が、今度は「両親」また「子ども」との関係にまで広がります。漱石で言うと、晩年の『道草』というのが——それまでけっして書くことのなかった——自分と父のことに触れた作品ですが、村上においても、今度は縦軸の関係が現れるのです。

その過渡期を表現するのが長編で言うと、一九九九年の『スプートニクの恋人』。それ以後、これを嚆矢に第三期の作品として『神の子どもたちはみな踊る』、『海辺のカフカ』が続く。この流れはいまのところ、村上における『道草』ともいうべき、父的なるものとの対話、対決、別離へと進んで新しい「子」への展開を見せる『1Q84』にまで、続いているでしょう。

ところで、僕のこの三区分の見方は、村上の一九七九年のデビュー以来、三十年を越す現在までの作品執筆歴の時期区分としては、それほど世に受け入れられたものとは言えません。村上のこれまでの三十三年間の作品歴の骨格をなす「移行」として知られているのは、一人、水平軸の対関係、垂直軸の対関係というこの三区分ではなく、「デタッチメントからコミットメントへ」という二分法の時期区分だからです。

でも、ここにもう一つ、面倒な事情があります。というのも、僕はこれまで村上におけるデタッチメントの書法について述べ、それはその後、物語へのコミットメントへと続く、と言ってきているのですが、世に広まっているこの「デタッチメントからコミットメントへ」は、それと一部重なりながら、実は別のことを意味しているからです。

「デタッチメントからコミットメントへ」という評語は、二つのことを同時に意味していています。村上も二つの意味で述べています。でもそれをはっきり、区分けしているわけではない。そのために、ちょっとした混乱が起こっています。そしてひとつのことが見えにくくなっている。今回は、そのことについて語ろうというのですから、その混乱を取りだし、整理しなければなりません。

3　二つの「デタッチメントからコミットメントへ」

デタッチメントからコミットメントへ、というのは、村上自身の言葉に基づいて生まれてきた評語です。僕は先に書法としてのデタッチメント、コミットメントということを言いましたが、一般的に解されているデタッチメント、コミットメントは、実は、それとは違うことをさしています。そこで言われているのは、もっとわかりやすいこと、いわば社会に対する態度一般のあり方のことです。社会への「関わらなさ」、社会に「距離を置くこと」、これがデタッチメントで、逆に、社会に「関わり」、「関与」し、「参加」すること、これがコミットメントです。わかりやすいですね。わかりやすいうえに、シンプルですから、村上の小説全体における移行を示す一大評語になっています。これが村上春樹というデパートメント・ストアの、正面の大きなショー・ウィンドーなのです。

村上自身も、この二組の概念をそれほど厳密に言い分けてはいません。けれども、彼が述べていることを丁寧に受けとめれば、彼のなかで、二つが独立して、相互に関連しあっている。そういう互いに異なる二つの意味で捉えていることが明らかです。つまり「デタッチメントからコミットメントへ」には、書法としてのそれと、態度としてのそれと、二つのレベルが独立し、互いに関連しあうものとしてあり、そのうち、態度としてのそれが、シンプルであるため、村上の代名詞として世に広く知られているということが言えるのです。

この二つの違いは、次のようです。

まず、態度としてのデタッチメントから態度としてのコミットメントへの移行について、村上は、こう語っています。

日本にいるあいだは、ものすごく個人になりたい、要するに、いろいろな社会とかグループとか団体とか規制とか、そういうものからほんとに逃げて逃げて逃げまくりたいと考えて、大学を出ても会社にも勤めないし、独りでものを書いて生きてきて、文壇みたいなところもやはりしんどくて、結局ただ、ひとりで小説を書いてました。(『村上春樹、河合隼雄に会いにいく』)

しかし、ヨーロッパに三年、日本に一年、アメリカに四年半と過ごすうち、「その最後のころから逆に、自分の社会的責任感みたいなものをもっと考えたいと思うようになってきた」というのです。

ここで言われている前者が、態度としてのデタッチメント、後者が、態度としてのコミットメント。そして前者から後者への移行がいわば態度としての「デタッチメントからコミットメントへ」で、これが世に言う「デタッチメントからコミットメントへ」の意味です。

つまり、態度としてのデタッチメントとは、「ものすごく個人になりたい」、「社会とかグループとか団体とか」から「逃げて逃げて逃げまくりたい」、即ち社会から距離をおきたい、離れていたいと思った、ということ。これに対し、態度としてのコミットメントとは、「自分の社会的責任感みたいなものをもっと考えたい」、社会に関わりたいと思うようになった、ということです。

他方、書法としてのデタッチメントからコミットメントへの移行については、これまで述べてきた通りですが、違いを取りだすためにここでまとめて触れれば、同じ対話の少し後で、こう述べています。

まず、二十九歳になって「ある日突然」小説が「書きたくなった」。

ある日突然「そうだ、小説を書こう」と思って、(略)仕事が終わってから、台所で毎日一時間なり二時間コツコツ書いて、それがすごくうれしいことだったのです。(略)自分の文体をつくるまでは何度も何度も書き直しましたけれど、書き終えたことで、なにかフッと肩の荷が下りるということがありました。それが結果的に、文章としてはアフォリズムというか、デタッチメントというか、それまで日本の小説で、ぼくが読んでいたものとまったく違った形のものになったということですね。

それまでの日本の小説の文体では、自分が表現したいことが表現できなかったんです。（同前）

これが書法としてのデタッチメントです。自分の表現したいことを表現するために「まったく違った形のもの」を「自分の文体」として作り上げなければならなかった。そのためには既成の「日本の小説の文体」から離れなければならなかった、というのです。しかし、「小説家としてやっていくためにはそれだけでは足りないということは、よくわかっていた」。彼は同時にそうも述べます。

それで、そのデタッチメント、アフォリズムという部分を、だんだん「物語」に置き換えていったのです。その最初の作品が、『羊をめぐる冒険』という長編です。（同前）

これが「物語」の段階、ですね。

でも、これだけでもやはり足りない。そうなってくる。「ぼくの場合は、作品がだんだん長くなってきた。長くしないと、物語というのはぼくにとって成立しえないのです」。それというのも自分にとって「それは非常にスポンテイニアスな物語でなくてはいけない」。「計画的につくるというのは、ぼくにとってなんの意味もない」。当初、「物語をやりだしてからは、物語が物語であるだけでうれしかった」、「たぶんそれで第二ステップまで行」けたのだが、でも、その先、いわば第三段階に行こうとするとその先まで進まなければならない。その意味で、

『ねじまき鳥クロニクル』はぼくにとっては第三ステップなのです。まず、アフォリズム、デタッチメントがあって、次に物語を語るという段階があって、やがて、それでも何か足りないというのが自分でわかってきたんです。そこの部分で、コミットメントということが関わってくるんでしょうね。ぼくもまだよく整理していないのですが。（同前）

これが第三の「物語へのコミットメント」の段階で、それは、物語を「計画的につくる」というのではなく、この先どうなるかわからないというリスクを負ってそこに「スポンテイニアス」（自発的）に没入することを意味しています。それが書法としてのコミットメントです。

つまり、「アフォリズム」的ないし断章的書法の採用が、第一ステップ、そこから「物語」へというのが第二ステップ、さらに「物語」への没入、投身、ということが第三ステ

ップとしてあり、それが書法として言われる「デタッチメントからコミットメントへ」の意味なのです。

でも、こう書いてくればわかるように、書法としての「デタッチメントからコミットメントへ」よりは、態度としての「デタッチメントからコミットメントへ」のほうがずっとわかりやすい。それは、いくつかある物語の定型をほぼなぞった形をしているからです。そのため、いつしか「デタッチメントからコミットメントへ」という村上の変化は、当初、社会に距離を置いていたが、やがてそれではいけないと感じるようになり、社会に関心を向け、責任を果たしたいと考えるようになった、という、いわばひとつの「物語」として、受けとられるようになりました。この物語の原型は、「放蕩息子の帰還」――放蕩息子が家を飛び出し、さんざんやりたい放題をした後で失敗し、苦汁をなめ、改心して故郷に帰ってくるという原型的な物語――です。最初は社会に距離を置いていた、でも、それだけではいけない、と思うようになり、社会に責任を持たなければならないと考えるようになった、とこう要約すると、わかりやすいでしょう。

穿った見方をすれば、村上はいまだに既成の日本社会には「背を向けた」ままですから、日本社会が、このいわば紋切り型の物語でもって彼の小説執筆活動を自分の側に「回収」しようとして発明したのが、「社会更生」の「改心」の物語としての「デタッチメントから」コミットメントへ」――という受けとり方――だったと言えなくもありません。

村上もその危険性には十分に自覚的です。それで、いや、そうではない、そこには「改心」という「反省」を介しての「回帰＝後戻り」はないのだ、というところを強調しています。序に述べた、あの「井戸」をめぐるコメントがそうです。

そこで言われているのは、自分はこれまで井戸にこもっていた、けれどもそれじゃいけないと「反省」してその井戸から地上に出てくることにした、というわけではない、ということです。そうではなくて、「井戸」をそれまで通り、同じ方向、下方に「掘って掘って掘っていくと」、そのことが「まったくつながるはずのない壁を越えてつながる」、そういう社会へのコミットメントの道筋があることに気づいた。自分が言うのはそういう「改心」を経ない、「命がけの飛躍」としてのコミットメントなのだ、ということです。

彼が、こう自分で述べたときによく気づいていなかっただろう「命がけの飛躍」の内実が、それこそ彼の命がけとも言える「物語への自己投身」を通じて『ねじまき鳥クロニクル』の「井戸」から水が湧く第3部最後近くのシーンに結実しているのは、そこに見たとおりですが、こう見てくると、彼の書法としての「デタッチメントからコミットメントへ」と、態度としての「デタッチメントからコミットメントへ」の間に、密接な関係のあることがわかります。書法としての「デタッチメントからコミットメントへ」には、一、日本社会の既成の文脈の「ばらばらのアミノ酸」への解体・分解、二、その新たな「タンパク質」への「再合成」としての物語の構築、しかしそのことにあきたらなくなり、三、

「物語」への自己投身、没入へと進む、という三段階がありましたが、丁寧に見れば、態度としての「デタッチメントからコミットメントへ」にも、一、日本社会から「逃げて逃げて逃げまく」る、そして距離を置く、二、そして「井戸」という自分の世界を構築して、そこにこもる、しかし、その「自閉」のままにとどまることが苦しくなり、三、その「井戸」を「掘って掘って掘って」別の回路から「壁を越えて」日本社会と「つながる」ことをめざす、という三段階があるからです。

4 「書法」が消えて「態度」が生まれる

ではその両者の関係とはどういうものか。

最初にあったのは書法としてのデタッチメントでした。

思い出して下さい。初期短編の三部作には、いまでは村上春樹の代名詞でもある「欠落」、「喪失」、社会への「距離」に苦しむという要素は実はないのです。「中国行きのスロウ・ボート」(1)の主人公は、日本人としての中国への「良心の呵責」に苦しんでいますが、「喪失」を抱え、都市社会の青年に特有の「欠落」感に苦しみ、社会と「距離」を置くというところはありませんでした。「貧乏な叔母さんの話」(2)の主人公もそうです。「貧乏な叔母さん」について書きたいという衝動に取り憑かれたため、社会から孤立しますが、あの「欠落」と「喪失」と「距離」のイメージからは大きくそれています。「ニューヨーク炭鉱の悲劇」(3)の語り手もそう。次から次へと死んでいく友人たちの葬式に出続けますが、作者の意図を付度《そんたく》すれば、「僕」は内ゲバの当事者たちに代表される孤立した社会の少数者の絶望に「耳をすませ」ているのです。

取りあげませんでしたが、『中国行きのスロウ・ボート』収録の次の作品「カンガルー通信」(10)にいたっては、他者と「つながろう」とすることが、作品執筆を駆動するモチーフになっています。また、次章で取りあげることになる「パン屋襲撃」も、社会への反抗の仕方があまりにナイーブであるばかりに高度消費社会の到来の中で社会に回収されてしまうさまを興味深く描くもので、どちらかといえば社会へのコミットメントの意欲を色濃く感じさせます。そこに、態度としてのデタッチメントの要素はない。また、それを体現する、「喪失」と「欠落」を抱え、社会とは「距離」を置くという村上春樹の前期あるいは第一期特有の主人公は、実を言うと、そこにまだ登場していないのです。

長編ではどうか。

『風の歌を聴け』では、第3章に触れたように、ちょうど語り手の「僕」が「貧乏な叔母さんの話」における主人公「僕」のどちらかというとタフな「連れ」(「彼女」)の位置に来ています。金持ちの息子の「鼠」が「金持ちなんて・みんな・糞くらえさ」と言うと、お前の家だって相当な金持ちじゃないか、と憎まれ口をきく。「鼠」が「俺のせいじゃないさ」と答えると「いや、お前のせいさ」と切り返すほど、「喪失」と「欠落」と「距離」からは遠い主人公像です。

『1973年のピンボール』になると、少しだけ態度としてのデタッチメントの要素が顔を出すようになっています。ピンボール・マシーンの説明部分がそれです。そこには、ピンボールの目的は、「自己表現にあるのではなく、自己変革にある。エゴの拡大にではなく、縮小にある」とあります。ピンボールすなわち村上にとっての小説は、「自己表現」ではなく「自己変革」だと、書法としてのデタッチメントのマニフェストが行われる一方、その理由として、それをささえるのは自我の「縮小」という、態度としてのデタッチメントの要素だということが言われているのです。

でもそれはまだ明確な意思にささえられたものとは言えません。

たとえば、「僕」は一緒に住む双子の女の子に「三日」かけて「ヴェトナムが二つにわかれて戦争をしていること」を説明するのですが、「あなたはどちらを応援しているの?」と訊かれると、「わかんないね」と答えます。理由はしっかりとあるのです。「僕はヴェトナムに住んでいるわけじゃないからさ」。ここにあるのは『ベトナムから遠く離れて』という当時のフランス映画のタイトルを思い出させるような「距離の自覚」、です。でも双子はその説明に納得しません。双子だけでなく、答えている「僕だって納得できなかった」とある。語り手自身が、自分の「距離」の提起に十分には説得されていない。「考え方が違うから闘うんでしょ？」さらに双子に問い詰められると「そうとも言える」。「僕」は一歩後退し、トーンダウンします。

ここにあるのは言ってみればデタッチメントとコミットメントの混淆状態でしょう。二つが共存している。この小説でデタッチメント、「喪失」への関心の所在を示しているのが失われたピンボール・マシーン、コミットメントへの作者の関心の所在を象徴しているのが、「配電盤」です。デタッチメントの要素がにじみ出て来てはいるものの、基調は「僕」の「失われた」ピンボール・マシーンの探索、「鼠」の「街」からの出発の模索であって、この小説を領しているのも、なお、コミットメントの企てだということが言えるのです。

では、態度としてのデタッチメントは、村上の小説に、いつ、どのように現れてくるのか。

その最初の出現のシーンは、その次の長編作品『羊をめぐる冒険』に見つかる、以下の個所です。この長編小説は、話自体は、失われた星の印をもつ羊をめぐる「冒険」であって、一つのコミットメントの物語なのですが、他方、主人公の「僕」が、はっきりと態度としてのデタッチメントを体現した造型となっています。

登場してきたとき、この「僕」はすでに「妻」に離縁されています。「僕」の造型をささえているのは、「関われないこと」、つまり態度としてのデタッチメントです。そのため、物語は彼が妻に去られる場面からはじまらなければならない。大学時代に知り合った「誰とでも寝る女の子」も、その頃自殺を匂わせる仕方で彼の前から姿を消している。「僕」はその後、「耳専門のモデル」の女の子と知り合いますが、でも彼女も、北海道にいくと突然、理不尽ともいえる仕方でいなくなります。彼はこの小説で、クールなハードボイルド・タッチの存在であって、女の子と「恋」に落ちない。「恋」に落ちては、小説が成り立たないのです。

作中、第二章の冒頭近くで、妻は言います。

「あなたって、そういうタイプなのよ」

「そういうタイプ?」

「あなたには何か、そういったところがあるのよ。砂時計と同じね。砂がなくなってしまうと必ず誰かがやってきてひっくり返していくの」

「そんなものかな」

彼女の唇がほんの少しほころび、そしてもとに戻った。(『羊をめぐる冒険』)

砂時計の比喩が気がきいているため、何度か引かれてきた、名高い場面ですが、僕がここにこの場面を引くのはそれが理由ではありません。このシーンが、村上が「関わりのなさ」を性格に埋め込まれた主人公――態度としてのデタッチメントを体現した主人公――をはじめて作中に登場させている、記念すべき個所だからです。


「子供欲しかった?」

「いや」と僕は言った。「子供なんて欲しくないよ」

「私はずいぶん迷ったのよ。でもこうなるんなら、それでよかったのね。それとも子供がいたらこうならなかったと思う?」

「子供がいても離婚する夫婦はいっぱいいるよ」(同前)

妻は去ります。それから少しして、「僕」は思います。「彼女が消えてしまったのは、ある意味では仕方のない出来事であるような気がした。既に起ってしまったことは起ってしまったことなのだ。我々がこの四年間どれだけうまくやってきたとしても、それはもうたいした問題ではなくなっていた」。妻は「僕の友人と長いあいだ定期的に寝ていて、ある日彼のところに転がり込」むという形で僕のもとを去っています。でも、なぜ彼女はそうなったのか。彼女をそう仕向けたのは「僕」だったかもしれません。いや、きっとそうでしょう。

そう自覚するほどには、「僕」はリアリストです。

「結局のところ、それは君自身の問題なんだよ」と僕は言った。

それは彼女が離婚したいと言い出した六月の日曜日の午後で、僕は缶ビールのプルリングを指にはめて遊んでいた。

「どちらでもいいということ？」と彼女は訊ねた。とてもゆっくりとしたしゃべり方だった。

「どちらでもいいわけじゃない」と僕は言った。「君自身の問題だって言ってるだけさ」

「本当のことを言えば、あなたと別れたくないわ」としばらくあとで彼女は言った。

「じゃあ別れなきゃいいさ」と僕は言った。

「でも、あなたと一緒にいてももうどこにも行けないのよ」

彼女はそれ以上何も言わなかったけれど、彼女の言いたいことはわかるような気がした。僕はあと何ヵ月かのうちに三十になろうとしていた。彼女は二十六になろうとしていた。（同前）

また、

その殆んどは僕の責任だった。おそらく僕は誰とも結婚するべきではなかったのだ。

少くとも彼女は僕と結婚するべきではなかった。

彼女ははじめのうち自分が社会的不適合者で僕が社会的適合者であると考えていた。そして我々はそのそれぞれの役割を比較的うまくこなしてきた。しかしそのままずっとうまくやっていけるだろうと二人が思った時、何かが壊れた。ほんの小さな何かだったけれど、それはもうもとに戻らなかった。我々はおだやかな、引きのばされた袋小路の中にいた。それが我々の終りだった。（同前）

結論をいえばこうです。

これが、村上が小説家として「物語」で行こうと決めたことから受け取った、語り手でもある「僕」の造型です。

彼の中で「書法としてのデタッチメント」が消える。すると、その「デタッチメント」は態度としてのそれに軸足を移し、そこに全重量がかかると、「態度としてのデタッチメント」というものが作中にはじめて現れてくる。書法としてのデタッチメントは、「物語」が選ばれることで、姿を消す。すると、今度はその「物語」を賦活《ふかつ》すべく、「物語」の一要素である主人公の造型のなかに――主人公の「態度」として――そのデタッチメントが埋め込まれる。書法としてのデタッチメントが消えると、態度としてのデタッチメントが生まれるのです。

5 「午後の最後の芝生」、あるいは「態度としてのデタッチメント」の発明

こう述べてくれれば、今回、村上の前期短編の世界の第一回に、「午後の最後の芝生」という作品を取りあげる理由がわかるでしょう。この作品は一九八二年八月、『羊をめぐる冒険』が初出の形で『群像』に掲載された翌月に、『宝島』に発表されています。『羊をめぐる冒険』の執筆後に書かれたことははっきりしています。『羊をめぐる冒険』以後、最初に書かれた短編でしょう。村上の短編の中でいまも、たぶん屈指の秀作の一つと目される、多くの愛好者をもつ短編です。

ここには村上春樹における、社会からの距離感、他人と「関わること」の困難、ある種の無力感、つまりこの後「喪失」、「欠落」、「距離」といった言葉で語られる態度としてのデタッチメントと総称される要素のほとんどが、初出の鮮やかさで定着されています。『羊をめぐる冒険』では、かろうじて物語の一要素としての語り手＝主人公「僕」の造型に体現されていた態度としてのデタッチメントが、ここでは作品を全面的に駆動している。村上のショー・ウィンドーとなっている「デタッチメントからコミットメントへ」という物語の、最初のディスプレイの例が、この作品なのです。

でも、なぜタイトルは、「最初」ではなく、「最後」なのでしょうか。

僕が「午後の最後の芝生」を取り上げるのは、右に述べた理由からですが、そこにはもう一つ小さな理由が付随しています。この短編に、それと同時に、これまで見てきた「書法としてのデタッチメント」の終わりまでもが、書きこまれている、そのことの自覚が、この作品に一つの力を与えているのではないか、というのがそのもう一つです。

「午後の最後の芝生（The Last Lawn of the Afternoon）」。よいタイトルですね。でも、これはどういう意味なのでしょう。作品には、理由があってこれを最後に芝生刈りのアルバイトをやめるという主人公の「僕」が出てくる。作中には、

十二時半に僕は芝生に戻った。最後の午後の芝生だ。（「午後の最後の芝生」、傍点引用者）

という言葉も出てきます。しかしタイトルは上の二つの単語をひっくり返した「午後の最後の芝生」です。なぜ、「最後の午後の芝生」ではないのでしょうか。

村上は『全作品第1期』第3巻の別添パンフレット「『自作を語る』――短篇小説への試み」の中では、

この小説は庭の芝生を刈りながら思いついた。とにかく芝を刈る話を書こうと思った

のだ。僕としては筋よりむしろ芝を刈るという作業そのものを描きたかった。(『全作品第1期-3　短篇集I』別刷「『自作を語る』――短篇小説への試み」)

と述べています。その感想に見合うように、作品はこんな「芝を刈るという作業」をめぐる言葉で終わってもいます。

それ以来、僕は一度も芝生を刈っていない。いつか芝生のついた家に住むようになったら、僕はまた芝生を刈るようになるだろう。でもそれはもっと、ずっと先のことだという気がする。その時になっても、僕はすごくきちんと芝生を刈るに違いない。(「午後の最後の芝生」)

さて、「芝を刈るという作業」とは何か。それは土のなかから次から次へと生えてくるものを、短く刈り込む行為です。刈り取られたものはばらばらになり、「芝刈機の前面」についた「プラスチックのかご」に入るでしょう。この小説でも「僕」は、芝をきちんと刈り込み、そのばらばらになった刈り取られたものを「かご」に入れ、「かごがいっぱい」になるとそれを取りはずしてごみ袋に捨て」るのです。

そう、それは「コラーゲン」を「ばらばらのアミノ酸」に分解・解体する作業に似てい

る（笑）。むろん村上がそんなつもりでこれを書いているわけでないことは承知していま
す。でも、「午後の最後の芝生」とは、「午後の最後の芝生刈り」であり、そのことと、こ
の作品を境にあの書法としてのデタッチメントが姿を消すということは、作品を書くとい
う行為の中で等価におかれている。「午後の最後の芝生」は、「午後の最後の芝生を刈る作
業＝最後の書法としてのデタッチメント」という意味でもあるのです。
書法としてのデタッチメントの消滅と態度としてのデタッチメントの出現という二つの
デタッチメントの交替の「光芒」。それがこの作品をただならぬ、初々しい秀作にしてい
ることがわかります。

作品を見てみましょう。
まず「物語」から入ります。
この小説は、全体が三十三歳の語り手による、十四、五年前の自分をめぐる回想という
枠組みをもっています。「僕」は十八、九歳で、遠距離恋愛の恋人がいた。しかし、七月
に入り、この恋人から「長い手紙」が来て、「そこには僕と別れたいと書いてあった」。こ
れが物語の発端。最初に「態度としてのデタッチメント」の原型が示されるのです。
その手紙は少ししか出てこないで、作中、地の文に変わりますが、「要するに別れたい
ということ」で「新しいボーイ・フレンドができた」とも書いてあるらしい。となるとこ
れは、先に見た『羊をめぐる冒険』のケースとほぼ同型だとわかります（丁寧に、事が起

こるのも七月、同じ月です）。

でもむろん、『羊をめぐる冒険』の記述とは違っている側面もあります。『羊をめぐる冒険』では、主人公がそのような他者と「関われない」、ある意味で完結したありようの自我の持ち主だということが濡れた薄いシーツのように作品の底層に敷き詰められるのですが、「午後の最後の芝生」では、そのシーツ部分が乾いていて、時折り、「僕」の自嘲とか自己揶揄の風にそっとめくれるのです。

こんなふうに。

（「新しいボーイ・フレンドができたのだ」に続けて――引用者）僕は首を振って煙草を六本吸い、外に出て罐ビールを飲み、部屋に戻ってまた煙草を吸った。それから机の上にあるHBの長い鉛筆の軸を三本折った。べつに腹を立てたわけじゃない。何をすればいいのかよくわからなかっただけだ。（略）それからしばらくのあいだ、僕はまわりのみんなから「ずいぶん明るくなったね」と言われた。人生ってよくわからない。（同前、傍点引用者）

あるいは、

（手紙を受けとってからの一週間は——引用者）なんだかわけのわからない一週間だった。僕のペニスは他人のペニスみたいに見えた。誰かが——僕の知らない誰かが——彼女の小さな乳首をそっと噛んでいるのだ。なんだかすごく変な気持だ。（同前、傍点引用者）

各引用部分の最後、「人生ってよくわからない」、「なんだかすごく変な気持だ」の傍点部分で、乾いたシーツがめくれています。こういう個所は、『羊をめぐる冒険』にはありません。でも「午後の最後の芝生」では、態度としてのデタッチメントの持ち主として造型されている主人公の「僕」が、そこから生じる可能性のある悲劇性のようなものに敏感に反応して、そういうものを消し去ろうと、「人生ってよくわからない」、「なんだかすごく変な気持だ」とそこから軽やかに場を外しているのです。そうして自分を心持ち、軽薄な人間の位置に置く。つまり悲劇性を分解・解体する。態度としてのデタッチメント性ともいうべきものが、主人公の造型を越えて、作品全体の造型に及んでいます。

一方、主人公「僕」の他者からの（態度としての）デタッチメント——後退——の動きは、この「別れの手紙」をきっかけに主人公の造型の線上でも地道に波紋をひろげていきます。まず、「僕」の芝刈りのアルバイトですが、それは彼女と夏に「どこかに旅行するための資金」を稼ぐために行っていたものでした。「しかし彼女と別れてしまった今となっては、そんなものはどうでもいい」。何に使えばよいのか。「金の使いみちはとうとう思いつけ」ません。「夏物のポロシャツを一枚とレコードを何枚か」、「それから性能の良いソニーのトランジスタ・ラジオ」を買ったら、もう買うものはありません。そして彼は一つの事実に気づく。「つまり、金の使いみちがないのなら、使いみちのない金を稼ぐのも無意味なのだ」と。

彼は芝刈り会社の社長にもうやめたい、という。彼女と別れてみると、アルバイトをする意味もなくなる。「僕」と世界の間の絆はぷつりぷつりと切れていく。「欠落」が「切断」をうみ、「距離」が現れる。そしてやがて主人公の中に「喪失」が生まれる。小説のなかに、主人公のなかに態度としてのデタッチメントの波紋がひろがっていきます。

芝刈り会社の社長は、最後一週間だけ仕事を続けてくれ、ボーナスを出すと言い、彼はそれを引き受けます。そして一週間の最後の日、最後の午後の芝生を刈りに出発する。行き先は読売ランド近くの「丘の中腹」にある住宅地です。

この先展開するのは、いわば態度としてのデタッチメントの物語の原型といってよいでしょう。主人公は、ある種の「欠落」を抱えているらしく他者に、社会に「関われない」。しかし、あるできごとを境に、自分が他者をどれだけ傷つけているか、というようなことに気づく。気づかされる。そこで彼はかすかに身を起こす。物語はそこで終わります。それがこの物語で展開されることです。でも、この過程で、主人公が何かに気づく。そして身をかすかに起こす。あるいは起こそうとする、その気配が、それとわかるようには現れない。そのことは、時に、読者に示されないだけでなく、主人公にも気づかれない。あるいは、主人公がそのことに気づいているのか気づいていないのか、わからないものとして、示される。その不透明な領域の介在が、いわば主題としての「デタッチメント」に不思議な余韻を与えるあたりが、ここに確立される彼の短編小説の「距離」感の特徴を作っています。

この小説で起こるのも、言ってみれば奇妙なデタッチメントの余韻の生成にほかなりません。

仕事の依頼主は五十前後の大柄な「中年の女」、「美人ではないにしても、顔つきは端整」。この人物は、無愛想に「僕」に応対しますが、「僕」の仕事ぶりが丁寧なのを見てとると、昼のサンドイッチを用意してくれ、仕事が終わるのを見届けると、「あんたはいい仕事をするよ」と言います。「これまでいろんな芝生屋呼んだけど、こんなにきちんとやってくれたのはあんたが始め《ママ》てさ」、「死んだ亭主が芝生にうるさくってね。いつも自分できちんと刈ってたよ。あんたの刈り方とすごく似てる」とも言うのですが、なぜかこの大柄な女性の夫は、アメリカ人で、しかも軍人ないし元軍人だったのではないか、という印象が残るのが妙です。芝刈りにうるさいこと。しかもきちんと刈る人間だったこと。女性の大柄な体格から推定して夫たる人物もたぶん大柄だったろうと思えること。時代は六〇年代末近く、読売ランドに向かうライトバンの「FENのニュース」が「奇妙なイントネーションをつけたヴェトナムの地名を連発してい」る、そんな記述に影響されるせいかもしれません（ちなみに『全作品第1期－3』所収のテクストには「アメリカ人」との記述が付加されています）。

さて、この女性は、「僕」が今日を最後にこの仕事をやめるのを知ると、見てもらいたいものがある、といって「僕」を家に誘います。先に立ってすたすたと歩いていくのについて行くと、薄暗い廊下をすすみ、「つきあたり」の階段を上がり、二階にある二室のうちの一方の部屋の鍵を取り出します。

ドアをあけると、中は真っ暗、「暑い空気がこもって」おり、「閉め切った雨戸のすきまから銀紙みたいに平べったい光が幾筋か」差し込んでいます。カーテンを開け、雨戸を開くと「光と涼しい南風が一瞬のうちに部屋に溢れ」る。そこは「典型的なティーン・エイジャーの女の子の部屋」でした。

6　レイモンド・カーヴァーの「大聖堂《カセドラル》」と二人の「彼女」

これから先の展開はどこか、このとき村上が翻訳を試みていたかも知れないレイモンド・カーヴァーの短編中、一、二を争う名高い秀作である「大聖堂《カセドラル》」を連想させます（村上は、この短編を含む彼としてはじめてのカーヴァーの短編集『ぼくが電話をかけている場所』を翌八三年七月に上梓しています）。

この教室に「大聖堂《カセドラル》」というカーヴァーの短編を読んだことのある人はいますか。一度読んだら忘れられない、とっても不思議な作品です。村上自身の紹介文を引くと、

誰もが認めるカーヴァーの傑作のひとつ。妻の知り合いの盲人が家に泊まりに来ることになって、「盲人なんてうっとうしいなあ」と内心ぶつぶつ思っているご主人だが、来てみるとこれが予想とはかけ離れたタイプの盲人で、それで余計に調子が狂ってしまう。しかし話はこの「困ったぶり」（略）にはとどまらない。ふとしたきっかけで、物語の流れは二人の「赤の他人」のあいだに生じる奇跡的な魂の融合のようなものへと突き進んでいく。モーツァルト風にいえば、肝《きも》のところで例の決定的な転調が訪れるのだ。そのはっと澄み渡る意外な一瞬が素晴らしい。これはなんというか、立派な人が一人もでてこない立派な小説です。（村上春樹編・訳『Carver's Dozen――レイモンド・カーヴァー傑作選』所収「大聖堂《カセドラル》」解説）

語り手は、生活に疲れた中年の男性。やってくる盲人である妻の旧知の友人は顎鬚《あごひげ》をはやしています。紹介にあるように「私」はうんざりして、適当に客をあしらい、食事の後、二人でテレビを見るのですが、テレビは大聖堂の番組になる。またお愛想で口で画面を説

明していると、盲人が、単に好奇心で訊くのだが、「どんな形であるにせよ」、あなたは「信仰心というものを持っているか」、尋ねてもいいだろうか、と言いだします。

私はかまわないという風に首を振った。でもそんなことしたって彼には見えない。目くばせしたって肯いたって盲人には通じない。「私は神を信じてはいないと思います。何を信じてもいない。それで時々はきついこともあります。そういうのわかります？」

「わかるとも」と彼は言った。

「どうも」と私は言った。（同前「大聖堂《カセドラル》」）

「私」は実のところ「大聖堂になんてとくに何の関心もない」のだ。そう答える。単にテレビでやっているから見ているだけなのだ、と。すると、盲人は咳払いして、ちょっとした思いつきだが、紙とペンをもってきて、「二人で一緒にその絵を描いて」みようと「私」に提案します。私は二階にいく。ペンと紙をもって戻ってくる。準備ができると、

彼はペンを持った方の私の手を探りあて、その上に自分の手をぴたりと重ねた。（同前）

最初、「私」はいやだなあと思う。いやいやはじめる。絵などまったく苦手なのです。まして盲人相手にそんなことをやって何の意味があるんだろうと思います。でも、だんだん不思議なことが起こってくる。ただの家のような箱に屋根がつき、その両側に尖塔がつく。彼らはアーチのついた窓をつける。飛梁も描く。大きな扉が取りつけられる。そこまでいくと、「もう止まらな」い。テレビ番組が終わる。でも彼らは続ける。寝入っていた「私」の妻が目を覚まし、驚いて、「あなたたち何してるのよ?」と言う。でも「私」は返事をしない。絵を描き続ける。「いったいどうなってるのよ?」「何してるのよ、ロバート」と重ねて妻が今度は盲人に言うと、

「いいんだよ」と彼は妻に向かって言った。「さあ、目を閉じて」と彼は私に言った。

私はそうした。言われたとおりに目を閉じた。

「閉じた?」と彼は言った。「ずるしちゃだめだよ」

「ちゃんと閉じてます」と私は言った。

「じゃ、ずっとそのままで」と彼は言った。「つづきを描こう」(同前)

「私」と盲人はその先を続けます。「私」は目をつむり、自分の手の上に盲人の手を感じる。その手はざらざらした紙の上を動き回る。生まれてこの方味わったことのない気持が

やがて「私」に訪れます。

「終わったよ」と盲人は言う。

もう目を開けていい。見てごらん、どう？　と。

しかし私はずっと目を閉じていた。もう少し目を閉じていようと私は思った。それは、そうしなくてはいけないことのように思えたのだ。

「どうしたの？」と彼は言った。「ちゃんと見てる？」

私の目はまだ閉じたままだった。私は自分の家にいるわけだし、頭ではそれはわかっていた。しかし自分が何かの内部にいるという感覚がまるでなかった。

「まったく、これは」と私は言った。（同前）

これが最後ですが、「午後の最後の芝生」でも、これに似たやりとりが大柄の女性と「僕」の間で起こっています。

女性が、「僕」にその女の子の部屋を見せる。「僕」が遠慮がちに窓際の勉強机、その反対側の木のベッド、洋服ダンス、ドレッサー、机の上のノートや辞書を見ていると、脇でウォッカ・トニックを飲みながら、じっと見守ったままで、やがて、「洋服ダンスを開けてみなよ」と言う。「僕」が言われたとおりにすると、「引出しも開けてみなよ」と言い、一つ一つ開けて、中のものを見させるのです。やがてその頃には「僕」にも、それはこれを読んでいるわれわれ読者にも、ということですが、この大柄の女性の娘らしい女の子は、少し前に死んでいるのだとわかってきます。そういうことは書いていないのですが、わかるのです。そしてこう感じられてくる。何も書いていないが、読者である自分にそうわかるからには、当然、主人公にも、わかっているのだろう、と。

「どう思う?」と彼女は窓に目をやったまま言った。「彼女についてさ」
「会ったこともないのにわかりませんよ」と僕は言った。
「服を見れば大抵の女のことはわかるよ」と女は言った。(「午後の最後の芝生」)

ここは、アルフレッド・バーンバウムの訳では"What d'you think?" "You know, about the girl..."(「どう思う?」「女の子についてさ」)となっています。この訳で問題ないのですが、でも日本語原文を逐語的に訳すなら"You know, about *her*..."となる。「her」はイタリック、日本語の原文では傍点がついていますから。また、訳文では大柄の女性は、the womanと書き出されsheで受けられていますが、日本語だとやはりちょっとした書き手の意図がそこに出ています。

つまり、日本語原文では「彼女」という言葉が現れると、それまで「彼女」と呼ばれていた大柄な女性が、場所を譲り、「女」と呼ばれるのです。するとどういうことが起こるか。

大柄な女性は娘のことを「彼女」と呼ぶ。その「彼女」には書き手の手で傍点がふられ、読者の前に「彼女」と示されますが、書き手の手で傍点がふられないほうの「彼女」の場所は――大柄の女性が一歩横に場所を空けるため――空白になる。その空白に、真空に流れ込む空気さながら、娘である「彼女」が流入するように見えるのですが、起こるのはそのことではない。そこに別の「彼女」が流れ込んできます。

> 僕は恋人のことを考えた。そして彼女がどんな服を着ていたか思い出してみた。まるで思い出せなかった。僕が彼女について思い出せることは全部漠然としたイメージだった。僕が彼女のスカートを思い出そうとするとブラウスが消え失せ、僕が帽子を思い出そうとすると、彼女の顔は誰かべつの女の子の顔になっていた。ほんの半年前のことなのに何ひとつ思い出せなかった。結局のところ、僕は彼女についていったい何を知っていたのだろう？（同前）

僕が見るところ、ほぼ唯一、村上の短編についての読むに値する解釈を本にしている『村上春樹――分身との戯れ』の著者酒井英行は、「午後の最後の芝生」についても実に的確な読みを示しているのですが、この個所に触れて、「『中年の女』に誘導されて、『僕』は初めて『彼女』に向き合っているのだと言えよう。今、ここに不在の『彼女』に。今、ここに不在の『彼女』に向き合うことで、今、ここに実在していた『彼女』と向き合っていなかったことに気づいたのである」と述べています（『村上春樹――分身との戯れ』）。大柄の女性に、この部屋の住人であった「女の子」のことを考えてみよ、といわれ、その未知の女の子について考えようとしてはじめて、自分から去っていった「恋人」にしっかり「向き合っていなかったことに気づいた」というのです。

この傍点つきの「彼女」の表記は、さすがに微細にすぎると思ったのでしょう、実は村上は、『全作品第1期』第3巻への収録の際には、最初の一カ所を除いてほかの個所の「彼女」の傍点表記をすべてやめています。ですが、初出時には、だいぶ厳密に傍点表記の「彼女」と傍点なしの「彼女」の区別をしている。右の個所もその一例で「彼女」と「彼女」の混淆がそこで、母に思い浮かべられる死んだ娘と、「僕」に思い浮かべられる同じ未知の女の子と、そして「僕」に思い浮かべられる恋人の交錯を暗示しているのです。次の引用もそうです。「僕」は、この想像を続けます。すると、

彼女の存在が少しずつ部屋の中に忍びこんでいるような気がした。彼女はぼんやりとした白い影のようだった。顔も手も足も、何もない。光の海が作りだしたほんのちょっ

とした歪みの中に彼女はいた。僕はウォッカ・トニックをもう一杯飲んだ。

「ボーイ・フレンドはいます」と僕は続けた。「一人か二人。わからないな。どれほどの仲かはわからない。でもそんなことはべつにどうだっていいんです。問題は……彼女がいろんなものになじめないことです。自分の体やら、自分の考えていることやら、自分の求めていることやら、他人が要求していることやら……そんなことにです」

「そうだね」としばらくあとで女は言った。「あんたの言うことはわかるよ」(同前)

引用の三行目の傍点のない「彼女」に注意してください。これは、誰なのか。死んだ娘なのか、別れた恋人なのか。部屋に入り、ベッドや勉強机を見ている時、「僕」はこの部屋に住んでいたのはどんな女の子だろうと想像してみました。でも「うまくい」きません。「僕」に思い浮かんだのは「別れた恋人の顔」でした。あらためて大柄の女性に訊かれ、「僕」はまた想像してみます。その女の子の像が浮かびます。それは「ぼんやりとした白い影のよう」です。しかし、次の瞬間「光の海が作りだしたほんのちょっとした歪みの中に」いるのは、それとは違う。死んだ娘？ 別れた恋人？ その中間に宙づりにされながら、「僕」は言うのです。「ボーイ・フレンドはいます」、「一人か二人。わからないな」……ここでは、「彼女」から「彼女」への、死んだ娘から別れた恋人への「架橋が準備されている」というのが、前記酒井の卓抜な指摘なのです。

7　喪失感と卑小さ

夏の日差しのもとでの汗をしたたらせる芝刈りから、薄暗い廊下を通り抜けてこの真っ暗な部屋へ。いまそこには一カ月ぶりくらいの夏の風が通っていますが、「僕」はちょうど自分がいない裏側の世界——村上はこれをしばしばリンボ=冥界と呼びます——に連れてこられているのと同じです。大柄の女性が失った娘をどのようにしてか「取り戻したい」と強く願っているのを、痛いように「僕」は感じる。するとその大柄の女性の「喪失感」に両肩をつかまれ、身体を揺さぶられるようにして、「僕」に自分が「捨てた」女の子の実在がありありと感じられてくる。そこからやってくるのは、一つの気づき、自分は「彼女」にしっかりとコミットしていたのだろうか、という鈍い痛みを伴う覚醒なのです。

その覚醒は、書かれません。それが書かれないことが、この「態度としてのデタッチメント」から新しく生まれてくる新しい書法なのです。

これを、書法としての「故意の言い落とし」、レティセンス（reticence）といっておいてよいでしょう。レティセンスは、辞書を引くと、無口、無言とありますが、もともとはフランス語の文学用語で、当然言われなければならないところで、あることが、故意に言われないこと、「言い落とされる」こと、何かがテクストの中で手に覆われ、語られないことを指します。そのことによってあることを表現する技法が、レティセンス（＝レティサンス réticence）なのです。

二人は部屋を出る。それから、特別にお礼を差し出され、それを受けとり、「僕」は家を辞します。そして帰路につきますが、途中、ドライブ・インで休んでいると、ふいに目の前が昏《くら》くなります。貧血のようなものが起きるのです。するとリンボ＝冥界が現れる。恋人のことが思い出される、いや、恋人の声が聞こえます。

「あなたは私にいろんなものを求めているのでしょうけれど」と恋人は書いていた。「私は自分が何かを求められているとはどうしても思えないのです」（同前）

わかりやすく言うと、あなたは私にいろんなものを求めただろうけれど、ただ一つ、コミットしようとはしなかった、というのです。だから私は、あなたとは別れる。これは、『羊をめぐる冒険』の妻と同じ問いかけ、反問です。

これに対し、「僕の求めているのはきちんと芝を刈ることだけなんだ」と「僕」は思う。コミットはできない。そう作者は書いています。

最初に機械で芝を刈り、くまでかきあつめ、それから芝刈ばさみできちんと揃える

——それだけなんだ。僕にはそれができる。そうするべきだと感じているからだ。
そうじゃないか、と僕は声に出して言ってみた。
返事はなかった。（同前）

コミットはできない、と言う限りは、返事を期待すべきではない。返事はこない、そんなことはわかっているよ、とこの短編の作者は、言うのです。

この作品がなぜ人の心を動かすのか、ということを言葉にするのは、それほどたやすいことではありません。というのも、ここには人の心を動かしやすい要素がけっこう数多くあるからです。「僕」は誰からもそんなに評価されないかもしれない自分の仕事を、しっかりやりとげたいと思い、実行します。そのことにプライドを感じるような青年です。またそのような青年として、十分に魅力的です。

これはまた、そういう青年のクールな物語でもあります。彼はなぜか他者をそのまま受け入れることに恐怖を感じている。そのため、あるところまで行くと、他者のコラーゲン性ともいうべきものを、ばらばらのアミノ酸に分解してでなければ取り入れることが出来なくなります。彼はそれを続ける。きっと、相手の女性がこの日本という社会に生きていることがいけないので、このことは、相手の女性の責任ではないのですが、いくら頭でわかっていても、「僕」にはそうするしかできないのでしょう。

というわけで、この小説は、主人公の青年の他者への「関われなさ」、デタッチメントの態度決定に立つ「欠落」、「喪失」の深さを余韻深く描いた都市感覚あふれた作品として、高い評価を受けてきました。

しかし、僕はその一歩先で、こんなふうに言ってみたい。

相手の女性は言っています、「あなたは私にいろんなものを求めているのでしょうけれど」「私は自分が何かを求められているとはどうしても思えない」と。あなたは日本に生きるコラーゲンとしての私に、コミットしようとしない。コミットできないという。でも、生きるというのは、「ばらばらのアミノ酸」としてではなくて、コラーゲンのような「タンパク質」として、生きることではないのですか、と。彼女は言うのです。そしてその意味は彼に届くのです。ふつうの人間は、それこそその人間なりに、「コラーゲン」として生きているのではないですか、と。

「自分が何を求められているのかわからない」のなら、それを探せばよい。あるいはそれを相手に尋ねればすむ。しかし「自分が何かを求められているとはどうしても思えない」のならば、去るしかない。恋人は、誰か別のボーイ・フレンドを作るしかない、となるでしょう。

別の言葉で言うなら、「僕」というのは実に卑小な存在なのです。スマートかも知れない。クールかも知れない。しかし、卑小です。自分があのコラーゲンに汚染されることを恐れて、相手をしっかりと受けとめることができないのですから。

とはいえ、この作品には、主人公の「僕」が、心のどこかで自分の「卑小さ」をよくわかっているという感触がひそんでいます。書法としてのデタッチメントの話をしたときに、村上が、自分は日本社会の文脈を解体・分解する「自分の文体」を確立したけれど、しかし、「小説家としてやっていくためにはそれだけでは足りないということは、よくわかっていた」と述べていた。そのことを思い出しましょう。

彼はここで、言葉としてはそうではないが、作品としては、自分は態度としてのデタッチメントを貫き、日本社会から「逃げて逃げて逃げまく」る、そう言いつつ、どこかで、「小説家としてやっていくためにはそれだけでは足りないということは、よくわかってい」ると、読者には聞こえないように呟いている。

そんなふうなのです。

ここでは、あのコラーゲン――つまり日本社会の要素、日本的な要素――が、もう言葉として分解・解体されないことを通じて、そのまま、村上の小説世界の中に入ってきています。主人公が忌避する恋人がその象徴なのです。すると、何が起こるか。コラーゲンが小説世界に入ってくると、それを受け入れることができないということが、今度は主人公「僕」の造型の条件になる。そのための最も手っ取り早い物語の形が、主人公が恋人にコミットできないというあり方なのです。恋人は言うでしょう。私はあなたのことが好きだが、あなたは私を求めていない、私との関係をいつも着脱可能な態勢にしかしようとしないから、別れる、と。

相手をそのように追い込んでしまうことがいかに人間として矮小、卑小なことであるか。「僕」はそれを知っています。でもそうする以外に方法はない、と「僕」は言うのです。

この作品は、態度としてのデタッチメントをはじめてはっきりと描き出した短編です。しかし、「関わりのなさ」を保つとは、そもそものところ、思われているほどスマートなことでもクールなことでもありません。中国への良心の呵責、貧乏な人々への気がかりと強迫観念、また忘れられ、見捨てられた一群の自壊集団へのひそかな関心と懸念という場所から見たら、それは、なんと卑小なことか。それは実に矮小で、こすからいことですらあるでしょう。

しかし、いま自分が求めているのはその卑小なデタッチメントなんだ、「――それだけなんだ」と、「僕」は言う。

この「卑小」さの自覚の初々しさが、一読者としての僕の心を動かします。

第6章

強奪と交換——「パン屋再襲撃」

1　前期短編三部作

村上の前期短編は、中間に位置する『世界の終りとハードボイルド・ワンダーランド』の執筆と発表を境に、ⅠとⅡに分かれます。というか、僕はここでそのように分けたい。理由は、このⅡの時期を、独立させて考えたいからです。前期Ⅱが、どういう時期かといえば、先に示した「短編リスト」を見るとわかるように、ほぼ『パン屋再襲撃』に収録される短編が執筆された時期です。そして『パン屋再襲撃』の短編集としての特色は、一九八五年八月から八六年一月までの五カ月間という、ごく短い期間に集中的に発表された短編が、一冊をなしているということです。これより前、『中国行きのスロウ・ボート』は二年八カ月、『カンガルー日和』は一年十一カ月、『螢・納屋を焼く・その他の短編』は一年三カ月、『回転木馬のデッド・ヒート』は書き下ろし分を含めると二年と、村上の短編集は一年以上にわたる期間に書かれ発表された短編をまとめるのがつねでした。『パン屋再襲撃』はこの点、圧倒的に短い期間に集中的に書かれた作品を集めた珍しい短編集です。

理由はある程度、言いあてることができます。

これに先立ち、村上の長編執筆においても特筆すべき『世界の終りとハードボイルド・ワンダーランド』という独自の傑作長編が一九八五年六月に刊行されています。独自の、というのはこの作品が、一見どこから生まれてきたのかわからないくらい、村上の先行する作品からかけ離れた印象をともなっているからです。『羊をめぐる冒険』は、「僕」と「鼠」の一対をもとにした先行する二作品に続く「鼠」三部作の集大成という位置づけでした。でも――むろん「街と、その不確かな壁」という先行する失敗があってのことですが、とはいえ――、『世界の終りとハードボイルド・ワンダーランド』が提示しているのは、この先行する失敗作を除くと、他とは隔絶した世界なのです。

ところで、この作品を読んだことのある人はわかるでしょうが、この小説では、『海辺のカフカ』、『1Q84』にも似て、ふたつの世界の物語が交互に語られるなか、その一方の世界での物語の最後の最後に、主人公が大きな問いにぶつかります。「世界の終り」という壁に囲まれた西洋の中世風の世界に、語り手の「僕」は自分の「影」を切り取られ、「影」と分断されて住むのですが、最後、この二人の間に対立が生まれる。「影」は「僕」に、ここは虚偽の世界だから、ここから二人して外の世界に脱出しよう、と迫ります。これに対し、最後、迷いに迷ったあげくに、「僕」は、いや自分はここに残ろうと思う、と答えるのです。「影」のほうは、落胆し、失望し、そうか、君はこの弱者に矛盾をしわ寄せする世界に妥協するんだな、という意味のことを言い残して、一人、――井戸にも似た――「たまり」に身を投じて、外の世界に脱出します。

ところで、ここで興味深いのは、この最後の部分に関して、村上が、後に、自分はこの最後をどうすべきか、「非常に迷った」と述べていることです(「『物語』をめぐる冒険」『文學界』一九八五年八月号)。最後の場面をどうするか考え、何通りかの結末をもつ異稿を試作してみたともどこかに書いていたと思います。なぜそういうことをおぼえているかというと、この終わり方は、非常に面白いが、しかし、それでもなお中途半端で、十分に考えつくされていないのではないか、と踏み込んだ批判を行った批評家が何人かいて、そのうちの一人が僕だったからです。『世界』という一九六〇年代まで既成論壇の一大権威だった総合雑誌に寄稿を依頼され、安部公房の新作と比較する形で『世界の終りとハードボイルド・ワンダーランド』について論じたのですが、その論考のタイトルは、「『世界の終り』にて」とつけました(一九八七年二月号)。

一九八〇年代に激しい社会変化の中から現れてきた日本社会の大きな問題に、ここで村上が正面から向き合っている。そういう感触があり、そのことに衝撃を受け、こちらも全力を投入して、ここにある問題と向かいあい、この終わり方でよいのか、と書いたのです。

村上がそのときぶつかった問題は何だったのか。そして村上はそれにどう答えたのか。その作中に提示した答えで十分にカバーできなかった問題は、どうなったのか。

むろん、村上は、それには答えません。しかし、この『世界の終りとハードボイルド・ワンダーランド』の発表後、堰を切ったように力のこもった短編秀作群を発表しはじめます。そこである意味、彼は僕を含む何人かの疑問提示者に対し、答えている。この長編執筆で最後の最後に発見され、考え抜かれたことがらの一つが、より純化された形で短編として噴出したのが、この時期の集中的な秀作短編の発表となっているのではないか、というのが僕の想定です。

では、この前期Ⅱの短編群はどう書かれているか。

まず、彼は、『世界の終りとハードボイルド・ワンダーランド』刊行（一九八五年六月）の翌月、「パン屋再襲撃」(44)と「象の消滅」(45)という二つの短編を同時に違う雑誌に発表します（ともに八月号ですが、日本では八月号は一カ月前の七月初旬に発売されます）。その後、『回転木馬のデッド・ヒート』という短編集をまとめるための、奇妙なフィクションを含む「はじめに・回転木馬のデッド・ヒート」(46)と「レーダーホーゼン」(47)を書き下ろしています。『回転木馬のデッド・ヒート』はこの年の十月に刊行されていますから、この二つが書かれたのも、夏の間でしょう。それから、たぶん同じ頃に「パン屋再襲撃」、「象の消滅」と共通の関心のもとにあるとわかる「ファミリー・アフェア」

（48）が書かれている。この作品は秋になり、女性月刊雑誌に発表されます（十一〜十二月号）。先に、この執筆ぶりを「噴出」と形容しましたが、『世界の終りとハードボイルド・ワンダーランド』の完成により生まれた自信のようなものが、この時期の短編には横溢《おういつ》しています。「ローマ帝国の崩壊・一八八一年のインディアン蜂起・ヒットラーのポーランド侵入・そして強風世界」（50）なる破天荒かつ軽妙な短編もまた、この時期、これらのある意味で重厚な作品が書かれたのに引き続いて、発表されたものですが、このどこか突き抜けた高度《スマート》さをもつ「笑える」短編に、当時、日本で翻訳の仕事をしていた若いアメリカ人のアルフレッド・バーンバウムが注目する。そしてこれを訳し、アメリカの雑誌に売り込む。そしてこれが村上の短編の海外での最初の翻訳掲載となる、という進みゆきも、この時期の作品を足場に起こってきます。

ここでは僕は、このうち、『世界の終りとハードボイルド・ワンダーランド』刊行直後に、同じ関心のもとに書かれたと思われる三つの作品、「パン屋再襲撃」、「象の消滅」、「ファミリー・アフェア」を取り上げます。理由は後に明らかになるでしょうが、これを僕は、先の初期短編三部作に対し、前期短編三部作と呼んでおきます。

2　先行作品群——「螢」、「納屋を焼く」とその他の短編

さて、ここに前期Iと分類した時期に書かれた作品を、一瞥しておきましょう。

この時期にも、村上は実に多くのすぐれた短編を書いています。もし紙幅に制限がなければ、僕は、前章の「午後の最後の芝生」(24)に続いて、ほぼ同趣旨のモチーフをひめた「土の中の彼女の小さな犬」(25)も、この時期の作品として取りあげたことでしょう。これも個人的には非常に好きな作品です。この二つを並べて取りあげると村上春樹のショー・ウィンドーである「態度としてのデタッチメント」の物語の原型がきれいに取りだせるのです。ですが、前章でふれた酒井英行に、やはりすぐれた「土の中の彼女の小さな犬」論がある。関心のある人は酒井の『村上春樹――分身との戯れ』にあたって下さい。「シドニーのグリーン・ストリート」(26)にもふれたかった。そこには「ちゃーりー」という「ジェイ」に続く名前つきの中国系の魅力的な登場人物が出てきます。

「螢」(29)も重要です。先に述べた村上の小説世界――「村上ワールド」などとデパートメント・ストアふう、遊園地ふうに呼称される――のショー・ウィンドーを構成する重要な要素の一つである「喪失」という標語は、この短編から生まれたといってよいでしょう。それほど、一九八〇年代前半の日本社会に生きる一人の青年の「喪失感」を心に残る仕方で定着させています。なお、この短編は数年後、後にふれる「めくらやなぎと眠る女」(34)とともに、長編『ノルウェイの森』の呼び水となり、またそこへと流れ込んでいきます。これらも、長編との関係のうちにある短編作品です。

さて、もう一つ欠かせないのは、「納屋を焼く」(30)です。今回は簡単にしか扱いませんが、この作品は、これまで何度か英訳で多くの若い人と読んできました。読んだ人はわかるでしょうが、非常に魅力的なパントマイムの女の子と、何を考えているのかわからないいっぷう変わった彼女の恋人が出てきます。小説家の「僕」は三十代の妻帯者でありながら、二十歳前後のこの若い女性ともつきあっていて、彼女が北アフリカに行くのを世話し、彼女を空港に見送ります。数カ月後彼女は日本人の彼氏をともなって帰国し、再び「僕」は空港に迎えに行くのですが、新しい恋人の彼は、その後、彼女と二人で「僕」の家を訪問した際、誰からも忘れられたような野の中に一軒だけ離れて立つ小ぶりの納屋を見つけては焼くのが趣味だという意味のことをいって、「僕」を驚かせるのです。

その後、彼が「僕」の自宅近くに候補の納屋を見つけていると言ったのを受けて、「僕」はジョギングをしつつ、注意して観察を続け、納屋が焼けるのを待ちます。しかし、納屋は焼けない。その一方で、パントマイムの彼女がなかなか姿を見せない。ある日「僕」は彼女のアパートまで行く。でも、彼女はいない。「僕」はジョギングを続け、納屋を観察し続ける。小説はそこで終わりますが、読んでしばらくすると、彼女は、この「彼」に納屋として「焼かれた」のではないか、——という「ひやっとした」読後感がやってきます。

村上自身は、「僕はときどきこういうものすごくひやっとした小説を書いてみたくなる」とさりげなく『全作品第1期』第3巻の付録(「『自作を語る』——短篇小説への試み」)に書いているので、これはそういう作品として書かれた公算が大ですが、この作品を英語で読んで面白かったのは、パントマイムの女の子はどこにいったのか、という問いを出すと、半数以上の若い人、特に外国人の読み手のほとんどが、当然といった感じで、そのとおり、「彼」に殺害されたのだろう、と答えるのです。これにはかなり驚きました。というのも、長い間、この作品は、特にこの作品の母国の日本文学の学者の間では、一、二の先行的な指摘こそあれ、ほぼ例外なく、パントマイムの女の子は「失踪した」ものと受けとめられたうえで、論じられてきたからです。自慢ではありませんが、僕も長い間、そう思っていました。いまからもう十五年くらい前に、知人の娘さんが、真夜中この短編を読んでいて、「お母さん、怖い小説を読んで眠れなくなった」と母親に訴えた、というのを聞いて、へえ、と思い、読み返してはじめてこの小説が何を描いたものか、知ったのです。

この経験は、村上春樹という小説家が、「沈黙」の深い面白い書き手であることを僕に印象づけました。彼は、作品を発表し、それが誰に浅く読まれ、誤読されても、素知らぬ顔をして何も言わない。

素敵だと思いませんか。

なかなかしっかりした小説家なのです。

というのも、自作が自分の思い通りに解釈されないと、それが不満でつい自作を「解説」してしまう書き手が小説家には多いものだからです。小説家にはどうしても自分が書いた作品に対し、母親が自分の腹を痛めて生んだ子供におぼえるのと同様の、「この作品のことは自分が一番よくわかっている」という気持ちが強いのです。そのため、親にとって「子離れ」が難しいように、いったん自分の手を離れた自分の作品が、自分の意図とは別の可能性にひらかれた独立した存在となっていることを認めたがりません。しかし、もしある作品について一番わかっているのが作者であるなら、その作品についてはその作者に尋ねるに越したことはないでしょう。でも、そうであれば、なぜ「作品」があるのか？　なぜ「作品」が書かれるのか？　小説家も、自分の意図の先にあるもの——海のように彼の前に広がっているもの——に、自分の力を超えて形を与えたいばかりに、その白紙の海に頭を真っ白にして、投身するのではないでしょうか。養老孟司という解剖学者の書いた『身体の文学史』という本に、この点、非常に示唆的な芸術作品の定義が紹介されています。そこで、引用された美学者は、こう言っている。芸術作品で作者の作品世界は、「単に伝達されるのではなく、受け手の能動的な解釈を俟って立ち現れてくる。作品の創造性とは、作者の意図を超えてよりよい解釈を要求するという点にある」と。また、「芸術作品は、作者によって完成されたあとも、常によりよい解釈を求めつづけることによって、その世界を更新し、いわば創造しつづけるのである」、と（佐々木健一『美学辞典』）。実に、簡にして要を得た定義ではないでしょうか。

良い作品というものがあるのではない。作品の良さがあるのだ。そしてその「良さ」は、こんなふうに、書き手から読み手へのバトンタッチの形で、時代を貫いて、生きていくのだ、というのです。村上は、その意味で自分の子供である作品を信頼して、自分からは口をはさまない「子離れ」のできた、しっかりした母親だといえるでしょう。

でも、それだけではない。

そこも村上春樹という小説家の面白いところです。

「納屋を焼く」はよく知られているように、ウィリアム・フォークナーの短編と同題の作品です。というか、フォークナー作の日本語訳タイトル――訳者は志村正雄、高名な英文学者、翻訳家――と同じ題名の作品になっています。ですから、翻訳でも訳者のアルフレッド・バーンバウムはこれをBarn Burningとフォークナー作とまったく同じタイトルにしているのです。先の「ニューヨーク炭鉱の悲劇」(3)の英訳題の場合とは違って、しっかりとタイトルを引用されたものと認めていることになります。僕も、若い人には、この引用関係を示した後、しばしば、この二つの同題の作品の比較を課題として求めてきたという経緯があります。むろん二つの作品はまったく違います。でもそこのところを、村上自身はどう思っているのだろう? 当然、そういう好奇心が生じるのですが、村上自身はそのことについて、先の『全作品第1期』第3巻の付録に、こう述べています。

これは「納屋を焼く」ということばから思いついた小説である。もちろんフォークナーの短編の題だが、当時の僕はあまり熱心なフォークナーのファンではなくて、この『納屋を焼く』という短編を読んだこともなかったし、それがフォークナーの短編の題であったこと自体知らなかった。どこかで耳にしたことがあるような気はしていて、フランス映画か何かのタイトルかなと思ったような記憶がある。もしフォークナーの短編の題だとわかっていたら、たぶんこんな小説は書かなかったと思う。（『全作品第1期-3　短篇集I』別刷「『自作を語る』――短篇小説への試み」）

なるほど、と腑に落ちる説明です。

ところが、英訳ではわからないのですが、初出並びに単行本『螢・納屋を焼く・その他の短編』所収のこの作品を見ると、事実がそれとは違うことがわかるのです。「僕」はパントマイムの女の子を迎えに行った空港で、到着の遅れた飛行機を待つ間、コーヒー・ルームで時間潰しに本を読むのですが、そこにはこうあります。

どうしてその男（パントマイムの女の子の彼氏――引用者）のことをそんなにくわしく知っているかというと、僕が空港まで二人を出迎えに行ったからだ。（略）飛行機が着くと――飛行機は悪天候のために実に四時間も遅れて、そのあいだ僕はコーヒー・ルームでフォークナーの短篇集を読んでいた――二人が腕を組んでゲートから出てきた。

（「納屋を焼く」『螢・納屋を焼く・その他の短編』、傍点引用者）

僕はここのところを読んで、皆さんの前でこの作品を取りあげるに先立ち、図書館に行って、「フォークナーの短篇集」として一般にどういうものがあるのかを調べてみました。すると新潮文庫で『フォークナー短編集』（龍口直太郎訳）というものが出ている。古くからある、よく知られた短編集です。これが目次です。見ると、八編が収録されています。最後に「納屋を焼く」が載っていますが、こう表記してあります。

納屋は燃える（Barn Burning）

と。この「納屋は燃える」がこの後、一九八一年に刊行される『フォークナー全集』第二十四巻（冨山房）に収録された志村正雄訳で「納屋を焼く」に変わる。以後、この短編は一般に「納屋を焼く」の名で知られます。それなのになぜ村上は『全作品第1期』第3巻の付録では、右のように書いているのでしょうか。一九九〇年刊の『全作品第1期』第3巻に収録された「納屋を焼く」では、ここのところ、「フォークナーの短篇集を読んでいた」が「週刊誌を三冊読んだ」に加筆訂正されています。これをもとに翻訳されているので、英訳でも、右の傍点個所は、"during which time I read three magazines cover to cover in a coffee lounge" となっている。英語で読む限りで、村上春樹による「完全犯罪」が成立しているのです。

ですから、村上の言おうとしたのは、「納屋を焼く」を書いたころ、これを読んでいなかった、読んでいれば、間違ってもこの作品に同じタイトルはつけなかっただろう、ということだったことがわかります。ほんとうのところは、知ってはいたが、読んでいなかった。ですから、ほんの少し、「自作を語る」文では、嘘がつかれている。そのことは、村上の中に、この小説でいうなら、語り手の「僕」と同時に、納屋を焼く「彼」とも似たところがあるらしいことを、窺わせます。そしてそれは意外なことではない、と言うべきかもしれません。というのは、この納屋を焼く、変質者めいた「彼」の造型を原型として、その延長に『ノルウェイの森』に続く長編第六作『ダンス・ダンス・ダンス』の副主人公ともいうべき「五反田君」が登場してくる。また、その延長上に、『ねじまき鳥クロニクル』の綿谷ノボルが現れる、というように、「納屋を焼く」の「彼」に端を発する一連の登場人物の系譜は、村上の作品世界に重要な役割を果たしているのですが、つねにそこには主人公と「彼」の間に一種の分身関係が認められる。ひるがえって言えば、こういう点が、村上作品の奥深いところ、面白い点だとも言えるからです。

たとえば、後に書かれる「沈黙」(60)については別にふれますが、そこには作中の挿話の語り手の「大沢さん」と卑劣な敵役「青木」の中学から高校時代の「葛藤」が描かれています。「大沢さん」は一目見たときに「青木」というのは卑劣なイヤな男だ、と直感します。そして物語はその予感どおりに展開する。「青木」は「大沢さん」に卑劣なことをし、「大沢さん」は「青木」を殴り、さらに関係は陰惨なものとなっていくのですが、その過程で、「大沢さん」は「青木」がいま何を考えているか、手に取るようにわかる気がした、と述べています。「一目見たときからその男のことが嫌で嫌でしかたなかった」、そしてそれは「理屈」ではない、しかも「問題は、大抵の場合、相手の方もおなじような感情をこちらに対して持っている」ことだ、そのことがこちらにわかってしまうことなのだと、語られます。なぜだろうか。なぜそんなにわかってしまうのだろうか。客観的に言うなら、二人は一人の二つの側面を代表しているから、――分身だから――ということになるでしょう。「納屋を焼く」でも、小説家の「僕」と殺人者であろう「彼」は、分身同士なのかも知れません。

村上は、小説家として信頼できる。けっして読み手に余計な口出しはしません。しかし、単に信頼できるだけではない。そのうえ、注意しないといけない、面白い「暗さ」ももった書き手なのだということです。

さて、そういう「偏見」と「先入観」と「警戒心」をもって、前期の重要作品に入っていきましょう。そうでなければなりません。読むのは、『パン屋再襲撃』の巻頭に載っている表題作、「パン屋再襲撃」です。

3　襲撃、再襲撃、映画

この作品は一九八五年七月、女性雑誌である『マリ・クレール日本版』八月号に掲載されました。先に述べたとおり、これは長編『世界の終りとハードボイルド・ワンダーランド』刊行（同年六月）直後にあたっています。この月同時に、『文學界』八月号に、次章にふれる「象の消滅」という姉妹作ともいうべき短編も発表されています。

「パン屋再襲撃」は結婚して二週間ほどの若い男女の物語です。「僕」は二十八歳か、二十九歳。はっきりしないのは彼が「（どういうわけか結婚した年をどうしても思いだすことができない）」という特異な健忘症を患っているせいです。妻は「二年八ヵ月年下」ですから、およそ二十五歳から二十六歳というところでしょう。その日、夜も更けてから彼らは突然、これまで味わったことのないような「強烈な空腹感」に襲われる。結婚してまもないこともあり、冷蔵庫にもほとんど食べ物はない。「僕」は深夜レストランに行って何か飢えを満たそうと提案しますが、妻は「夜の十二時を過ぎてから食事をするために外出するなんてどこか間違ってる」と「古風」な理由で反対します。でもその後もその「飢餓感」は募る。何か「特殊な飢餓」の様相を呈してきます。

みぞおちの奥のあたりにぽっかりと空洞が生じてしまったような気分だった。出口も入口もない、純粋な空洞である。その奇妙な体内の欠落感——不在が実在するという感覚——は高い尖塔のてっぺんに上ったときに感じる恐怖のしびれにどこかしら似ているような気がした。（「パン屋再襲撃」）

彼はそれを、こう説明します。

僕はそれをひとつの映像としてここに提示することができる。①僕は小さなボートに乗って静かな洋上に浮かんでいる。②下を見下ろすと、水の中に海底火山の頂上が見える。③海面とその頂上のあいだにはそれほどの距離はないように見えるが、しかし正確なところはわからない。④何故なら水が透明すぎて距離感がつかめないからだ。（同前）

と。ついで彼は以前、どこかでこれと似たような経験をしたことがあったなと思います。「あのときも」そうだった。ああ、あれは——

「パン屋襲撃のときだ」と僕は思わず口に出した。

「パン屋襲撃って何のこと?」とすかさず妻が質問した。(同前)

こうして話ははじまる。彼は妻に話します。以前、若い頃、パン屋を襲撃したことがあった。「もう十年も前のこと」、「僕」はそのころ相棒と住んでいて、「我々は二人ともひどい貧乏で、歯磨粉を買うことさえできなかった。もちろん食べものだっていつも不足していた」。そこで「パン屋を襲撃した」のだが——。

その襲撃がなぜか、「成功したとも言えるし、成功しなかったとも言える」、不完全燃焼の結果に終わった。なぜなら「我々はパンを好きなだけ手に入れることができたんだけれど、それは強奪としては成立しなかった」からだ。何かが空回りしてしまった——。

その時と、この映像的飢餓感は同じだ、と彼は告げるのです。

これを聞くと、妻は、この「飢餓感」は、そのときの失敗の呪いであろう、と断言します。そして、その「呪いをとく」には「今すぐ」、「この空腹感がつづいているあいだに」「もう一度パン屋を襲」い、今度こそ「果されなかったこと」を「果」すのだ、それしか方法はない、と彼を促すのです。そこで「僕」は気が進まないながら、妻に急かされつつ、妻と二人、東京の街に深夜、パン屋を「再襲撃」すべく車を発進させる。話はこう展開し、二人が「再襲撃」をまがりなりに果たして、その「飢餓感」から解放されるところで終わっています。

「中国行きのスロウ・ボート」(1)、「貧乏な叔母さんの話」(2)、ニューヨーク炭鉱の悲劇」と読んできた流れで言うと、ほぼ五年たち、ずいぶんと遠くまで来たなあ、という気がするでしょう。「貧乏な叔母さんの話」では、ある種の衝迫感に取り憑かれて語り手の「僕」が「貧乏な叔母さんの話」を書こうとしたあげく、孤立し、最後、小さなできごとを機に、それから解放されるのですが、ここでは「僕」が「呪い」に取り憑かれ、「僕」と妻がパン屋をもう一度襲撃し直すことで、それから解放される、というのです。

さて、その「呪い」とはどういうものか。それが最初のパン屋襲撃の「成功した」とも「成功しなかった」とも言える奇妙な顚末の結果、もたらされたものだとしたら、まず、その最初の襲撃がどういうものだったかを見なければなりません。そしてそれについては「僕」の説明がある。実をいうと、村上自身が自作解説の文で断っているように、この「パン屋再襲撃」は、一九八一年十月に『早稲田文学』に発表された「パン屋襲撃」(9)を受けて書かれているのです。そしてそれとほぼ同じことが、続編で読者に向け、また妻に向け、説明されます。そこで、まず、「パン屋襲撃」を読んでみましょう。皆さんにはウェブ・サイトからプリントしたマイケル・ワード訳「パン屋襲撃(The Bakery Attack)」を配付してあります。また、この「パン屋襲撃」は、一九八二年、山川直人監督の手で短編映画にもなっています。後に述べる理由から僕はこの映画も、村上の「パン屋襲撃」、「パン屋再襲撃」の意味あいを考えるうえで重要であろうと思っていますから、ここでは、まず、短編映画の「パン屋襲撃」をみんなで見て、その後、「パン屋襲撃」の提示している問題をはっきりと確認したうえで、「パン屋再襲撃」に進みたいと思います。

「パン屋襲撃」について、村上は、自作解説の文で、こう書いています。

パン屋襲撃は題名からも想像がつくように、パン屋再襲撃に先行して書かれた作品である。ずっと昔に書いたものなので、いったいどういう動機で、どういうきっかけでこんな話が出てくることになったのか、僕にはまったく思い出せない。そこには非常にまともな根拠があったような気もするし、意味というほどのものはほとんど何もなかったような気もする。しかし正直に言って、今となっては何も思い出せない。（略）しかし今になって思えば、パン屋襲撃という言葉の響きはたしかにある種の緊迫したイメージを想起させる。たぶんそもそもの最初はそういう言葉の響き自体から始まったのではないかと思う。この作品は――信じられないことだが――映画になった。（『全作品第1期-8　短篇集Ⅲ』別刷「『自作を語る』――新たなる胎動」）

4　「パン屋襲撃」

「パン屋襲撃」というのは、こんな小説です。まず冒頭。

とにかく我々は腹を減らせていた。いや、腹を減らせていたなんてものじゃない。まるで宇宙の空白をそのまま呑み込んでしまったような気分だった。(略)

何故空腹感は生じるか? もちろんそれは食料品の欠如から来る。何故食料品は欠如するのか? しかるべき等価交換物がないからである。(「パン屋襲撃」)

書かれたのは一九八一年。物語は、二十歳前後とおぼしい二人組が、「神もマルクスもジョン・レノンも、みんな死んだ」後のしらけた日々、「もうまる二日水しか飲んでいない空腹感の中で、「グレちゃう」ことに決め、商店街のパン屋を「襲撃」することに決める。

そんなわけで我々は包丁を持ってパン屋にでかけた。パン屋は商店街の中央にあって、両隣は布団屋と文房具屋だった。パン屋の親父は頭のはげた五十すぎの共産党員だった。(同前)

パン屋の店内には「気の利かなそうなオバサン」が一人いて、何か「気の遠くなるほどの時間をかけて」パン選びをしています。一方、店にはワグナーが流れ、パン屋の主人が

「うっとりと耳を澄ませてい」る。この共産党員はワグナーが好きなのです。オバサンが去ると、彼らは包丁を背に隠し、我々は「腹が減っている」、しかし「一文なし」だ、と切り出します。するとパン屋の主人は意外な対応を示す。まず「金はいらないから好きなだけ食べりゃいい」と言う。いや、自分たちは「悪に走っている」のだと「僕」たちがその提案をはねのけると、次には、代償に君たちを「呪う」ことにするが、「それでいい」なら「好きにパンを食べ」なさい、と言ってくる。相棒がこれに反対し、今度は「僕」が「何かしらの交換が必要」だとばかり仲裁に入ると、さらには、「君たちはワグナーが好きか?」と聞いてくる、そして言うのです。もし「好きになってくれたら」その代償に「パンを食べさせてあげ」る、というのはどうだろう?

まるで暗黒大陸の宣教師みたいな話だったけれど、我々はすぐにそれに乗った。(略)
「好きですよ」と僕は言った。
「俺、好きだよ」と相棒は言った。
そして我々はワグナーを聴きながら腹いっぱいパンを食べた。(同前)

ワグナーは『トリスタンとイゾルデ』。パンをむさぼり喰う二人を尻目に、パン屋が解説書を読み上げます。「コンヴァル国王の甥トリスタンは叔父の婚約者である王女イゾルデを迎えに行くのでありますが、帰路の船上でトリスタンはイゾルデと恋に落ちてしまいます。冒頭に出てくるチェロとオーボエによる美しいテーマがこの二人の愛のモチーフであります」。

二時間後、我々は互いに満足して別れた。
「明日は『タンホイザー』を聴こう」と主人は言った。
部屋に辿りついたとき、我々の中の虚無はもうすっかり消え去っていた。そして想像力がなだらかな坂を転がり落ちるようにカタカタと動き始めていた。(同前)

『全作品』で六頁という短い作品なのですが、これの含意するところは小さくはない。そういう作品です。ですから数年の後、村上はこれの「続き」を書いてみようと思ったのでしょう。

三年十カ月後の作品では、この最初の「襲撃」は、こう説明されます。「僕」は言います。我々が襲撃しようとしたのは「それほど大きなパン屋じゃな」かった。「朝に焼いたぶんが売り切れるとそのまま店を閉めてしまうような小さなパン屋だった」。なぜそんな「ぱっとしない」パン屋を選んだのかと妻に訊かれると、彼は答えます。「自分たちの飢えを充たしてくれるだけの量のパンを求めていたんであって、何も金を盗ろうとしていたわけじゃない。我々は襲撃者であって、強盗ではなかった」(傍点引用者)と。

「それで襲撃は成功したの？」

重ねての妻の問いに、彼は答えます。「成功したとも言えるし、成功しなかったとも言える」。

「要するに我々はパンを好きなだけ手に入れることができたんだけれど、それは強奪としては成立しなかったんだ。つまり我々がパンを強奪しようとする前に、パン屋の主人が我々にそれをくれたんだ」(「パン屋再襲撃」)

「僕」は何かがそこですり替えられたようだという、その時経験した空転の感じを説明することになります。自分と相棒はその時、ずいぶんと話し合った。その結果、「音楽を聴くくらいまあいいじゃないか」という結論に達したのだ。それは「純粋な意味における労働ではない」し、「誰を傷つけるわけでもない」。

でも、それで事がすんだのでもなかった。

「もしパン屋の主人がそのとき我々に皿を洗うことやウィンドウを磨くことを要求していたら、我々はそれを断乎拒否し、あっさりパンを強奪していただろうね。しかし主人はそんなことは要求せず、ただ単にワグナーのLPを聴きとおすことだけを求めたんだ。それで僕と相棒はひどく混乱してしまった。ワグナーが出てくるなんて、当然のことながら我々はまったく予想しちゃいなかったからね。それはまるで我々にかけられた呪いのようなものだった。（略）」（同前）

すぐにははっきりした変化は起こらなかった。でも「いろんなことが」それを境に「ゆっくりと変化していった」。「そして一度変化してしまったものは、もうもとには戻らなかった」。彼は言います。それから、「そのあとでちょっとしたことがあって」、自分と相棒は「別れた」。その後、「結局僕は大学に戻って無事に卒業し、法律事務所で働きながら司法試験の勉強をした。そして君と知りあって結婚した。二度とパン屋を襲ったりはしなくなった」と。

5　二つの時代の対照

いったい何がここで起こっているのでしょうか。何がここで起こっていると、この小説の書き手は、言おうとしているのでしょうか。

簡単にいえば、「パン屋襲撃」が描いているのは、六〇年代末から七〇年代初頭にかけての若者の戦いぶりが――想像力の不足のために――いかに高度消費社会の到来のなかで、うまく矛先をそらされ、反逆心の切っ先をはぐらかされ、抱きとめられ、社会の側に「回収」されていったか、という話だということがわかります。

「僕」と相棒は、パン屋を「襲撃」しようとします。その本質は社会への反逆です。以前、六〇年代初頭に似たようなことがありました。学生運動が大きな成果を生まないまま下火になった後、活動家の一部が「犯罪者同盟」というものを作り、半ばさめた意識をもちつつも、社会に対し、小犯罪を起こすことを通じて「社会への反逆」を行おうとしたのです。それを企てたのは、その後、ジャズ等の評論家として知られることになる平岡正明という人物です。彼はその後、『あらゆる犯罪は革命的である』という本を書きました。「僕」と相棒は、ほぼそのようなバックグラウンドをもちつつ、パン屋を襲撃しようとしたのだと考えられます。しかしそれは、うまいこと、相手の「社会」に抱きとめられてしまう。「社会」のほうが一枚上手で先に進んでいる。いわば高度消費社会ともいうべき新しい社会が到来しようとしていて、「生産」の意味が変わってしまっており、このパンの「強奪」による「反逆」の企てに対し、新しい「労働」による「交換」を提案してくるのです。

これまでは、「労働」といえば、何かを「生産」することでした。しかし、その「生産」が市場の需要を満たすようになると、今度は「生産」側は、「需要」を自ら作り出す必要に迫られます。本当はもう必要がないのに、もっと欲しい、もっと必要だと思ってもらわないと、作ったものが売れない。そこから「需要」を作り出す——「必要」を「作り出す」＝生産する——部門が、生産領域の中に生まれてくる。広告、宣伝などのサーヴィス部門で、これが比重を増し、独立するようになると、サーヴィス産業、流通産業、情報産業など、産業構造でいう第三次産業といわれるものが優勢になってくるのです。いわばものを作り出す生産部門に代わり、消費部門のほうが優勢化する、消費社会の到来です。

このとき日本はそのような生産中心の社会から消費中心の社会に変化しようとしていました。そこでは、「音楽を聴くこと」、あるいは「ある音楽を好きになること」も立派な産業の一要素になるでしょう。消費のための需要を自らの内に作り出すのですから。その意味で、これを新しい労働の形態だということもできるのです。

「パン屋襲撃」は「貧乏な叔母さんの話」の十カ月後にあたる一九八一年十月に発表されています。この「貧乏な叔母さんの話」に先立つ一九七九年六月発表の『風の歌を聴け』では、もう旧来の「貧乏」と「金持ち」の対比が有効ではないことが、旧来型の「金持ちなんて・みんな・糞くらえさ」の鼠に対し、「気分が良くて何が悪い？」という「僕」の側の言葉の対置で予言されていました。「気分が良くて何が悪い？」ということが来るべき消費社会の基本命題であって、「パン屋襲撃」の話が書かれた一九八〇年前後になると、いまや「気分の良さ」を作り出すことこそが、産業の一大目標となろうとしているのです。

「もしパン屋の主人がそのとき」「皿を洗うことやウィンドウを磨くことを要求していたら」、彼らはそれを「断乎拒否し、あっさりパンを強奪していた」でしょう。でも、もう時代は変わろうとしています。パン屋の主人は「そんなことは要求せず、ただ単にワグナーのLPを聴きとおすことだけを求め」ます。でも、「ワグナーのLPを聴きとおすこと」、あるいは「ワグナー」を「好きにな」ることは、いまや商品の「需要」を作り出すことにほかなりません。立派な産業活動の一環なのです。

これに対し、消費社会の到来にまだ気づいていない襲撃時の「僕」と相棒は、この提案に「ひどく混乱してしま」います。「ワグナーが出てくるなんて」――モニター行為の提案が出てくるなんて――、「まったく予想しちゃいなかった」。それはまるで彼らにとっては「呪いのようなもの」でした。

さて、「パン屋襲撃」を映画化した山川直人監督は、映画制作の年である一九八二年当時、二十五歳ですが、若さに似ず、この作品が時代の変わり目をとらえた重要な作品であることにいち早く気づいています。そのことがわかるシーンは、二人の若者のパン屋襲撃に先立ち、パン屋に「オバサン」の先客がいて、三種類のパンの間で今夜のパンの選択を迷っているというところです。同じ場面がむろん原作にもあるのですが、彼は、この原作の設定にこめられたかすかなメッセージ性を的確に拡大して、これを興味深いシーンに仕立てあげています。実をいうと、今日、そこに出てくる三種類のパンをもってきています

（笑）。コンビニに寄って、揚げパン、メロン・パン、クロワッサンを買ってきました。この三つです。映画では、「オバサン」は監督の大学時代の同窓生でその後女優として大成する室井滋が演じていますから、若い女性です。しかし彼女は、「オバサン」として、まず、「揚げパン」と「メロン・パン」をトレイに載せます。

しかしすぐにそれを買うというわけではない。揚げパンとメロン・パンは彼女にとってはひとつのテーゼに過ぎなかった。あるいは遥かなる極北である。彼女がそれに適応するにはもうしばらくの時間が必要だった。（「パン屋襲撃」）

やがて、

時間が経つにつれ、まずメロン・パンがテーゼの地位を滑り落ちていった。何故私はメロン・パンなんかを選んでしまったのだろう、と彼女は首を振った。こんなものを選ぶべきではなかったのだ。だいいち甘すぎる。（同前）

そして、

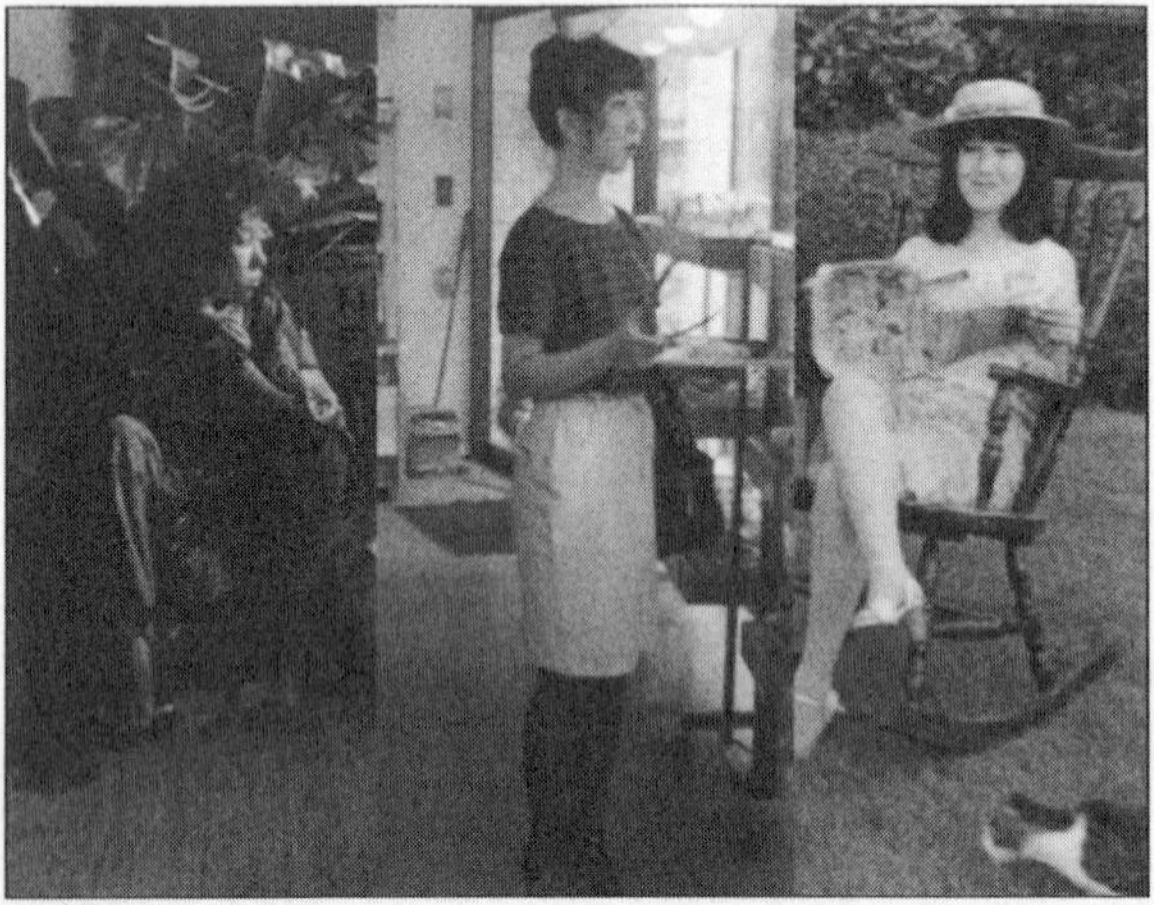

パンの三分割の場面（「パン屋襲撃」（監督／山川直人）より）

彼女はメロン・パンをもとの棚に戻し、少し考えてからクロワッサンをふたつそっとトレイに載せた。新しいテーゼの誕生であった。氷山は僅かにゆるみ、雲間からは春の日差しさえこぼれ始めた。（同前）

映画でこの場面がどう作られていたかを思い出しましょう。画面が三分割され、中央にパン屋でパン選びに迷う「オバサン」。左にスラム街の住人風の格好をした「オバサン」が揚げパンをむさぼり食うシーン。右に芝生の庭で上流階級の女性風の格好をした「オバサン」が「クロワッサン」というタイトルの雑誌を読みつつ、クロワッサンを優雅に食べています。

揚げパンというものが、どういうものかわからない人もいるかも知れませんが、これです。きっとカロリー価が高いでしょうね。こちらは、メロン・パン。そして最後がクロワッサンです。

この三種類のパンは、それぞれ産業構造にいう第一次産業（農業、漁業、林業等）、第二次産業（重工業、軽工業等）、第三次産業（サーヴィス業、流通業、情報産業等）に、対応しているでしょう。少なくともこの映像の作り方から、山川監督が受けとったものを、いまこの場でこう言い換えてみることが可能です。室井滋演ずる「オバサン」は、その意味では日本の大衆を代表しています。つまり、揚げパン（農業・漁業）かメロン・パン（工業）か、という時代があった後、次に、メロン・パン（工業）かクロワッサン（サーヴィス業、流通業）か、という時代がやってきて、その選択は、クロワッサンの勝利で終わる。そこにやや時代に追い越されてしまった二人組が現れ、その「反逆」の企ては高度消費社会段階を迎えようという社会の側に抱きとめられ、回収されて潰《つい》えるのです。

こう見てくればわかるように、「パン屋襲撃」はいわば六〇年代の「ホット」な時代の若者たちの「反逆」が八〇年代の「クール」な時代に失効化するようになる転回点を描いた、二つの時代の対照を背景とした作品でもありました。

そのあと、「僕」と相棒のまわりでは、「いろんなことがその事件を境にゆっくりと変化していった」ようです。そして「そのあとでちょっとしたことがあって」二人は別れます。

「僕」は相棒と、

「（略）それ以来一度も会っていないし、今何をしているかもわからない」（「パン屋再襲撃」）

この「僕」と相棒の原型は、きっと『風の歌を聴け』の「僕」と「鼠」だということになりそうですし、この相棒の別れた先は、「ニューヨーク炭鉱の悲劇」に暗示されているとも、言えるでしょう。

さて、その話を聞いた妻は、いまは自分があなたの「相棒」なのだと言います。そして、「呪いをとく」には、まだこの飢餓感、空腹感が残っているうちに、もう一度パン屋を襲撃しなければならない、そう「僕」に働きかけるのです。

6「パン屋再襲撃」

彼らは「再襲撃」に出かけます。

最初の襲撃は「僕」と相棒が、すっからかんだった頃の話でした。書かれたのは八一年ですが、話の時点は七〇年代前半からなかばくらいでしょう。「パン屋再襲撃」の「僕」

は二十八歳か二十九歳、最初の襲撃から「もう十年」はたつと言うのですから、この「再襲撃」は執筆時期とおなじ八〇年代なかばの話だということになります。

さて、「僕」と妻は、「中古のトヨタ・カローラ」に乗って、午前二時半の東京の街に出ます。ここがこの小説の不思議なところですが、すると、話はすっと別の色合いをつけ加える。これがアニメ映画だとすると、これまでの話にさっと一枚、別のセル画がかぶさるのです。

僕がハンドルを握り、妻は助手席に座って、道路の両側に肉食鳥のような鋭い視線を走らせていた。後部座席にはレミントンのオートマティック式の散弾銃が硬直した細長い魚のような格好で横たわり、妻の羽織ったウィンドブレーカーのポケットでは予備の散弾がじゃらじゃらという乾いた音を立てていた。それからコンパートメントには黒いスキー・マスクがふたつ入っていた。(「パン屋再襲撃」)

語り手は続けます。

どうして妻が散弾銃を所有したりしていたのか、僕には見当もつかなかった。スキー・マスクにしたってそうだ。僕も彼女もスキーなんて一度もやったことがないのだ。しかしそれについて彼女はいちいち説明はしなかったし、僕も質問しなかった。結婚生活というのは何かしら奇妙なものだという気がしただけだった。(同前)

彼らはパン屋を探します。でも、午前二時半過ぎ、そんな時間にパン屋は開いていません。


「停めて!」と妻が唐突に言った。

僕はあわてて車のブレーキを踏んだ。

「ここにするわ」と彼女は静かな口調で言った。

(略)

「パン屋なんてないぜ」と僕は言った。

しかし妻は何も言わずにコンパートメントを開けて布製の粘着テープをとりだし、それを手に車を下りた。僕も反対側のドアを開けて外に出た。妻は車の前部にしゃがみこむと、粘着テープを適当な長さに切ってナンバー・プレートに貼りつけ、番号が読みとれないようにした。それから後部にまわって、そちらのプレートも同じように隠した。とても手馴れた手つきだった。僕はぼんやりとつっ立ったまま彼女の作業を見つめていた。(同前)

もうその頃には、主導権は完全に妻に握られています。説明は一切ないのですが、家を出ると、右のいくつかの引用が教えるように、車にはレミントンの銃とスキー・マスクと粘着テープがあり、妻は、いまやプロフェッショナルな襲撃者になりかわっているのです。二百メートル先にマクドナルドがあります。それを「やる」と妻は言います。あれはパン屋じゃないと「僕」が指摘すると、「妥協というものもある場合には必要」だと妻は答えます。

彼らはマクドナルドに押し入ります。するとそこにはまたもや十年前と同様、キリスト教の聖人物語における「聖アントワーヌの誘惑」にも似た、いくつかの新しい「提案」、あるいは「誘惑」が待っています。

マクドナルドの店長の若い男は、さすがにワグナーを聴いてくれればパンをあげるとは言いません。でもその代わりに、「金はあげます」と提案しました。「十一時に回収しちゃったからそんなに沢山はないけれど、全部持ってって下さい。保険がかかってるから構いません」

もう金融資本主義の時代なのですね。こちらにも特段損害は生じないので、金を強奪してくれ、と言うのです。しかし、妻は「ビッグマックを三十個、テイクアウトで」と要求し、これを無視します。

ハンバーガーが焼き上がり、袋詰めが終わると、今度は店の女の子が彼らに言います。

「どうしてこんなことをしなくちゃいけないんですか?」「お金を持って逃げて、それで好きなものを買って食べればいいのに。だいいちビッグマックを三十個食べたって、それがいったい何の役に立つっていうの?」お金のほうがずっと汎用性があるだろうに、ビッグマックを食べることに意味はない、と言うのです。でも妻は前回の間違いの轍《てつ》は踏みません。

ふたつの手さげ袋に三十個のビッグマックが収まると、妻は女の子にラージ・カップのコーラをふたつ注文し、そのぶんの金を払った。

「パン以外には何も盗る気はないのよ」と妻は女の子に説明した。(略)

妻はそれからポケットから荷づくり用の細びきの紐をとりだし——彼女は何でも持っているのだ——三人の体をボタンでも縫いつけるみたいに要領よく柱に縛りつけた。

(同前)

一方、店内の客席には「学生風のカップルが一組」います。「テーブルにうつ伏せになって、ぐっすりと眠って」います。シャッターが音をたてて降ろされても身じろぎもしません。「僕」と妻はマクドナルドのマーク入りの手さげ袋をもって、外に出ますが、「僕」は思います。

客席の二人はそのときになっても、まだ深海魚のようにぐっすりとねむりつづけていた。いったい何がこの二人の深い眠りを破ることになるのだろうと僕はいぶかった。（同前）

こうして、彼らはいわば消費社会の誘惑に乗らずに今度こそは「再襲撃」を成就させます。「三十分ばかり車を走らせ」、適当な駐車場に車を停め、ビッグマックを食べる。

一人きりになってしまうと、僕はボートから身をのりだして、海の底をのぞきこんでみたが、そこにはもう海底火山の姿は見えなかった。（同前）

二人が強奪したビッグマック＝パンを食べると、あの「特殊な飢餓」は、消えている。「呪い」はもう、とけているのです。

7　機能不全と回復

さて、この小説は何を語っているのでしょう。これまでわれわれは、この小説を「パン屋襲撃」との関係で見てきました。その限りで言えば、この「再襲撃」の物語が、ある回復を描いているのはたしかです。「パン屋襲撃」が一つの機能不全のはじまる、その起点について語っているとすれば、「パン屋再襲撃」はその不全からの回復を描いているのです。

ではこの場合の機能不全とはどういうものでしょう。

「僕」はその晩、特殊な空腹感に苦しめられます。「僕」はそれがもう十年ほど前の「パン屋襲撃」の頃に感じた「空腹感」と地続きのものであると感じ、「そういえば——」というのですらなく、ふとそのことを口に出します。すべてはその「ふと口に出したこと」から始まっていたことを思い出して下さい。ふと「パン屋襲撃」という言葉を出した「僕」はその言葉を妻に聞きとがめられるのです。

その折りのやりとりが、実はこの機能不全の中身についてのヒントを与えているでしょう。というのも、「僕」が「空腹」を充たすために「パン屋襲撃」をしたというと、妻は訊くからです。でも「何故（お腹がすいていたのなら——引用者）働かなかったの？」と。

「（略）少しアルバイトをすればパンを手に入れるくらいのことはできたはずでしょ？どう考えてもその方が簡単だわ。パン屋を襲ったりするよりはね」（同前）

この正論に、「働きたくなんてなかったからさ」、「それはもう、実にはっきりとしていたんだ」と「僕」は答えるのですが、するとまた、妻は言うのです。

「でも今はこうしてちゃんと働いているじゃない？」（同前）

と。妻の反論は、これまた正論そのものです。「僕」はそれに答えられない。かろうじて彼の口をついてでるのは、

「時代が変れば空気も変るし、人の考え方も変る」（同前）

という苦しまぎれの言葉だけです。

でも、そうであればこそ、つづけて彼が、「でも、もうそろそろ寝ないか？　二人とも朝は早いんだし」と言うのに対して、妻は、「眠くなんかない」、自分はその襲撃の話をしっかりと聞きたい、聞かなくてはならない、とばかり、「僕」にその話をするよう迫る。というのも、ここには彼の陥っている「機能不全」がなぜ生まれたかがよく現れているからです。だから彼女は、それは夫の受けた「呪い」のようなものであり、それを自らとかない限り、彼がその機能不全から回復することはないだろうと直観するのです。ではその機能不全とは何か。

それは、彼が自分の「過去」としっかりとした関係をもてていないということでしょう。

そのため、彼が「現在」の自分の前の社会ともしっかりとした関係をもてていない、ということでしょう。

ここに来て、はじめて、村上は『世界の終りとハードボイルド・ワンダーランド』の最後に手にした新しい問題に、答えを用意しようとするのです。

つまり、それはもう単なる喪失感なのではありません。関係の喪失、機能の不全という社会的人間の生の条件に関する問題です。縦の関係ができていない。それで横の関係もできていない。

彼は過去に、社会に反逆しました。汚れきった社会に組み入れられ、そこの歯車の一つになるのなんかまっぴらごめんだとばかり社会に反逆し、たぶんそれに挫折した後、今度は矮小化されたかたちであれ——平岡正明の『あらゆる犯罪は革命的である』です——、その「反逆」の姿勢を貫こうとしてきたのです。それなのに、いつのまにか、うやむやのうちに、その社会に頭を下げて受け入れてもらい、「就職」し、「働いてい」ます。でも、いつ、どのように、なぜ、彼はその考えを変えたのか。そのとき、しっかりそれまでの自分に、別れの挨拶をしているのか。

昨年（二〇〇九年）刊行された小熊英二の『１９６８』という大部の本は六〇年代後半に若者だった人々について時代全体の再現を試みたものですが、そこにこういう「別れの挨拶」をした珍しいケースが出てきます。それによると、現在東京大学で教授をしている船曳建夫は、全共闘運動という学生運動を続けながら、もうこの先当初の方向で運動は進まないだろうと見切りをつけ、集団としてはストライキ委員会の解散宣言というものを出し、個人的には一人で「戦線離脱宣言」というものを刷って大学の正門に立って配り、自分はこれで運動を離れる、という離脱宣言をして、その後湖にみんなで「遊びに行った」そうです。しかし、これなどは例外で、多くの人間は、ふつうそこからはっきりしない形で離れる。そのため、以後、自分の過去をしっかりと直視することができず、「時代が変れば空気も変るし、人の考え方も変る」とばかり日和見主義的な考え方に安住してしまう。かくいう僕もそれと似た経験をしています。だから、ここに村上が出している問題は、大事なんだとわかる。この作品では、主人公の「僕」は、法律事務所に勤め、結婚までしながら、社会との関係をしっかりと作り出せない。それを妻は、過去としっかり向き合うことを避けていることから来る、一種の「呪い」なのだと言うのです。

こうして彼女は、彼の現在の機能不全の起点に、いわば一つの「妥協」と「すり替え」――「襲撃」のはずが、「交換」と「取引」と「モニター」にすり替わる――があったことを思い出させます。そして、もしそこで「妥協」しなければ彼はどこまで行くはずだったのか、その行く末を見届けることが、その後の彼の回復、いま生きる社会との関係を再構築するために必要だと言うのです。

いや、そんなことは小説のどこにも書かれていない、先生、それは深読みしすぎ、と言われるでしょうか。たしかに、そうは書かれていません。妻が言うのは、この空腹感が残っているうちに、「もう一度パン屋を襲う」こと、「果されなかったことを今果す」ことが、「呪いをとく」ためには、必要だ、ということだけです。

でも、ここに言われる「果されなかったこと」とは何なのでしょうか。

8 果されなかったこと

彼らが真夜中の東京に車を出すと、とたんに彼女は様子を変えます。彼らは別の世界に入ります。車にはなにしろレミントンの散弾銃まであるのですから。それは、彼女が主導するその後の「再襲撃」が、そのとき「果されなかったこと」が何だったのかを彼に知らせるための一種のシミュレーション（模擬訓練）として、教育劇として、この作品の中で展開していることのかすかな指標なのだ、と僕は解釈します。だから、このシミュレーション劇がはじまると、とたんに、セル画が一枚重なり、この「再襲撃」劇は、教育的な色合いを帯びるようになるのです。

この小説の後半が、そのようなシミュレーション劇となっていることをわかってもらうために、伏線をなしていると思われるいくつかの細部を、皆さんに示しましょう。

まず先にあげた、彼らに行動を促す「特殊な飢餓」の映像的な説明です。それは、「①

僕は小さなボートに乗って静かな洋上に浮かんでいる。②下を見下ろすと、水の中に海底火山の頂上が見える。③海面とその頂上のあいだにはそれほどの距離はないように見えるが、しかし正確なところはわからない。④何故なら水が透明すぎて距離感がつかめないから」でした。

ここにある映像の基本構造は、海底に位置する火山、つまり熱いもの――ホットなもの――と、透明な海面に浮かぶボート、ひんやりしたもの――クールなもの――との対照です。先の話で言うなら、「反逆」と「交換」の対照、対位関係。またこの関係は現在と過去が、彼の中でうまく「つながっていない」ことの表象でもあるでしょう。自分はここにいる。透明な海の上。その下に、不確かな海底火山のようにいまもマグマを抱える過去が位置している。でも、その間を充たすものはあまりに「透明すぎ」る。まるで宙に浮かんでいるよう。そのためうまく自分の中の現在と過去、また自分の中の自分と社会の「距離感」が「つかめない」というのです。

また、「僕」と妻の間に、次のようなやりとりがあります。「僕」が自分たちのパン屋襲撃の目的について説明して、「我々は襲撃者であって、強盗ではなかった」というと、

「我々? 」と妻は言った。「我々って誰のこと? 」(同前)

妻はこう尋ねるのです。村上は、どんな場合にも集団に対する違和感を表明してきた小説家です。九〇年代後半にいささか変わりますが、それ以前ははっきりとそうでした。ですから、ここは例外です。妻だけでなく、読者が、「我々？」「我々って誰のこと？」と「僕」に聞き返すべき個所なのです。

「我々」とは誰なのか。

これには、いささか説明が必要でしょう。

まず、「我々」一般について。

日本語の一人称複数は、一人称単数に対応するかたちでいくつかの一対が存在しています。「僕」に対して「僕達・僕ら」、「私」に対して「私達・私ら」、「俺」に対して「俺達・俺ら」、「儂《わし》」に対して「儂達・儂ら」、「我」に対して「我々・我ら」。また若い女性の一人称に、あなた方も耳にする、「うち」、「うちら」があります。

でも、ここに顔を出しているのは村上が小説家としてたぶんに意識的に採用することになった日本語の小説における一人称単数と複数の組み合わせの新機軸です。たぶん発明者は、大江健三郎あたりだったでしょう。一時、中上健次という有力な小説家もこの組み合わせを採用していたような記憶があります。単数では「僕」、複数では「我々」という組み合わせがそれです。英語で読んでいると、そこはつねに“I”と“We”なので、わかりませんが、これは重要な点なので、日本語にはこういう問題があるということを理解してください。

僕がなぜそんなことを強調するかというと、この作品における「我々」には一つの含意があるからです。妻は深夜に外に食べに行くのは「間違ってる」と言ったりします。「ひどく古風」な一面ももっていつつ、非常にはっきりと、理性的に「僕」の発言に対応するのですが、その発言に対して書き手は、ちょっとしたフラッグを立てています。こんな具合に。

> 結婚した当初にはありがちなことなのかもしれないが、妻のそのような意見（乃至はテーゼ）はある種の啓示のように僕の耳に響いた。（「パン屋再襲撃」、傍点引用者）

また、

> だからこそ僕は（略）食事のために外出はしないという彼女のテーゼ（乃至は声明）に半ば自動的に同意したのだ。
> 仕方なく我々は缶ビールを開けて飲んだ。（同前、傍点引用者）

妻の「意見（opinion）」は、まず「テーゼ（thesis）」とも言い換えられうることが示され、さらに、その「テーゼ」は「声明（declaration）」とも言い換えられうるものであることが示されています。

「意見」、「テーゼ」、「声明」というこの階層性はどこにわれわれを連れていくか。

実はこの「テーゼ」という言葉は、「パン屋襲撃」にも出てきています。そのことを示すために引用したところもあるのですが、先にふれたパン屋の先客である「オバサン」の三種のパンの選択の場面がそうです。この「テーゼ」というのは外来語です。ドイツ語からきています。命題という意味です。しかしそれだけでなく、「テーゼ」、「声明」といえば、これは一九二〇年代以降の左翼用語として名高い。「二七年テーゼ」「三二年テーゼ」などといって、グーグルであたれば、すぐにいくつかのサイトがヒットします。これらはコミンテルン、国際共産党組織の対日指導綱領の別名です。僕くらいの年代の人間が「声明」という言葉とともにこの用語を目にすれば、これは学生運動の時代のものだとすぐピンとくる、そういう術語なのです。

「我々」は、この作品で、こうした左翼術語に結びついている。一九七〇年前後の学生運動の象徴ともいえるできごとに東京大学安田講堂の攻防戦というものがありますが、そこで籠城学生が行った時計台放送というものの、最後のくだりは、こうでした。

「我々の闘いは勝利だった。全国の学生・市民・労働者の皆さん、我々の闘いは、決して終わったのではなく、我々に代わって闘う同志諸君が、再び解放講堂から時計台放送を行

う日まで、この放送を中止します」（一九六九年一月十九日午後五時五十分、傍点引用者）
「我々」というのは、このような含意をもつ一人称複数なので、妻は、そうした語感のうちに、「我々?」「我々って誰のこと?」と訊くのです。

これが僕だけの受けとり方でないことをわかってもらいたいというのが、山川直人監督の短編映画「パン屋襲撃」を見てもらった理由の一つです。この映画は見るとわかるように、小説そのままのナラティブを採用しています。時々言葉が字で示されますが、その書体というか、レタリングが、学生運動時の立て看板のレタリングをそのままなぞったものとなっているのです。

また、この映画には「襲撃」の背景の気分を表現するアイテムとして、七三年に公開され、学生運動が閉塞した後、絶大な人気を誇った深作欣二監督の「仁義なき戦い」シリーズのポスターが使われています。「僕」と相棒の住む貧乏なアパートの一室めいた部屋の壁に一枚だけ大きく貼られているのがそのポスターですが、山川監督はどうしてもこのポスターが必要だと感じたのでしょう。映画のエンドロールに、著作権者へのこのポスター使用許可の謝辞が出てきます。こうした事実が、この作品の背後に、山川監督がほぼ僕と同様の背景を見て取っていることを示唆しているでしょう。

一言で言えば、「パン屋襲撃」とそれを受けて書かれた「パン屋再襲撃」の背後にあるのは、――つまりここで妻の言う「果されなかったこと」の背景をなしているのは――六

「仁義なき戦い」のポスターの場面（「パン屋襲撃」（監督／山川直人）より）

○年代後半から七○年代前半にかけての、――たぶん村上自身がその渦中を通過した――学生運動、若者の反乱の時代のできごとにほかなりません。

9　パン屋と銃砲店

なぜ「僕」と妻が「再襲撃」に向かうと、新しい色合いのセル画が作品に被さるのでしょうか。

「パン屋襲撃」、「パン屋再襲撃」というこのタイトルに一つのカギはあるでしょう。村上自身が、だいぶ韜晦《とうかい》を交えつつ、「どういう動機で」書いたか「まったく思い出せない」、「そこには非常にまともな根拠があったような気もするし、意味というほどのものはほとんど何もなかったような気もする」と述べつつ、「たぶんそもそもの最初はそういう（パン屋襲撃という——引用者）言葉の響き自体から始まったのではないかと思う」と書いているわけですが、僕には「パン屋襲撃」というと、一九七一年、自分が学生の頃、はじめて新聞の一面トップに「襲撃」という言葉が躍ったときの記憶がよみがえるのです。

僕は一つひそかな仮想を抱いています。次に取りあげるこの作品と同時に書かれたとおぼしい同時期発表の短編「象の消滅」の語り手「僕」がそうしているように、村上は、新聞で関心のある出来事に関してスクラップ・ブックを作るような習慣があったのではないか。あるいは、それに似た手続きを、小説を書くに際し、やることのある書き手なのではないか、というのがその仮想です。

結論を言いましょう。

僕が覚えている「襲撃」という語の新聞紙上への登場は、パン屋襲撃ではなく、銃砲店襲撃事件です。栃木県の真岡市にある銃砲店が過激な新左翼グループによって「襲撃」された事件で、一九七一年二月十七日に起こっています。むろんふだんは僕はこんなことはしないのです。しかし日本のことをほぼ何一つ知らない一群の人たちを含む皆さんに英語で村上の短編を紹介しようというこの企てでは、手間を惜しむまいと最初に決めました。それで今回も図書館に行ってみました。探すと、その記事はありました。でも、それだけではなかったのです。

たとえば朝日新聞のこの日の夕刊の一面トップは、こうなっています。

過激派学生　銃11丁、弾500発を強奪
二人逮捕、銃弾は不明
三人で銃砲店襲う　真岡　一家四人フトンむし

記事は一面の半分以上を占めています。下には「検問を突破、つかまる　赤羽で」、「武器調達が動機か」などともあります。そして記事本文を読むと、「銃砲店襲撃」という言葉が数カ所に出てきます。村上と僕はほぼ同年代ですが、このときの記事と、「銃砲店襲撃」という言葉の響きには、痛烈なものがありました。村上は、彼もまた、少なくとも「パン屋再襲撃」を書いたとき、この「銃砲店襲撃」を念頭に、「銃砲店」を「パン屋」に置換すると、どうなるだろう、と考えたのではなかったか、というのが、実を言うと、この作品に関する僕のかなり妄想的な「仮説」なのです。

なぜそんな突飛なことを言うかというと、図書館で新たな発見があったからです。そこで僕は、以下の事実を確認することになりました。

一、事件で強奪された銃砲とは「ＳＫＢレミントン五連猟銃（12口径）など十一丁、実弾五百発」である（読売新聞夕刊、同日付）。つまり作中、いつの間にか車に載っている銃と同じ。

二、襲撃者たちの乗った車は逃走途中に建物に衝突し、犯人は「すでに姿を消していた」が「警視庁警察犬『アルフ号』に車に残ったスキー帽をかがせ捜した結果」、三百メートル離れた住宅街にある「資材置場にしゃがんでかくれている二人の男」が逮捕されている（毎日新聞夕刊、同日付）。つまり襲撃者たちは「スキー帽」を着用していた。これも「パン屋再襲撃」の「僕」と妻と一緒。またその後、「被害者の〇〇さん夫婦は本部員につきそわれ」警察署に到着、犯人を見たが「犯人らが事件当時、防寒用フードをかぶり、メガネをかけていたので、なんともいえない」と答えた（読売新聞夕刊、同日付）。つまりここも一緒。「スキー帽」は「かぶ」る形の「防寒用フード」とも形容しうる「スキー・マスク」に近いものだったと想像されます。

三、用意された襲撃用の車のナンバープレートは、本物は車の前部にあるものだけ。「後部ナンバーは『栃5ま51-05』に取替えられていたうえ、『栃5』の『5』の上に前部のナンバーと合わせるためか『44』と書いた紙がはってあった」（朝日新聞夕刊、同日付）

つまり、「レミントンのオートマティック式の散弾銃」、妻のポケットで「じゃらじゃらという乾いた音を立ててい」る「予備の散弾」、コンパートメントの「スキー・マスク」ふたつ、ナンバープレートへの粘着テープによる細工。

襲撃のプロフェッショナルぶりを発揮する妻の裁量に関する描写と実際に起きた「襲撃」は、このようにその細部で酷似しています。「我々って誰のこと?」、「意見」、「テーゼ」、「声明」と来て、基本構造が過去と現在の対照。ことによれば、村上は、「パン屋再襲撃」の「襲撃場面」をこれらの事実からの「引用」と「置き換え」によって構成したのではないかとも、考えられるのです。

このとき「銃砲店襲撃」を行ったグループは京浜安保共闘の名で知られた最左翼の新左翼小セクトで、その後、赤軍派というもう一つの過激新左翼セクトと合流し、「連合赤軍」というセクトを形成します。そしてこのグループは一九七一年の暮れから七二年初頭に武装訓練のための山岳キャンプで仲間十二人を「総括」を求める形で糾弾してリンチで死に至らしめ、残ったメンバーの一部がこの後、民間企業の山荘を占拠したあげくに警察と銃撃戦を展開し、全員逮捕された後、崩壊しています。「ニューヨーク炭鉱の悲劇」の回にも少しだけふれた名高い「連合赤軍事件」がそれです。山岳キャンプに運ばれ、一九七二年二月、さらに銃撃戦に使われたのが、このとき「強奪」された「レミントン五連猟銃(12口径)」にほかなりません。

これらを全て重ね合わせた後、たとえば僕にやってくるこの作品からのメッセージとは、こんなものです。

「僕」は若い頃、社会に対する反抗心に燃え、反逆の時代が過ぎ去った後も、反逆心を心の底にひめて、この社会、日本という世間の軍門には下るまいと思い、年を過ごしてきました。しかし、人間は生きていかなければなりません。彼はあることをきっかけにもはやこれまでのやり方では生きていけないことを知り、「大学に戻って無事に卒業し」、働きはじめる。そしてついに結婚までする。

しかし、何かがおかしい。彼はうまく自分の生きる世界と「つながり」を結べないのです。「法律事務所で働きながら司法試験の勉強をし」ましたが、たぶん試験には受かっていない。なぜなら、弁護士になるために懸命に勉強するには、弁護士になった後、どのように社会にコミットするかという使命感のようなものがないといけない。そうでないと、やはり身を捨てて、というほどの努力はできないものだからです（『アフターダーク』の主人公の相手役の好青年タカハシ・テツヤは、それに似たことを言っています）。でも、それが「僕」にはない。また、この作品ではここは特例的にカッコに入れられていますが、彼が「（どういうわけか結婚した年をどうしても思いだすことができない）」のも、同じ理由によるでしょう。本来なら、こんな状態では、彼はどんな他人とも本当に心を「通わせる」ことなど、できようはずもないのです。

この小説は結婚後、二週間という若い夫婦の物語です。「呪い」としての強烈な飢餓の苦しみは、結婚して二週間後に起こっています。直後といってもよいでしょう。妻は、このことと結婚は関係があるかしらと言い、「僕」はわからない、と答えるのですが、結婚して二週間して、本当であれば、ここで彼は、そして妻は、「午後の最後の芝生」における「僕」と「恋人」のように、また『羊をめぐる冒険』における「僕」と「妻」のように、「僕」が他人に「心から関われない」ある機能不全を抱えていることに気づいているところかも知れないのです。

　ではどうすればよいのか。

『羊をめぐる冒険』、「午後の最後の芝生」では、二人は別れる。そして「僕」のクールな、デタッチメントの物語がはじまる。でも、もうそれから三年が経っています。このデタッチメントのあり方は苦しい。耐えられない。それがこの作品に出てくる「堪えがたいほどの空腹感」。その正体にほかなりません。

　ここでは、かつて「僕」と「鼠」のカップルだったもの、「貧乏な叔母さんの話」では「僕」と「連れ」のカップルというようにも派生した村上の初期小説世界の基本的な一対が、「僕」と新相棒としての「妻」という形で現れ、「妻」が、「金持ちなんて・みんな・糞くらえさ」とばかり、過激派ばりの「襲撃」のプロフェッショナルぶりを発揮して、「僕」に対し、「果されなかったことを今果す」とはどういうことかを、いわば想像力をもってシミュレーションさせるのです。

　もし、「妥協」しなかったら、どうなったか。

一つの答えは連合赤軍の先例が示す自壊であり、そのもう一つは「ニューヨーク炭鉱の悲劇」の章でふれた過激派集団の内ゲバだったかもしれません。そのどこが問題だったのか。そのことをうやむやにして現在まできてしまったために、いま他者と「つながりをもてない」のだとしたら、その「うやむや」のことの起こりは何だったのか。また、そこで妥協しなかったとしても、その先が、自壊、内ゲバなのだとしたら、妥協することなく、また、自壊、内ゲバの方向に行かないための分岐点とは、どこにあるのか。

たぶん、皆さんは、ここまで言うと、ちょっと「引く」でしょう。このおじさんは、ちょっとアブないんじゃないか、と思うかも知れません。何しろ、けっこう楽しく読める「パン屋再襲撃」をここまで深読みするのは、ちょっとやり過ぎでは、と思われるだろうからです。

僕だって、そのことは重々わかる。だから、こういう話は誰にもしないようにしている。でも、そうだとして、これをどんなふうにだったら、アブながられずに、語れるのだろうか、と思うことがあります。ここには、自分の経験に照らして、日本の、そして日本以外の国から来た皆さんのような若い人々に、「伝える」べき内実があるはずだ、と思うからです。「伝えるべきこと」、「伝える」に値するのは何か。そしてそれは、どう「伝えられる」ことが正しいのか。

村上が短編を書くに際し、当初から、自分の語るべきことと、そのことの反時代性の

「落差」に鋭敏な感覚を持っていたことについては、先にお話ししました。この作品にあるのも、その延長上の問題で、それは、いまや、こういう形となっています。そしてそれは、一部、僕自身の問題でもある。

そこで、「アブないおじさん」としての僕は、この作品にこういう関心、広い意味での関心、concern が底流しており、そこからこうした面白いテイストをもつ作品が書かれているのだということを、知ってもらいたいと思って、以上のことを述べました。

10 S・フロイト式の読解の試み

さて、最後にもう一つ、エピローグ風に述べてみたいことがあります。

一つ。この作品の英訳は、当初、ジェイ・ルービン訳で、一九九二年一月号のアメリカの『PLAYBOY』誌に掲載されました。ここにそのカラーコピーがあります。第一頁はこうです。東洲斎写楽を思わせる浮世絵ふうポストモダンの図柄の挿絵。一九九一年十二月に『PLAYBOY』に掲載された東京発ホールドアップ短編が、他方の極で、一九七二年二月の極東の島国で起こった過激派による反体制運動の自壊劇と結びついていると考えると、村上春樹の作品の「つないでいるもの」の距離の長さを思わせられます。

何がそういうことを可能にしているのか、ということを考えてしまいます。

“The Second Bakery Attack”（『PLAYBOY』（1992年1月号）より）

要因の一つは、作品を支えている「無意識」の領域の深さ、豊かさでしょう。この作品の起点となった「パン屋襲撃」についても、そう思われるふしがあります。以下は、僕の「ジークムント・フロイト・スタイルによる『パン屋襲撃』読解の試み」です。

一九七〇年代前半からなかば、「パン屋襲撃」でパン屋の主人が襲撃者二人に聞かせるのは、『トリスタンとイゾルデ』でした。これを全曲聴かせた後、明日は『タンホイザー』を聴こう、とパン屋の主人は言うのです。ところが、一九八〇年代なかば、「パン屋再襲撃」の中の回想ではそれがパン屋の主人の提言に沿うように、『トリスタンとイゾルデ』から、『タンホイザー』と『さまよえるオランダ人』の序曲に変わっています。村上が変えたからです。なぜ変えたのでしょうか。それを僕は、なぜ「パン屋襲撃」における『トリスタンとイゾルデ』が、その後、消えたか、という問いに立て直してみるのが適切だろうと思います。

この問いなら、一つの答えが可能だからです。

このことを考える手がかりは、「パン屋襲撃」におけるパン屋の立地です。先に引いたように「パン屋」は、「商店街の中央にあ」り、その「両隣」は「布団屋と文房具屋」でした。ところで、ジェイ・ルービンによる村上春樹論である『ハルキ・ムラカミと言葉の音楽』は、そこに日本語ではアクセスできない第一次情報ともいうべきものが散在しているという点で、興味深く、資料価値のある文献ですが、そこに、夫人の実家は「布団業」だという記述が出てくるので。村上春樹は、よく知られているように、早稲田大学での同級生と学生結婚し、二人してアルバイトしてためたお金を原資に国分寺にジャズ喫茶を開きます。年譜によれば、結婚したのは、一九七一年、彼二十二歳、ジャズ喫茶を開くのが一九七四年、彼二十五歳のときのことです。それに関わり、夫人について、

> モダンなミドル・クラスの家庭で育った春樹にとって、陽子のようなタイプははじめてだった。東京の昔ながらの町並みで育ち、父親は代々受け継がれてきた布団業を営む。
>
> （『ハルキ・ムラカミと言葉の音楽』）

とある。さらに数頁後、二人が結婚しようとした際、「息子」には大学卒業後にそれも「京阪地区」「出身の人」と「結婚してほし」いと考えていた村上の両親が、結婚に強く反対したのに対し、

一方、春樹は陽子の父親には驚かされた。「陽子を好きなんだな？」としか訊かれなかったのだ。高橋氏の、先入観がなく、昔ながらの権威主義と無縁なところに、村上は敬意を抱くようになった。（同前）

ともあるのです。また、十月に婚姻届を出した後、母親がすでに亡くなり、姉妹ともに家を出ていて父一人が住んでいた夫人の実家に「二人が越してき」て、居候するようになったこと、七四年には、ジャズ喫茶をやることになり、二人で二百五十万円を貯めた後、

陽子の父親は金を貸すことに同意してくれた。ただし、利息もちゃんと取る。彼の公平さには、こんな一面があった。（同前）

とも書かれています。つまり、これだけの材料から浮かびあがるのはこういうことです。

曰く、「パン屋襲撃」とは、ここまで述べてきたような物語であると同時に、もう一つ、「パン」ではなく「娘」を強奪する「布団屋襲撃」の物語でもあったのではないだろうか。

もう一つの物語としてこれを読むと、この短編の含意は、こうなるでしょう。ある日、「僕」と相棒——この場合、未来の妻——は、結婚させてほしいと、「布団屋」を営む妻の父親に挨拶に行くのです。結婚の許諾を求める行為は文化人類学の所見をもち出すまでもなく、この場合には、あなたの娘さんを僕に下さい、という意味です。パンがほしいのだ、あなたの作ったパンを僕に下さい、というのと、要求の基本形は同じです。

むろん、ジェイ・ルービンも書いているように、このとき、「春樹の決意は固」いのです。万が一、妻の父親が、嫌だ、あげるわけにはいかない、自分から奪いたいなら「強奪」しろ、その代わり自分は「呪ってやる」ぞ、と言ったとしても、どんなことがあっても結婚するつもりだったでしょう。気持ちとしては、「パン屋襲撃」における二人組と同じだといってよい。ところが、この場合の相手の答えも、意表をつくものでした。村上は、自分の両親にはすでに反対されていました。年齢は二十二歳。今度も、まだ学生なのに、結婚とは早すぎるのではないか、と言われるだろうと思ったでしょう。しかし、「春樹は陽子の父親には驚かされた」。彼はただ、"Do you love Yōko?"（陽子を好きなんだな？）としか訊かなかったからです。つまり、〝君はワグナーが好きなんだな。ワグナーが好きなんだったら、それだけでよい。パンはあげるよ〟。これが相手の答えだった。ジェイ・

ルービンの本には、その後、二人が「越してき」たことについて、「そのときはさすがの高橋氏も、もっと厳しい方針を採ればよかったと悔やんだかもしれない」とあるのですが、僕は、同じことが、村上の内心にも生じたのであったろうと思います。彼らは、その後、この厚意に甘えて、村上から見れば義父の家に居候し、やがてジャズ喫茶をはじめるに際してもたとえ「利息もちゃんと取る」とはいえ、お金も貸してもらうことになる。それは当然、時間が経つにつれ、村上の中で義父に対する「負い目」となったでしょう。そしてときには、意識さえされない形で、本当は自分は義父からは独立して、必要であれば対立をも辞さず、また何の借りをも作ることなく、「妻」と結婚し、独力でジャズ喫茶をやるべきではなかったのか、という疑い、内心の声が、「呪い」のように彼の上空を覆うことがあったのではないかと、想像します。もっとしっかりと対立し、独立を確保し、その上で義父との関係を作るべきだったと悔やんだことがあったかも知れない。

「パン屋襲撃」には、こういうフロイト的解釈を許す要素があるのです。

なぜなら、そこでは、「布団屋と文房具屋」にはさまれた場所に建つパン屋の「頭のはげた五十すぎ」の主人が、ワグナーを好きになってくれ、といい、「取引」が成立した後、「パン」を渡し、『トリスタンとイゾルデ』という「二人の愛」の物語について話していますが、「パン屋再襲撃」になると、このエピソードが消える。それは、これが一九八五年には不要になっているということで、不要になっている以上、以前は、何か意味をもっていたはずであり、その意味とは右のことだったろうと思われるからです。

なぜ『トリスタンとイゾルデ』か。

ここには、結婚という主題が、無意識のうちに、影響しています。このパン屋は、「布団屋と文房具屋」にはさまれています。言うまでもなく、フロイトであれば、「布団屋」は、結婚相手の実家を、一方、文房具屋は、「僕」のモデルたる書き手村上がこの後「独立」することになる文筆の世界を象徴していると言うでしょう。またなぜ「僕」がこの「パン屋再襲撃」の冒頭近く、そのナラティブにおいて「(どういうわけか結婚した年をどうしても思いだすことができない)」という特異な健忘症を患っているかについても、「抑圧」という概念を使って見事に説明してくれるでしょう。僕は精神分析医ではありません。この方面には関心がありません。しかし、村上が、「パン屋襲撃」という時代の境目に起きた一つのできごとを描く作品を、一方で、連合赤軍事件という重大な社会的できごととも結びつく射程——「銃砲店襲撃」——で、また消費社会の到来をカヴァーする広がりで構想しつつ、他方で、自分の私的なもう一つのできごと——「布団屋襲撃」——にも達する無意識の厚みをもって書いていることに、村上の小説のイメージの多義的な幅がよく出ていると言いたい。それがあって、手術台の上で、コウモリ傘とミシンが出会うように、この作品の手術台あるいは寝椅子《カウチ》の上で、連合赤軍事件と『PLAYBOY』誌が、出会っているのです。

11　深作欣二と連合赤軍

最後の話題は、映画です。

山川監督の「パン屋襲撃」には先にふれたように深作欣二監督のエポックメイキング的な「仁義なき戦い」というヤクザ映画シリーズのポスターが登場します。パン屋を襲撃する若い二人組のもっていた時代の気分を代表するものとして、そこに引用されたものです。

深作欣二というと、知らない人が大半かも知れませんが、美的で伝統的な義理人情の任俠の世界を描くこれまでのヤクザ映画を、実録ヤクザ路線と銘打って「仁義」無用の現代ヤクザを主人公にしたアウトローの暴力映画に一変させた監督として知られ、近年はクエンティン・タランティーノ、ジョン・ウーといった映画監督が賞賛、信奉する映画作者として国際的にも注目を集めています。

ところで、深作監督は、それ以前は「軍旗はためく下に」という重厚な反戦の意思にも裏打ちされた戦争映画とか「ジャコ萬と鉄」といった見応えのある活劇映画の作り手として知られていました。一九七三年、原爆投下から一、二年という時期の敗戦直後の広島を舞台に復員兵を多く含むヤクザ集団が覇権争いをする「仁義なき戦い」で、当時の日本社会に衝撃を与え、若い観客からの絶大な支持を受けることになり、この映画はそれ以後、映画会社のドル箱としてシリーズ化されるのですが、厳密に言うと、その作風にはっきりと変化が生じるのは、一九七二年、「仁義なき戦い」の一年前の映画でのことなのです。

作風変化に影響を与えた一つは、一九七二年三月に完成し、七月に日本で封切られたフランシス・コッポラの「ゴッドファーザー」でしょうが、もう一つは、同年二月に起こった連合赤軍事件だったのではないかというのが、僕の考えです。一九七二年三月に、右に述べた重厚な戦争映画「軍旗はためく下に」が公開されます。しかし、同年五月、次に公開されるのがこれとまったく色合いを異にする、超暴力的なヤクザ映画「現代やくざ　人斬り与太」で、そこで彼は既成ヤクザに反逆するチンピラ・ヤクザの生き様を描いているのです。

この映画を僕はたまたま封切りの直後に見ています。なぜ見たのかは記憶にありません。しかし、そのとき、そこに数カ月前に起こった連合赤軍事件の影が色濃く落ちているのに気づき、深い衝撃を受けました。

映画は、菅原文太演じるチンピラの独白からはじまります。主人公は、一九四五年八月十五日、つまり敗戦のその日に生まれ、名前は沖田勇。幕末、明治維新に先立つ内戦の時代に京都で人々を恐れさせた幕府方テロリスト集団新撰組の若い剣術使いとして知られる沖田総司と、局長近藤勇の名前を組み合わせたものであることが明瞭で、ここで監督は、主人公を日本の戦後と、その閉塞に対抗する若者という文脈のうちに据えようとするかのようです。登場直後、主人公は、カメラの方に向かい、おいセイガク（学生のこと）、何見てんだこの野郎、と凄むのですが。

ところで、映画は、妥協ということを知らないチンピラが組のために敵方の親分を刺して長年刑務所に収監された後に出所してくるが、時代はすでに変わっている。その彼が、既成ヤクザの秩序の壁にぶつかり、それに順応できずに、自滅していくさまを描きます。最後、彼が立てこもる廃棄された工場が出てくる。そこの壁に、彼がまだ若い頃、仲間と書きつけた寄せ書きがあって、その中央近くに彼の名「沖田勇」とともに、「森光男」という、当時見ればすぐに連合赤軍事件の首謀者森恒夫の変名だとわかる名前が記されていました。

さて、この同じ月に、連合赤軍の構成集団の一つである赤軍派の一部メンバーがイスラエルに入国してパレスティナに設立した日本赤軍のメンバーが、二月の連合赤軍事件の失敗を受け、それを無駄にすまいというかのように、三名でテルアビブ国際空港に行き、自爆テロを行います。民間人を含む二十六人が死亡、七十二人が重軽傷を負い、三人の内、一人は流れ弾で死亡、一人が自殺、残る一名が逮捕されます。ところが、十月公開の、次に深作の作った映画は、「人斬り与太　狂犬三兄弟」と題され、三人の極道のチンピラたちが、前作と同様の反逆の果てに死んでいくさまを描いたもので、これも、僕は当然、封切りで見たわけですが、明らかに、その新しい過激で絶望的な暴力の息吹きから、テルアビブの事件を受けて作られた映画でした。この二つは、まったく評判にならず、ほどなく上映打ち切りとなったと思いますが、これまでにないタッチのじつに見事な秀作でした。ほぼこの二作のやり方を踏襲し、同じスタッフの手で、これに「ゴッドファーザー」並みの大がかりなヤクザ集団の覇権争いという仕掛けを加えて制作され、翌一九七三年、大ヒットとなるのが「仁義なき戦い」なのです。

こうしてみると、連合赤軍事件が、まず深作の映画に新たな「暴力の息吹き」ともいうべきものを賦活し、「現代やくざ　人斬り与太」、「人斬り与太　狂犬三兄弟」というすぐれた連作を作らせ、それが「仁義なき戦い」に結実する。一方、文学の世界では、やはりこの事件に衝撃を受けるなかで、村上は、社会への反逆劇がその後どう社会に「回収」されていくかを描いた短編に、この事件の発端に位置する銃砲店襲撃から示唆を受けた「パン屋襲撃」という名前をつける。その二つの同じ連合赤軍事件への関心が、山川直人監督の映画「パン屋襲撃」の中で一度合流し、映画の中のポスターとして現れる。そして、それがさらに村上の「パン屋再襲撃」のなかで、レミントンの銃、スキー・マスク等を駆使する妻のパフォーマンスにより、よりはっきりとした形姿をとっているのだという背景の連動が、見えてきます。

最近（二〇〇七年制作）、若松孝二監督の手で映画にもなったので（「実録・連合赤軍――あさま山荘への道程《みち》」）、見た人もいるかもしれませんが、連合赤軍事件というのは、旧西ドイツの過激派集団バーダー・マインホフ・グループ、イタリアの過激派集団「赤い旅団」によってほぼ同時期に起こされたテロ、誘拐事件などとともに、世界史的な射程をもつ「戦後」の問題を示した、実に悲惨なできごとであり、また重要な思想史的なできごとでした。これら三つの七〇年代初頭前後にはじまる若い人間たちによる左翼過激派集団の台頭が、ともに第二次世界大戦の敗戦国である旧枢軸国で起こっているのは偶然ではありません。次の「象の消滅」とも関係しますが、これらの国々では戦後、政治的なイニシアティブの発揮に手枷と足枷とが科せられた。これら三国では既成政党による健全な政治的イニシアティブの発揮は、だいぶ遅れてはじまりました。この政治的不能が、原因の一つとなって――能動的な若者のフラストレーションを誘発し――、こうした暴発を生み出していることは否定できないでしょう。しかし、少なくとも連合赤軍事件は、日本映画に新しい「暴力の息吹き」を与えるという形で、一つの痕跡を残した。また、村上の小説にもはっきりとした影を落としています。

ジェイ・ルービン訳では省かれていますが、この作品の原文では「僕」と妻が深夜、「中古のトヨタ・カローラ」でマクドナルドに乗りつけると、駐車場に「赤いぴかぴかのブルーバードが一台停まって」います。例の先客の若い「学生風のカップル」のもので、二人は店内で「死んだように眠ってい」ます。襲撃の間じゅう、眠りつづけ、「僕」は「いったい何がこの二人の深い眠りを破ることになるのだろう」といぶかるのですが、い

かります。

ている。社会に無関心どころではない。逆に、ここで村上はいわば連合赤軍事件のほうから、八〇年代の若者のアパシー（政治的無関心）の風潮に、警鐘を鳴らしていることがわかります。

こうした作品が、日本発の軽快なポストモダン小説として九〇年代前半にアメリカの『PLAYBOY』誌に紹介され、英語圏の読者を獲得する。また、連合赤軍事件もそれ自体として、深作欣二の暴力描写に新しい息吹きを与え、それを通じて新しい流儀のハリウッド映画の作り手として知られるクエンティン・タランティーノ監督の作風へとつながっていく。こういうことを知ると、文化の波及力の深さ、そのかけがえのなさ、ということに頭が向かいます。

第7章

「ないこと」があること、「ないこと」がないこと――「象の消滅」

1 二つの脱落

「象の消滅」(45)は「パン屋再襲撃」(44)と同じく一九八五年八月に発表されました。発表場所が、こちらは『文學界』という文芸雑誌、「パン屋再襲撃」が『マリ・クレール日本版』という女性向けの雑誌だったせいで、発表当時、そうは受けとられなかったのですが、実は『世界の終りとハードボイルド・ワンダーランド』発表の直後に同じ関心のもとに構想された、ある意味で「パン屋再襲撃」と一対をなす双子の片われ的な短編です。

後に詳しく述べますが、本当はこちらを先に取りあげるべきだったかも知れません。この二作に共通の関心とは、前章で述べた「喪失感」あるいは「機能不全」からの「回復」という主題ですが、その観点からいうと、まず、「象の消滅」があり、次に「パン屋再襲撃」がくるからです。

はじめに、いつものように、作品を見てみましょう。

主人公の「僕」は、独身の会社員。会社員といっても、「ある大手の電機器具メーカーの広告部」というのですから、かなり自由な勤務の許された部署で働く、いわゆる「業界人」です。

話は彼の住む首都圏郊外の小さな町で起こったある椿事をめぐって展開します。彼の住む場所については――少なくとも具体的な名称としては――小説に出てきません。しかし、小説は二つに分かれていて、前半が春から夏に向かう時期のその小さな「古くからの郊外住宅地」の町での話であるのに対し、後半は、秋のある日のホテルで開かれた会社主催パーティの話になっていて、そのホテルはパーティの内容からして東京にあるのだろうと考えられます。間接的にテレビのニュースにそのことが出てくることからもこの想定でよいのだろうとわかります。つまり、主人公の住む郊外の「町」は「東京」、「首都圏」の郊外なのだろうとなるわけです。

なぜそんなことを最初に言うかというと、作品をざっと読んだときの感想が、この小説は、二つに分かれている、というものだからです。一方は、郊外の小さな町。「市」ではなく、「町」だということに注意して下さい。出てくるのは「町立小学校」に「町長」に「町議会」。市立小学校でも市長でも市議会でもないことで戦後的ともいうべき牧歌的な色合いが加わっています。これに対し、他方は、東京を思わせる都市のホテル。一九八〇年代中葉、到来した消費社会のただなかでの広告業界の一齣《ひとこま》が「便宜的な世界」という言葉とともに描かれています。この二つをスムーズに繋ぐ「東京」と、「市」という表徴が脱落している。中間項を脱落させ、断絶のモメントを置くことで、小さなノスタルジックな郊外の「町」と先端的でポストモダンな「都市」のホテルの二つが、はっきりとした対照を作っていることがこの短編の小説世界の基本構造となっています。

前半は、その町の象舎で飼われていた年老いた象が年配の飼育係とともに失踪するという話です。そして後半は、その象の失踪に関心をもつ語り手の「僕」が、パーティで出会った若い雑誌編集者の女性とふとした行きがかりからその椿事をめぐってひととおり話すことになるものの、やがて気詰まりを感じて、その話をやめるという展開になっています。作品後段のパーティでの女性との出会い、というところは、「ニューヨーク炭鉱の悲劇」(3)とも似ています。

前半と後半の対照は、空間だけでなく時間の設定でも同じです。前半は、春から夏に向かう時期の話で、象が最後に目撃されるのが「五月十七日」、その後、後半、「僕」が雑誌編集者の女性と話すのが秋から先で、「九月も終りに近づいた頃」と書かれています。二つが「五月」と「九月」、春と秋というようにはっきりした対照を見せていますが、先の場合と同様、中間項である「夏」がすっぽりと抜けている。脱落している。そこから、この小説ではどうも二つの違う世界が「接合」されているようだ、とでもいうような、奇妙な断絶感が、読後に醸し出されるようになっています。
この効果が偶然の産物でないことは、次のくだりからあきらかでしょう。前半から後半へ。「夏」がスキップされていますが、書かれない季節に何が起こっているのか。「夏」はこんなふうに小説に記述されています。
まず町における夏。春から夏へ。象失踪の後のからっぽの象舎の様子。

警察は象をみつけることができなかった失地を回復するために、象のいなくなったあとの象舎の警備を必要以上に固めているようだった。あたりはがらんとして人影もなく、象舎の屋根の上に鳩の一群が羽を休めているのが目につくだけだった。（略）そこにはまるでチャンスを待ちかねていたように緑の夏草が生い茂りはじめていた。象舎の扉に巻かれたチェーンは密林の中で朽ち果て廃墟と化した王宮をしっかりと守っている大きな蛇を思わせた。（「象の消滅」）

次に都市のホテルから見られた夏。夏から秋へ。

僕が彼女に出会ったのは九月も終りに近づいた頃だった。その日は朝から晩まで雨が降りつづいていた。その季節によく降るような細くてやわらかで単調な雨だった。そんな雨が地表に焼きついた夏の記憶を少しずつ洗い流していくのだ。全ての記憶は溝を伝って下水道や川へと流れこみ、暗く深い海へと運ばれていく。(同前、傍点引用者)

特に傍点をふったあたりが僕の立ち止まった個所です。「地表に焼きついた夏の記憶」とか「全ての記憶」は「暗く深い海へと」流れこむとか、意味ありげな表現が目立ちます。書き手は意図してここに、意味ありげな——思わせぶりな——表現を置いている。そうなのかもしれない。その結果、前半と後半の二つの世界が、はっきりと断絶した形で作品世界に組み込まれることになる。こうした構成でも、この小説が「パン屋再襲撃」とじつは双生児的であることが見えてきます。

2 象は何を表象しているのか

冒頭から詳しく見ていきましょう。

「僕」の住む町で、ある日、象舎から大きな老象と飼育係がともに失踪していることがわかります。その出来事は五月十七日の夕刻から翌十八日の昼までの間に起こりました。最後に象を見たのは十七日の夕方の五時すぎに象舎にやってきて象をスケッチした五人の小学生です。その後六時にはいつものように象舎は扉を閉め、象舎内で、飼育係は掃除と後始末を行い、象は食事をしたはずでした。けれども翌日午後二時、給食会社のトラックが象舎に到着してみると象舎はからっぽなのです。

不思議なことがいくつかあります。「僕」は新聞を見て、象の失踪を知るのですが、その記事には、「シャーロック・ホームズがパイプを叩きながら『ワトソン君、見てみたまえ。ここになかなか興味深い記事が載っているよ』と言いだしそうな種類」の「奇妙」さがありました。そんな書きようからわかるように、作品前半は、意図して探偵小説式の語り《ナラティブ》が採用されています。それも前半を牧歌的世界に作り上げている要因の一つです。奇妙さの第一は、「象の足につながれていた鉄の枷」が「鍵のかかったままそこに残されていた」ことです。鍵は「安全確保のため」保管されていた警察署と消防署の金庫にそれぞれ、元のままに見つかりました。誰かがたとえ鍵を盗み出したとしても、それをまた元通りに戻す必要はないので、これは相当に奇妙ですね。第二に、脱出経路も不思議でした。象舎は「コンクリートと太い鉄棒」で作られた高い柵に囲まれ、「入口はひとつしかない」にもかかわらず、「その入口は内側から鍵で閉ざされたまま」だったからです。最後の問題は「足あと」。「象舎の背後は急な勾配の丘になっていて」象には上がれそうにないので、もし何らかの方法で象舎の柵を越えたとしても「正面の道を進んで逃げる」しかありません。それなのに、「道のやわらかい砂地」には象の足あとらしきものがなにひとつありませんでした。

小説は、「僕」が五月十九日の朝、その「象消滅」の記事を読んだというところからはじまっています。その出来事は彼の関心をひきました。彼の言うところでは、彼は一年前に町に「象問題」が起こったときから、この「問題」に「そもそものはじめから個人的な興味を抱いており、象に関する新聞記事は残らずスクラップしていた」というのです。なぜ彼が、この「象問題」に個人的な興味をもったのかは、説明がないのでわかりませんが、面白い探究ポイントでしょう。やはりなぜか、その理由はわからないながら、この問題の前史――「『象問題』の処理経過」――は「象消滅とかなり密接な関係があるかもしれない」と彼は考えるのです。それで、読者に向け、「あえてここに記述しておく」と断って、象がこの町に来た経緯が説明されます。

よくできたその前史の詳細は省きますが、要点を言えば、まず約一年前のこと、「僕」の住む町の郊外――町自体が郊外にあるので、これだと郊外の町のさらに郊外になりますが――にある動物園が「経営難を理由に」閉鎖されます。いろんな動物が他の動物園に引き取られていったなかで象だけが「年をとりすぎている」という理由で「引き受け手をみつけることができ」ずに取り残されます。動物園側はすでに動物園跡地を宅地業者に売却しており、宅地業者はそこに高層マンションを建てる予定で、町は業者に開発許可を与えていました。協議の結果、「象の処置についての協定」が結ばれます。一、「象は町が町有財産として無料でひきとる」、二、象舎は「宅地業者が無償で提供する」、三、「飼育係の給与は動物園側が負担する」、という三方一両損の大岡裁定にも似た、なかなかによくできた協定です。しかし、町議会の野党がこれに反対する。そこで起こったのが象をどうするかという問題で、この問題に「個人的な興味を抱い」たらしい語り手は、これを「象問題」と呼びます。「象問題」は町議会のホットな議題になりました。野党は町長の業者との癒着疑惑、象飼育の管理費、食費等、安全問題の如何《いかん》、さらに「町が自前の象を飼うメリット」がどこにあるのかを問題にします。それよりも「下水道の整備や消防車の購入等、町の為すべきことは多々あるのではないか?」というのです。これに対し町は動物園跡地に建つ高層マンション群が税収増をもたらす、象は高齢で食費もかからず危険もない、象の死後象舎跡地は町有財産になる、「象は町のシンボルとなる」ことをあげ、これに反論します。「結局長い討議の末に」町は「象をひきとることにな」ります。町民は比較的裕福で、町の財政も豊かなうえ、「行き場のない象をひきとる」ことに人々が好感をもったからです。

たしかに人は下水道や消防車よりは年老いた象の方に好意を抱くものなのだ。
僕も町が象を飼うことには賛成だった。高層マンション群ができるのはうんざりだけれど、それでも自分の町が象を一頭所有しているというのはなかなか悪くないものである。(同前)

「僕」はなぜこの問題に「個人的な興味」をおぼえたのでしょうか。これには、彼がなぜ『象問題』の処理経過」と「象消滅」には「かなり密接な関係があるかもしれない」と考えたのかを推測することが、手がかりになります。そこで、象舎ができた後の象を彼がどのように見ていたか、象が失踪した後の町の対応、社会の動きのうちどういう細部に彼が注目し、それをどんなふうに取りあげているかを見てみることにしましょう。

象舎の象と飼育係はこう説明されています。

まず象。象は町のアイドル、シンボルのような存在になります。イベントの主役にもなります。象舎の落成式。象のスケッチ・コンテストなど。その象が象舎にいる様子を「僕」はこう述べます（以下、この個所、便宜的に引用にナンバーをふります）。

象は右の後脚にがっしりとした重そうな鉄の輪をはめられていた。輪からは十メートルほどの長さの太い鎖がのびて、その先はコンクリートの土台にしっかりと固定されていた。それは見るからに頑丈そうな鉄輪と鎖で、象が百年かけて力を尽したところでそれを破壊することは不可能であるように見えた。（引用一、同前）

一方、象の飼育係は、こう語られます。

象の飼育係はやせた小柄な老人だった。正確な年齢はわからない。六十代前半かもしれないし、七十代後半かもしれない。（略）肌は夏でも冬でも同じように赤黒く日焼けして、髪は固く短かく、目は小さい。（引用二、同前）

象が失踪した後、「僕」はさまざまな物的状況は「象」が失踪したのではなく、むしろ消滅したことを語っているのではないかと考えます。しかし「新聞も警察も町長も」「少くとも表面上は」それを認めまいとするかのような対応に終始します。新聞は象失踪の前提に立った「困惑と苦し気なレトリックに充ちた」記事を掲載し続け、警察は「近郊の猟友会及び自衛隊狙撃部隊に出動を要請し、山狩り」を行うと発表し、町長は記者会見を開いて町の警備体制の不備について謝罪しますが、同時に、町の象の管理体制は万全であったと強調し、象の失踪をもたらした「悪意に充ちた危険かつ無意味な反社会的行為」を激しく糾弾しました。

「僕」の見た新聞記事には「しばらくは安心して子供を外に遊びに出せませんね」と「〈不安な面持ちで〉語」る「ある母親（37）」の声も載っています。象の飼育係の名前が「渡辺昇・63歳」であること、象が「二十二年前に東アフリカから送られてきた」ことも書いてあります。「僕」はこう述べます。

記事のいちばん最後には、警察は町民からの象についてのあらゆる形の情報を求めているとあった。僕は二杯目のコーヒーを飲みながら、それについてしばらく考えてみたが、やはり警察には電話をかけないことにした。あまり警察とは関りあいになりたくないということもあったし、それに僕が提供する情報を警察が信用してくれるとも思えなかったからだ。象が消滅した可能性さえ真剣に考慮しないような連中に何を話したところで、まあ無駄というものだ。（引用三、同前）

彼はなんらかの「情報」をもっているらしい。しかしここでもその内容は説明のないままにスルーされています。そして最後が夜の七時のＮＨＫニュース。事件はいまや新聞の地方欄に出る牧歌的な「町」レベルの椿事から、一転いつのまにか全国規模の大がかりなものになっています。そう、「パン屋再襲撃」で主人公の二人組が深夜、車に乗ると、ふいに小説にアニメ映画のセル画が被さるように、いつのまにか「町」の椿事は国家規模の大問題になっているのです。

夜の七時のＮＨＫニュースで、僕は山狩りの様子を見た。麻酔弾をつめた大型ライフル銃を抱えたハンターたちと自衛隊員と警官と消防団員とが近郊の山をかたっぱしからしらみつぶしに捜索し、空には何機かのヘリコプターが舞っていた。山といっても、東京郊外の住宅地近辺の山だからたかが知れている。（略）しかし夕方になっても象はみつからなかった。（略）TVのニュース・キャスターは「誰がどのようにして象を脱出させ、どこに隠したのか、そしてその動機は何であったのか？　すべては深い謎に包まれております」としめくくっていた。（引用四、同前）

ここからやってくるのは、郊外の小さな「町」の「象」の失踪あるいは消滅という表徴を通じて、作者は、何か戦後的なものの失踪・消滅を暗示しようとしたのではないか、という感触です。むろん現実の作者である村上がどう意図しているのかはわかりません。しかし、それとは完全に独立して、読者であるわれわれに、その書かれようを通じて、そういう感想――「作者の像」（拙著『テクストから遠く離れて』参照）への思い入れ――がやってくるのです。まずナンバリングを行う前の引用を見て下さい。「僕も町が象を飼うことには賛成だった」。この象はいまや時代後れで、「高層マンション」に取って代わられようとしています。ここからくるのはどうも「象」とあの戦後日本の「平和憲法」というのが重なっているようだという感想です。なぜ「象」の問題ではなくて「象問題」なのか。この「象問題」の表記は容易にわれわれに「憲法問題」という戦後的な術語を連想させます。「象問題」と抱きあわせで建設される高層マンションも安保闘争後の社会鎮静を狙ってはじまった高度経済成長政策を思いださせます。でも、引用一からやってくるのは、この「象」がむしろ、というかそれと同時に、戦後の日米関係における日本それ自体のようでもあるというう新たな含意です。象は「右の後脚にがっしりとした重そうな鉄の輪をはめられてい」ます。「それは見るからに頑丈そうな鉄輪と鎖」で、「象が百年かけて力を尽したところでそれを破壊することは不可能であるように見え」ます。日米安全保障条約に代表される米国依存の戦後の日本国、またその体制が、この象として「僕」の目に見えているとたとえ僕が感じたとしても、それほど無体な感想だとはいえないでしょう。また、それとの連想が働くせいか、引用二の象飼育係「渡辺昇」は、僕にはグアム島で発見された横井庄一さんという元日本兵を思い出させます。横井庄一さんは戦争終結後二十六年もの間、グアムの密林地帯に隠れていて、一九七二年に島民に発見され、日本に帰国しました。「二十二年」ではないところが象とは違いますが、「赤黒く日焼けして、髪は固く短かく、目は小さい」といった形容が横井さんを思い出させるのです。この元日本兵なら、戦後のある意味で体現者であり、「憲法」の相方《パートナー》としては適任です。しかし引用四となってくると、またそれとも違います。「山狩り」、「麻酔弾をつめた大型ライフル銃」、「ハンターたちと自衛隊員と警官と消防団員」、「近郊の山をかたっぱしからしらみつぶし」、「空には何機かのヘリコプター」と一連の表徴が続くと、僕には村上がこれを「パン屋再襲撃」とほぼ同時に、踵《きびす》を接して書いている図が思い浮かんできます。レミントンの散弾銃(「パン屋再襲撃」)と大型ライフル銃（「象の消滅」）のつながり、ですね。そうは言わなくとも、ここから浮かんでくるのは前章で述べた連合赤軍事件に代表される一九七〇年代中葉までの過激な新左翼集団による武装闘争の試みとそれへの弾圧、鎮圧を図る警察・公安活動の情景でしょう。警察など、公安関係の当事者たちが行った左翼過激派集団の取り締まりは、ローラーをかけるようだというのでローラー作戦と呼ばれましたが、「かたっぱしからしらみつぶし」という表現と響きあいます。また、空に舞うヘリコプターは、横井さんの帰国した年でもある一九七二年の連合赤軍事件当時の夜の七時のNHKニュースの「定番」でもありました。つまり、ここには「パン屋襲撃」（9）の時期に先立つ一九七〇年代初頭の憲法、高度経済成長、元日本兵の帰還、新左翼の武装闘争といった「戦後」のさまざまな要因が、雑多に、しかしその混沌そのままに、ノスタルジックな「町」の「象」の失踪ないし消滅という表徴に投入されているのです。

こういうことを前半部分で語り手の「僕」（と書き手）は素知らぬふりをして読者に語る。象は見つからない。象は消えてしまった。「寄せては返す果てしない日常の波の中で、行方不明になった一頭の象に対する興味がいつまでもつづくわけはない」。この象の消滅の事件は、やがて誰の口にものぼらなくなる、というところで、前半は終わります。

3 象の消滅は何を表象しているのか

そこから一転して、後半の物語は「九月も終りに近づいた頃」の、あるパーティでの一人の女性との出会いからはじまります。この部分は、象と飼育係の消滅する話が憲法、元日本兵の帰還、高度成長の時代、学生運動の時代等を含意する「戦後」なるものの消滅なのではないか、という僕の推測を裏打ちするように、先に引いたように、「夏の記憶」の消滅への言及から語り起こされます。

そこでの話はこう進みます。話の軸は二つあります。一つは前半の「町」の牧歌的な戦後性に対置される後半の「都市」の新しい消費社会の到来という話、そしてもう一つが「象」の消滅を「僕」が彼女に話してみるものの、その後気まずくなるくだりです。

まず消費社会の話。「僕」は電機器具メーカーの広告部に勤めていて、新製品キャンペーンがらみの会社のパーティで取材にきた雑誌編集者の女性の相手をします。プレス・パブリシティーが「僕」の担当する業務で、いくつかの女性誌にタイアップ記事を書いてもらうのです。扱うのは外国人デザイナーの手になる冷蔵庫、コーヒー・メーカー、電子レンジなど。「いちばん大事なポイントは統一性なんです」、「どんな素晴しいデザインのものも、まわりとのバランスが悪ければ死んでしまいます」、「調査によれば、主婦は一日のうちいちばん長い時間をキッチンの中で過します。キッチンは主婦の仕事場であり、書斎であり、居間なんです。だから彼女たちはキッチンを少しでも居心地の良い場所にしようと努めています」、「優れたキッチンの原則はひとつしかないんです。シンプルさ、機能性、統一性です」。これに雑誌編集者は、「ずいぶん台所のことにくわしいんですね」と応じる。「仕事ですからね」と「僕」が「営業用の笑顔で」答えると、

「台所には本当に統一性が必要なのかしら?」と彼女は質問した。
「台所じゃなくてキッチンです」と僕は訂正した。「どうでもいいようなことだけど、会社がそう決めているものですから」(同前)

相手が、あなたの「個人的な意見として」はどうか、と重ねて尋ねると、「僕」は言う、「僕の個人的な意見はネクタイを外さないと出てこないんです」。「でも今日は特別に言っちゃいます」。

彼が住んでいるのが、前章の「パン屋再襲撃」でいえばモニター労働の成立した後の高度消費社会であるのはあきらかでしょう。彼の仕事であるタイアップ記事のコーディネイトにしても、「なるべく読者に広告臭が感じとれないように要領よく記事をまとめあげてもらう」ことが要点だと彼は言います。なるべく「広告」目的に書かれているとさとられ

ない広告の記事を書いてもらう、その代償に「我々は雑誌に広告を掲載することになる」。

世の中は持ちつ持たれつだ。（同前）

「象の消滅」の語り手は、「パン屋再襲撃」でいうならあの新しい「交換」の世界、作中の登場人物でいえばマクドナルドの店長の側にいて、「ネクタイを外」すときはじめて、カウンターのこちら側、「象の消滅」の前半の世界に戻るのです。

彼が生きている世界は「便宜的な世界」と呼ばれます。前半とは何もかも対照的なポストモダンの世界です。

でもその世界のただなかで、「僕」はこの女性雑誌編集者にほんの少し、気持ちを動かされる。「台所には本当に統一性が必要なのか」、「あなたの個人的な意見」はどうかと尋ねる様子が気に入ったからかもしれません。彼は、彼女にシャンパンを勧め、二人で仕事から離れた話をします。二人の間に何人か共通の知人がいること、彼の妹が「たまたま彼女と同じ大学の出身」であることなどがわかる。話がはずむ。そこから先に述べた第二の話の糸口が、広がっていきます。

彼女も僕も独身者だった。彼女は二十六で、僕は三十一だった。彼女はコンタクト・

レンズを入れ、僕は眼鏡をかけていた。彼女は僕のネクタイの色を賞め、僕は彼女の上着を賞めた。（略）要するに我々はかなり親密になったわけだ。彼女はなかなか魅力的な女性だったし、押しつけがましいところもなかった。僕は二十分ばかりそこで彼女と立ち話をしたが、彼女に対して好意を抱いてはいけないという理由はひとつとしてみつけることはできなかった。（同前）

パーティが終わりかけた頃、「僕」は彼女を同じホテルのカクテル・ラウンジに誘います。「彼女はフローズン・ダイキリを注文し、僕はスコッチのオン・ザ・ロックを注文し」、二人は話を続けます。

我々はそれぞれの飲みものを飲みながら、いくぶん親密になった初対面の男女が普通酒場で話すような話をした。大学時代の話や、好きな音楽の話や、スポーツや、日常的習慣や、そんな話だ。

それから僕は象の話をした。（同前）

なぜそんな話になったのか。「僕にはそのつながりを思いだすことができない。たぶん何か動物のことを話していて、それが象に結びついてしまったのだろう」、「それとも僕はごく無意識的に誰かに——上手く話すことができそうな誰かに——象の消滅についての僕なりの見解を語りたいと思っていたのかもしれない。あるいはただ単に酒を飲んだ勢いだったのかもしれない」。

彼女に対する好意のようなものが、「スコッチのオン・ザ・ロック」の効果とあいまって、つい、「僕」の心の奥深いところにある「秘密」を口にのぼらせるのです。「僕」はすぐに後悔します。つまり「そのような状況にとって最も不適当な話題をひっぱりだしてしまったことに気づき」ます。なぜなら「それはなんというか、あまりにも完結しすぎた話題」だからです。彼は話をそらそうとします。しかし「彼女は具合の悪いことにその象の消滅事件に人並み以上の関心を持っていて」「僕」にたてつづけに質問をしてきます。何とかはぐらかそうとするのですが、その対応のちぐはぐさを責められ、とうとうこれまでわれわれ読者にも言わないできていたことを、われわれの頭越しに、直接作中の登場人物であるこの女性雑誌編集者にむけ、彼は明かすことになるのです。

「ねえ、私にはよくわからないわ」(略)「あなたはついさっきまでとてもきちんと話をしていたのよ。象の話になるまではね。でも象のことになるとなんだか急にしゃべり方がおかしくなっちゃったわ。何を言おうとしているのかよくわからないし、いったいどうしたの? 象のことで何かまずいことでもあるの? それとも私の耳がどうかしちゃったのかしら?」
「君の耳はおかしくないよ」と僕は言った。(同前)

彼が明かすのは驚くべき話です。というのも、なんと彼は「その消えた象のおそらく最後の目撃者だ」ったと思われる、というのですから。象舎の裏にほとんど崖のようになった小山があり、一度裏山を散歩していて道がわからなくなった彼は、たまたまちょうど一カ所、そこからだと「裏側から象舎の中をのぞきこめる」というポイントを知ることになりました。それ以来、「僕」はときどきそこを訪れ、象舎の中の象と飼育係を観察するようになったというのです。理由をうまく言うことは難しいけれど、たぶん「プライヴェートな時間の象の姿を見たかった」のだろう。その日も「日が暮れてから」、「午後七時くらい」に、「裏山にのぼって」象舎を見ていました。見ていると、ふだんと何一つ変わったところはないが、どこか変だった。なんだか、象と飼育係の「バランス」が違うように思えた。両者の「体の大きさのつりあい」がいつもと違い、「象と飼育係の体の大きさの差が縮まっている」ように見えたのです。

「ということは象の体が小さくなっていたっていうこと?」
「あるいは飼育係が大きくなっていたか、あるいはその両方が同時に起っていた、とい

うことになるね」（同前）

彼は警察にはそのことを話しませんでした。前半部分の引用三でわれわれ読者に向かって述べたことに加え、「そんなの知らせたって警察はまず信用しないだろうし、そんな時間に裏山から象を見物していたなんて言ったら僕が疑われるのがオチだろう」と考えるからです。

しかしやはり恐れていたことが起こる。「それが象の消滅についての僕の話の全てだった」。――話が終わる。最初に予期したように、それは「知りあったばかりの若い男女」には似つかわしくない話題でした。「あまりにも特殊だ」し、「それ自体が完結しすぎている」るのです。「僕」が話し終えると、二人の間に「沈黙が下り」ます。彼は思うのです。「僕はやはり象の話なんてするべきではなかったのだ。それは口に出して誰かに打ちあけるような類いの話ではなかったのだ」と。

その三十分後に我々はホテルの入口で別れた。彼女がカクテル・ラウンジに傘を忘れたことを思い出したので、僕がエレベーターに乗って取りに戻った。（同前）

それは「柄の大きなレンガ色の傘」です。忘れられた「傘」が彼女からのほんの少しのコミットメントの誘いだった可能性は、否定できません。しかし「それっきり」二人は会うことがない。一度だけ「僕」は「広告記事の細部について」電話で話をする機会がありました。

そのとき僕は余程彼女を食事にでも誘おうかと思ったのだけれど、結局誘わなかった。電話で話しているうちに、何だかそんなのはどうでもいいことであるような気分になってしまったのだ。(同前)

作品は最後、「僕はあいかわらず便宜的な世界の中で」「冷蔵庫やオーブン・トースターやコーヒー・メーカーを売ってまわっている」、「僕が便宜的になろうとすればするほど」、「僕は数多くの人々に受け入れられていく」という小説家としての村上自身の感慨を思わせる述懐を記し、こう終わります。

新聞にはもう殆んど象の記事は載らない。人々は彼らの町がかつて一頭の象を所有していたことなんてすっかり忘れ去ってしまったように見える。象の広場に茂った草は枯れ、あたりには既に冬の気配が感じとれる。

象と飼育係は消滅してしまったし、彼らはもう二度とはここに戻ってこないのだ。

（同前）

4　口滑らし、扉のこじあけ、沈黙

さて、この話をわれわれはどう受けとるのがよいのでしょう。このように要約してくれば、そしてまた、この小説が先の「パン屋再襲撃」とほとんど同時に構想され、書かれているとさまざまな類比から推定できるとすれば、もう皆さんには答えがわかるでしょう。そう、この作品も先の章で述べた、あの「機能不全」からの回復の企ての物語なのです。ただ、その結末は違います。前回は、一度目の失敗を受けた二度目のトライで、「僕」は妻の助けのもと、その機能不全から「呪い」をとき、回復することができました。でも、ここでは、「僕」は自分の周りに自ら築きあげた壁のようなものを越えようとして、その企てに失敗する。彼は自分と社会の回路を繋ぎ直すことができません。何が主人公の孤立の源にあるものなのか、その様相が切実に示されることが、この作品の核心なのです。「象の消滅」と「パン屋再襲撃」に共通しているのは、先の二つの世界あるいは二つの時代の対照ということだけではありません。もう一つ、面白い細部が二作の間で繰り返されています。それは、失言、言い間違い、言い損ない――心理学に言うslips of the tongue――の問題です。フロイトは自分の中で無意識に抑圧していることがらが「失言、言い間違い、言い損ない」――つまりつい口を滑らせる――という形で表に出るという仮説を立てました。その口滑らしが「スリップス・オブ・ザ・タング」です。

主人公で語り手でもある「僕」がつい、口を滑らせる、という場面が二つの作品にともに出てきます。一つは「パン屋再襲撃」における、冒頭で特殊な空腹感に苦しめられた「僕」が、以前、似たようなことがあったなと思い、ああ、あれだ、と思いついて、つい、

「パン屋襲撃のときだ」と僕は思わず口に出した。(「パン屋再襲撃」)

これにすかさず妻が、「パン屋襲撃って何のこと?」と訊き返す場面です。小説ではこの後、「そのようにしてパン屋襲撃の回想が始まったのだ」という一文が続きますが、この「口滑らし」をきっかけに、物語ははじまる。これがなければ、この小説の物語全体の展開がありえない、という意味では、この「口滑らし」こそこの作品の物語を開くパスワードなのでした。

ところで、「象の消滅」でも、「僕」がつい「象の話をし」てしまうと、これに雑誌編集者の女性が「どんな象だったの? どんな風にして逃げたんだと思う? いつも何を食べていたの? 危険はないのかしら?」と矢継ぎ早に質問を投げかけ、「僕」が話をそらそうといくら「それに対して新聞に書いてあるようなごく一般的なありきたりの説明をし」

ても、彼女はだまされない、という場面が出てきます。明敏なこの女性雑誌編集者は、「僕の口調の中に不自然に歪められた冷淡さを感じと」り、なにげない質問を餌にあっというまに「僕」の尻尾を摑んでしまう。象がいなくなり「びっくりしたでしょ?」、そんなこと「誰にも予測できないですものね」と何気なく訊いてくるのに、「僕」がつい迂闊に、

「そうだね。そうかもしれない」

と答えると、その言葉尻をとらえて、彼女は、「そうかもしれない」というのは、とても奇妙な答えようではないか、と言い、

「いい? 私が『象が消えてしまうなんて誰にも予測できないもの』と言ったら、あなたは『そうだね。そうかもしれない』って答えたのよ。普通の人はそういう答え方はしないわ。『まったくね』とか『見当もつかないな』とか言うものじゃないかしら」

と彼に迫ります。そしてそこまで理路整然と問いつめられた彼は、ついには兜《かぶと》を脱ぎ、いよいよ、「君の耳はおかしくないよ」と降参し、話をはじめるのです。

「僕はあきらめてウィスキーをひとくち飲み、それから話しはじめた」。

ここは、「パン屋再襲撃」式に書けば、

「そのようにして象消滅目撃の回想が始まったのだ」

となるところでしょう。

――でも、話は頓挫する。

「パン屋再襲撃」の場合にはその話を聞き終えた妻が、それは呪いだと言い、「僕」が「どうすればいいんだろう？」と問うのに「もう一度パン屋を襲うのよ。それも今すぐにね」と的確に指示をし、彼を助けるのですが、「象の消滅」では、せっかく彼女が「昔、うちで飼っていた猫が突然消えちゃったことがあるけれど」と話をふっても、「でも猫が消えるのと象が消えるのとでは、ずいぶん話が違うわね」、「違うだろうね。大きさからして比較にならないからね」とすぐに話題がしぼんでしまい、話はとぎれます。そして「その三十分後に我々はホテルの入口で別れ」るのです。

「象の消滅」は、主人公「僕」の社会との関係の途絶――前章の言葉で言えば機能不全――の理由についてもう一つの要因を差し出しています。「パン屋再襲撃」では、主人公が現在彼の生きる社会との間にうまく関係が結べないのは、彼自身が自分の過去との関係をうまく取り結べていなかったからでした。それが「呪い」です。かつては社会に反逆し、世界を壊してやろうと思っていた。それがいつの間にか、その社会に頭を下げ、そしらぬふりをしてその一員になろうとしていた。どこがボタンの掛け違いの起点だったのか。そこまでもう一度戻って「やり直さない限り」、その呪いはとけない。そこで「僕」は妻に導かれ、パン屋を再襲撃するのでした。「象の消滅」では、その同じ機能不全の淵源が、主人公と彼の生きる世界の間の齟齬のほうに求められています。

どういうことかというと、かつては高度な消費社会の「便宜的な世界」とは別種の世界があって、人々はそこに生きていました。人々は「理想」のようなものを信じ、それが実現しにくい現実は認めながらも、いつかは少しでもそれに近づくという「夢」をもっていたのです。それがここに言われる、戦後なるものの意味でしょう。その意味の核心でしょう。またこの作品における、象の意味でしょう。しかし、その大いなる前提が消えた。そしてわれわれはまったく別の世界に生きるようになったのですが、誰もそれが「消えた」ことを知らない。かつてそういうものが存在し、それが無意識のうちにも人々を支えていたのに、そして、その大いなるものが消えたのに、しかし、かつてそれがあったときに、そのことに多くの人々が気づいていなかった、ちょうどそのように、いま、それが消えても誰もその「消えた」ということに気づかないのです。そして、さらに、時がたつにつれ、そのことを知らない若い人間が社会に登場してきて、いまでは、そのことの消滅に打撃を受け、そこから喪失感を受けとり、その結果機能不全に陥っているという経験自体が、もう人々に感知されず、また関知するところでない、無意味なことがらになってしまっている——。

それが、象の消滅という話題が、「知りあったばかりの若い男女が語りあうには話題としてあまりにも特殊」であり「それ自体が完結しすぎてい」るということの意味なのです。「特殊」だというのは、それが一定の年齢の人間、そのような時期を経験した人間にしか生じない喪失の経験だからです。また「それ自体が完結しすぎてい」るとは、それが誰にでも開かれた、普遍的な喪失の経験であるとは言い難い、そのため、誰にでもすぐに通じ、誰とでも分かちあえるというわけにはいかない、回路の閉じた経験だということです。

しかし、経験というものは、本質的に他人と分かちあえないものなのではないだろうか。しかも、他人と分かちあえないことがその本質なのだとしたら、そのようなものとして、それは誰にとっても意味をもち、誰にも開かれているのではないだろうか。いわば誰にとっても他者であることが、そういう経験の持つ、誰にも開かれていることの意味なのではないだろうか。

ここで、前章の話を思い出して下さい。

僕は、「パン屋再襲撃」を取り上げ、それが連合赤軍事件というきわめて特殊なできごとを背後にもっているのではないかという仮説を述べました。そのときに僕は少し、熱くなっていたかも知れない。皆さんはそれでほんのちょっと「引いてい」た。そのことに僕は気づいていました。何だ、このおっさん、ちょっと怖いな、くらいには、あなた方の何人かは感じたでしょう（笑）。なぜなら、それは「教室でつきあうだけの教師と学生が語りあうには」、「あまりにも特殊」であり「それ自体が完結しすぎてい」る話題だったからです。一般の文学作品の解釈としても、この種の話題への逸脱は、解釈自体を「あまりにも特殊」であり「それ自体が完結しすぎてい」る結果に追いやります。ちょっとそれは深読みのしすぎじゃないか、と誰もが感じるのです。しかし、そのようなもの——自分には理解できない、また意味があるとも思えないもの——として、そもそもある個人に深く沈潜した経験というものは、誰にとっても「意味」をもっているのじゃないだろうか。ある経験が、誰の目にもその意味はわからないながら、でもわからないままに耳目をそばだてさせ、また別種の「意味」を生む、ということがなければ、われわれの世界は、広がりをもたないことになってしまうのではないでしょうか。

僕はそう思う。この小説の主人公も、意識的にではないが、その同じ生の経験の立地条件のうちに存立しています。それで、彼は、反応する。とても感じのよい若い女性が現れ、ついふらふらと、固い自分の殻の内側から魂が迷い出る。ほんの少し、その異性に惹かれ、つい、心がゆるみ、自分の中の「喪失」の由来を口に出してしまうのです。

しかし、その自分の孤立（デタッチメント）の壁を自ら破ろうという企て、コミットメントに向けた企ては失敗します。かつては「ないこと」があった。でもいまはその「ないこと」もない。喪失の経験がない。そこには二つの「ないこと」があり、そのことに前者は気づいているが、後者はまだ気づいていないのです。二人の間で話題はしぼみ、ついに二人は黙る。三十分後、二人は別れます。

彼女が忘れた「傘」は、彼女の側のスリップス・オブ・ザ・タングです。意識してのものではない。しかし、無意識のうちに、これでこのまま別れたくはないと、彼女の無意識が口を滑らせています。それは先に引いた通り、「柄の大きな」「レンガ色」をした傘でした。

5 失踪、喪失、消滅

僕が、単行本収録順ということで「パン屋再襲撃」、「象の消滅」の順に取りあげたものの、内容的には逆の順番であると考える理由が、いま述べたことにほかなりません。こういう個人の奥底に沈んだ話は、わかりあえないということが本質です。一般的には人と人をつなぎません。隔てます。しかし、誰もが長い人生を生きていく間には多かれ少なかれそういう経験をもちます。人にはけっしてわかってもらえない類の経験です。深い経験というものはそういう本質をもつのです。そのことがわかると、相手が自分にはけっして「わからない」経験をもっているということの理解が、相手を理解するということの意味だということとも、わかるようになるでしょう。でも、われわれは最初からはじめなければならない。「あまりにも特殊」で「それ自体が完結しすぎてい」る話題とはどのようなものなのか。そういう話題を口にするということが、どんな気詰まり感をもたらすものなのか。しかしどういうとき、人はあえて、あるいはつい、ふらふらと、そういうことを口にしてしまうものなのか。そういうことがらを皆さんにわかってもらうため、伝えるために、僕は、この順序を逆にし、「深すぎる」話をしました。

しかし、話の内容からいえば、まずこの「象の消滅」の回復の試みの失敗があり、次に、その成功がきます。作者もたぶん、この順序で考えたでしょう。根拠と思われるものがないわけではありません。手がかりになるのは、二つの短編の二組の男女の年齢差です。幸い、次に扱う「ファミリー・アフェア」(48)を含め、僕の名づけるところの前期短編三部作には、それぞれ一組ずつの男女が主要な登場人物として登場し、その年齢差も明記されています。「パン屋再襲撃」で語り手の「僕」は物語る出来事の時点で自分がいくつだったかを思い出せませんでした。「僕は二十八か九のどちらかで(どういうわけか結婚した年をどうしても思いだすことができないのだ)」と彼は言っています。しかし、面白いことに彼は妻との年齢差だけははっきり覚えている。「彼女は僕より二年八ヵ月年下だった」と。そこでの年齢差は「二年八ヵ月」。ところで、「象の消滅」では、先に引いたように、「彼女は二十六で、僕は三十一」。その年齢差は五年なのです。五年だということは、「僕」が大学に入っただろう十八歳のときに、彼女は十三歳だったということです。「僕」が大学を出ただろう二十二歳でも、彼女はまだ、十七歳の高校生でした。

「象の消滅」は、先に述べたように、ある経験を「喪失」として受けとめた年代の人間と、そもそもその「喪失」自体が、存在しない時代にやってきた新しい年代の人間とのコミュニケーションの企ての話としても読めます。少なくとも、そこでの「心の揺らぎ」が、何も生まない話として、作者に構想されています。そのことが、この年齢差に表れている。次に書かれただろう「パン屋再襲撃」で、わざわざ年齢差が明示されている所以です。最後に、なぜ象の消滅(vanishing)なのか。なぜ象の失踪(missing)ではないのか。その二つはどう違うのか、ということをお話しして今回の話を終えます。

作者はこの作品では象を「失踪」ではなく「消滅」させました。この「象」と「消滅」の組み合わせは、先の「パン屋」と「再襲撃」の組み合わせと同様、そのミスマッチぶりで意表をつきます。前章で言いましたが、ロートレアモンというフランスの詩人が言った「手術台の上でのミシンとコウモリ傘の出会い」みたいです。でも、「パン屋」と「再襲撃」がその母型である「銃砲店」と「襲撃」の組み合わせの置換、逸脱であったように、この「象」と「消滅」の組み合わせの母型となっているのは、「象」と「失踪」なのだと考えてよいでしょう。象はふつう消滅しません。象がふつうしてみせるのは、失踪だからです。では、失踪と消滅とは、どう違うのか。それを僕は二つの仕方で説明してみたいと思います。まず、第一。ここに一つの図形がある。図形は二つの入れ子の正方形から出来ています。大きな青い正方形の中に小さな赤い正方形がある。そういう図を思い浮かべて下さい。

そのうち、見ていると、青い正方形の中から小さな赤い正方形が消えて、青い正方形だけになる。これが、象の失踪です。この場合、より大きな青い正方形が、われわれのいる世界を指します。より大きなものから、より小さなものが欠けると、それはそのより小さなものがどこかに行ってしまったと受けとめられます。失踪、喪失、missing。だからわれわれはそれを探す。またそれが失われたことを、その喪失を悲しみます。

でも、二つの正方形の関係が逆だったらどうでしょう。つまり、小さな赤い正方形がわれわれの世界で、もっと大きなものが青い正方形で、今度は、われわれの世界を成り立たせていたそのもっと大きな青い正方形のほうがこの図から消えるのです。すると、それは見えない。われわれが見ていたものが消えたら、それはわかる。でもわれわれを見ていたものが消えたら。そのときには、それはわれわれに、見えないのではないでしょうか。後に書かれる『海辺のカフカ』の中で、登場人物の一人が、報告書にこう述べています。

「喪失」と「欠落」とのあいだには大きな違いがあります。簡単に説明しますと、そうですね、連結して線路の上を走っている貨物列車を想像してみてください。その中の一両から積み荷がなくなっている。中身だけのない空っぽの貨車が「喪失」です。中身だけではなく、貨車自体がすっぽりなくなってしまうのが「欠落」です。(『海辺のカフカ』)

第二。二つの正方形の代わりに、ここに二枚の写真があります。一つは、白黒。人が入り乱れています。よく見ればわかりますが、警察の機動隊員に学生が蹴散らされている。そして場所は、われわれのこの場所の窓から見下ろせるキャンパスの銅像付近の広場。一九六九年に撮られた写真です。

さて、つぎに写すのは、角度がちょっと違っていて、しかもカラー写真なので、すぐにはわからないかも知れませんが、同じ場所の写真で、これは、今年の大学のパンフレットに使われているものです。その第二の写真に、僕は、「象の消滅」というタイトルをつけました。かつてはここでこんなことがあった、そのことを僕は知っている。だから僕の目に、この第二の大学のキャンパスの写真は、「ああ、もうそういうことはないんだね」と見えているという意味です。「ないこと」がある。そこでは、何かが消えているのですが、その「ないこと」は僕のようにかつて何かが「あった」ことを知っている人間にしか、存在していないというのです。それが、「喪失」ということの意味です。そこでは「象の消滅」は、いわばそれを目撃した者の目にだけ見えているのです。

つぎに、ここから、タイトルを消してみましょう。すると、それはいまわれわれが手にしている大学のパンフレットの写真そのものになります。「象の消滅」とは何の関係もない。それが皆さんのいる場所で、そこには、もう、その「ないこと」が、ない。「象の消滅」ということ自体が、消えています。この「ないこと」がないこと、それが、「喪失」ということの先にある「消滅」という事態の意味にほかなりません。

空間的と時間的に見られたこの二つの説明を合わせれば、なぜ、「ないこと」がなくなると、そこには「喪失」すら、ありえないのか、ということがわかるでしょう。また、その過程で、「ないこと」がある側からの、「ないこと」がない側への呼びかけが、「S・O・S」の響きをもつことすら、あるようだということが、わかるでしょう。その「ないこと」がないことは、大きすぎて見えない。後からきた人には見えない。そのため、それに気づく人間を孤独にする。孤立させます。「象の消滅」は、そういう孤立の壁の中にある個人が、「ないこと」がある時空から、「ないこと」がない時空へと、呼びかけようとする、そんな見えにくい企ての顚末を描いた作品でした。

第8章
マクシムの崩壊――「ファミリー・アフェア」

1 「家族の物語」、あるいは「エイリアン」奇譚

「ファミリー・アフェア」(48)は「パン屋再襲撃」(44)、「象の消滅」(45)から数カ月遅れ、一九八五年の秋に『LEE』という女性雑誌の十一月〜十二月号に発表されています。「僕」という電機メーカーの広告部に勤務する二十七歳の主人公と旅行代理店勤務の「妹」の話なので、先の二作とはそれほど関係しない別個の作品と思われるかも知れませんが、僕の考えでは、前二作と密接に関連をもつ――ひとくくりで一種の三部作をなすとも見なせるだろう――重要な作品です。

「ファミリー・アフェア」が前二作と何らかの関係をもっているらしいことは、外見上にもいくつかの痕跡から辿れます。まず主人公が「象の消滅」と同様、電機メーカーの広告部勤務であること(年齢設定からしてむろん同一人物と考える必要はありません)。次に、

「象の消滅」のパーティ場面での若い女性雑誌編集者との会話からわかるようにともに「妹」がいること――「象の消滅」では、この若い女性編集者と「妹」の大学が一緒でした――、さらに、そこに「渡辺昇」という固有名をもった登場人物が出てくること――この作品では妹のフィアンセ、「象の消滅」では飼育係の名前です――。この三点でこの作品は、「象の消滅」と共通していますし、同じ家に住む若い男女一組がその相互の関係の困難を克服するという枠組みに着目すれば――作中、兄妹は「仲の悪い夫婦」のようとも評されます――、「パン屋再襲撃」とも深い共通点をもっていることがわかります。

しかし、この三作が結びつくのは、むろんのこと、それにとどまらない、別の要因があってのことで、その要因とは、これら三つの作品が、ともに、ある「閉塞」――関係の機能不全――からの回復の試みを描いている、ということにほかなりません。それも、ある意味では、同じ尺度をもちいて、この回復の試みを、対比的に描いている。

その尺度が、先の「象の消滅」の章で述べた、作品に登場する一組の男女の間の年齢差です。「閉塞」からの回復、ということでいうと、まずそれがうまくいかなかった「象の消滅」では、「僕」が三十一歳、雑誌編集者の彼女が二十六歳で、その年齢差は五歳でした。でも、その「閉塞」からの回復が、妻の助力で、パン屋の「再襲撃」による悪魔払いを通じて大々的に果たされる「パン屋再襲撃」になると、「僕」は結婚年齢こそ思い出せない一方で、妻は「二年八ヵ月年下」であると、妻との年齢差を、克明に記憶しています。

三歳たらずですから、だいぶ「象の消滅」に比べ、少ない。では、「ファミリー・アフェア」ではどうか、というと、二人がともに住み始めたのが「僕が大学を出て就職し、彼女が高校を出て大学に入った」「五年前の春」。「そのとき僕は二十二で妹は十八」だったとありますから、現在は、「僕」が二十七歳であるのに対し、妹は、二十三歳。その年齢差は、四歳です。大学の就学期間に等しい数字ですが、「象の消滅」の五歳と「パン屋再襲撃」の三歳たらずのほぼ中間に位置しています。

その機能不全からの「回復」が、主人公の「僕」から見て一番近い他者である「妻」あるいは「恋人（になったかもしれない女性）」あるいは「妹」との関係のうちに、さまざまな形で試みられるというのが、この前期短編三部作に共通する枠組みなのです。そこに年齢の尺度をあてると、「象の消滅」における年の差、五年、そこでは他者との距離は遠すぎた。「パン屋再襲撃」における年の差、三年たらず。それなら、他者が、「回復」に関与、介入できた。では、その中間、年の差四年ではどうか。そこで、「閉塞」＝「自己閉塞」からの回復、脱却は、どのような様相を見せるのか、というのが「ファミリー・アフェア」を考える切り口になるでしょう。

つまり、僕の考えを先に示せば、この作品は、前二作と同じ枠組みの中で、またこれまでとは違う、新しい形での「自己閉塞」からの「回復」を描く物語なのです。

そして、そうした観点に立つと、一つのことが見えてくる。それは、この時期、村上が、小説を書くようになってたぶんはじめて、ある「一区切り」をつけたという「安堵」、それに基づく相対的な「安定」の時期を迎えているように見える、ということです。ようやく階段の踊り場のような場所に出ている。『世界の終りとハードボイルド・ワンダーランド』の達成がその「安定」を、もたらしているのです。

それというのも、ここではじめて村上は、まったく異質な他者を作品の中に導き入れ、主人公がその他者の体現するものとある関係を結ぶという経験を描いているからです。ここに出てくる妹のフィアンセ、渡辺昇がそうですね。その「安堵」、「安定」は、その後、『ノルウェイの森』の大ベストセラー化という突発的な椿事によってもろくも崩れます。

ここで一度「渡辺昇」という名前で出てきた他者は、その後、名前としては『ノルウェイの森』の主人公「ワタナベ・トオル」を呼びだすのにもかかわらず、人物像として次に出てくるときには、たとえば先に少しだけふれた一九九一年発表の「沈黙」(60)という短編での「青木」というような、陰険なライヴァルの様相を呈していて、そこでこの他者と主人公は、もうしっかりした関係を結ぶことができないでしょう(この二人について二つの作品の語り手はともに、「世の中に一目で嫌になるというタイプの顔があるとすれば、それがその顔だった」、「僕が高校時代にいちばん嫌っていたクラブの先輩に雰囲気がそっくりだった」(「ファミリー・アフェア」)、「(話し手である――引用者)大沢さんはもともとその男が嫌いだった。どうしてそんなに嫌いなのか、自分でもよく理解できなかったが、でも一目見たときからその男のことが嫌で嫌でしかたなかった」(「沈黙」)と述べています)。そしてこの決して関係を結ぶことのできない他者は、この後、『ねじまき鳥クロニクル』の「綿谷ノボル」という悪玉像に結像するのですが(語り手はこの綿谷ノボルについて、「誰かと係わることによって長いあいだ感情的に乱されるということは、僕にはほとんどない」が、「しかし綿谷ノボルに対しては、そのシステムはまったくといっていいほど機能しなかった」。「そしてその事実は僕を苛立たせた」。「彼は本質的には下劣な人間であり、無内容なエゴイストだった。でも僕よりは明らかに有能な人間だった」。「彼に会ったあとしばらくのあいだ、僕はかなり後味のわるい感情を抱いたまま生きていた」。「僕は何日ものあいだずっと綿谷ノボルのことを考えていた。何か別のことを考えようとしても、綿谷ノボルのことしか考えられなかった」と述べています。これも相当な表現です)、その名前から知られるように、その人物像も、この渡辺昇から流れ出していると考えられるのです。

さて、ここで他者と呼ぶものをたとえば、「ファミリー・アフェア」に限って言えば、それは、一般の世間と言ってよいでしょう。あるいは、村上の大嫌いな「日本社会」と言ってもよいかも知れません。その異質な二つが、この作品で一度関係をもとうとする。両者が再び関係を結ぶには、短編でいうなら、『ねじまき鳥クロニクル』が書かれた後、一九九六年に発表される「七番目の男」(66)まで待たなければならない。「沈黙」とこの作品については、後の章で、取り上げます。

しかし、そういう前史的な経験があって、後の『アンダーグラウンド』(一九九七年)における村上春樹の「大衆の発見」ともいうべきことが生じてくる。先走りしすぎないように注意しますが、とにかく、ここで村上は、このような大きな流れを以後、作り出す発端の一つとして、一時的な「区切り」を経験する、ないし、その一時的な「区切り」の経験を描こうとするのです。

それを僕は簡単に、マクシムの崩壊、と名づけておきたい。意味については、後段で述べられるでしょう。簡単にいうと、「ファミリー・アフェア」は、確固とした自分の世界をもち、そこに閉じこもっていた人間が、その閉ざされた自分の世界の「崩壊」を経験する物語です。皆さんは、「エイリアン」という映画は知っていますか。リドリー・スコットが監督した第一作の後、数作作られました。ハリウッドの女優シガニー・ウィーバー主演の宇宙を舞台にしたなかなか面白いSFの映画シリーズです。「ファミリー・アフェア」は、一言で言うなら、もう一つの「エイリアン」、異星生物が宇宙船に侵入して船内を汚染し、占領する映画「エイリアン」の派生譚です。エイリアンの名前は、むろん渡辺昇。彼はスペース・シップに侵入してくると、卵を産みつける。エイリアンが、堅固なスペース・シップ――宇宙の中の異質な閉ざされた空間である宇宙船――に、やってきて、その宇宙船の聖なる内部空間を、壊すのです。

2 「ファミリー・アフェア」ということ

この家庭版「エイリアン」は、こんなふうに始まります。

とある五月の日曜日の昼、「僕」は妹と駅前に新しくできた店にスパゲティーを食べにいき、喧嘩します。「僕」がまずいスパゲティーを「完食」せずに途中で下げさせるのを見て、もう少し社会に融和的にできないのか、と妹が言い、いさかいになるのです。

「ねえ、何もそんなに見せつけがましく残すことないでしょ」と自分の皿が下げられたあとで妹は言った。

「まずい」と僕は簡単に言った。

「半分残すほどまずくないわ。少しは我慢すればいいのに」(「ファミリー・アフェア」)

このいさかいには端緒があります。「僕」と妹はこの間、五年もの共同生活をしていて、それは二人にとり、そんなに悪くないものでした。「僕」が大学を出た年の春に、妹が高校を出ることになり、娘の一人暮らしを心配した親が、兄と一緒に住むならという条件で、娘に東京の大学に入ることを許したのです。ですから、むろん、生活の基盤を提供したのは先住者の「僕」です。「僕」の理解では、その共同生活の間中、「ほんの一年ばかり前まで」彼女は「僕」の「僕なりに確固としたいい加減な生き方」を「一緒になって楽しんでいた」し、「僕に――僕の感じ方さえ間違っていなければ――ある意味では憧れてもいた」のです。それが、一年前に「大学を出て旅行代理店に勤めるようにな」り、その年の夏休みに「女ともだちと二人で」「でかけ（もちろん割引料金）」たアメリカ西海岸へのツアーで「ひとつ年上」のコンピューター・エンジニアと親しくなると、そのあたりから状況が変わります。

そのコンピューター・エンジニアとつきあいはじめてから、妹は以前よりずっと明るくなったようだった。きちんと家事をするようにもなったし、服にも神経を使うようになった。（同前）

それまで彼女は「ワークシャツと色の落ちたブルージーンとスニーカーという格好でどこにでもでかけてしまうようなタイプだった」のですが、それが、一変して、「下駄箱は彼女の靴でいっぱい」、「家の中はクリーニング屋の針金のハンガーであふれ」るようになり、また生活態度としても「よく洗濯をし、よくアイロンをかけ」、「よく料理を作り、よく掃除をするように」なります。一言で言えば、社会人になり、社会の側の雰囲気を身につけるようになると同時に、男性の目を気にするようになった、ということでしょうか。そうした変化が妹の、自分から見てまったく趣味に合わない若い男との婚約という形で、彼の身にふりかかってくるのです。

「あなたは物の見方が狭すぎるのよ」と妹は僕に言った。(略)しかしもちろん、妹は何もスパゲティーだけを問題にしていたわけではない。スパゲティーの少し先の方には彼女の婚約者がいて、彼女はどちらかといえばそちらの方を問題にしていたのだ。いわばそれは代理戦争のようなものだった。(同前)

しかし「僕」としても、それをそのまま受け入れるわけにはいきません。少し前に出てきた彼の、「僕なりに確固としたいい加減な生き方」とは立ち止まるべき、面白い表現です。ふつうは「いい加減な生き方」というのは「いい加減な」態度決定の結果、手にされるものですが、彼においては、それは「確固とした」態度決定のすえに獲得されているからです。それは、脳髄のような、豆腐みたいに柔らかい、ふわふわしたものを、ふわふわしたままに高圧の中でも維持できるように、頭蓋骨のように頑丈な鉄の箱に収納する、というかのようです。そう、それは宇宙船の構造に似ている。柔らかな、外界にさらされたら生きていけないだろうものを守るべく、ある緊密に閉ざされた空間を構築する。そういう固いものと、柔らかいものの結合からなる生き方と、そうした生き方を可能とするスタイルを彷彿とさせる言い方なのです。

なぜ彼はそんな「生き方」をするようになったのでしょう。それについては何も語られません。というか、後に述べるいくつかの例外の場面を除いて、この作品の語り手としての「僕」は、自分の内面を外に曝しません。「象の消滅」の「僕」は、「ネクタイを外さないと」本当のところ「僕の個人的な意見」は「出てこないんです」と雑誌編集者の彼女に答えますが、「ファミリー・アフェア」では、ネクタイなしでも、「僕」は自分の「個人的な意見」はほぼ話さない。いつも、機知に富んだ、いくぶんきつめの「冗談」ばかりですませています。しかし、むろん、何も考えていないというのではない。彼は彼自身の「僕なりに確固としたいい加減な生き方」を、おそらくは彼もまた大学を出て、社会人となってから、いわばひとつの社会＝外界に対する抵抗として、身につけるようになっているのです。ですから、彼は妹と別れると、読者に向け、軽い揶揄の調子で語ります。

そんなのって公正じゃない、と僕は思った。僕と彼女はもう二十三年もつきあってきたのだ。我々はいろんなことを正直に語りあえる仲の良い兄妹だったし、喧嘩だって殆んどしたことがなかった。彼女は僕のマスターベーションのことを知っているし、僕は彼女の初潮のことを知っている。彼女は僕がはじめてコンドームを買ったときのことを知っている（僕は十七歳だった）、僕は彼女がはじめてレースの下着を買ったときのことを知っている（彼女は十九歳だった）。（略）とにかく我々はそんな風に育ってきたのだ。そんな友好的な関係がたった一年のあいだにがらりと変質してしまうのだ。そう考えると僕はだんだん腹立たしい気分になってきた。（同前）

こう紹介してくれれば、「僕」と妹とその婚約者の交渉を描くこの小説を、僕がもう一つの「エイリアン」だという意味がわかるでしょう。自分の趣味にまったく合わない人間ともつきあわなければならない。それは、彼が妹の婚約者だからです。宇宙空間ではいざ知らず、この世界では、「エイリアン」は宇宙船のように閉ざされた我々の「自分の空間」に、いわば「ファミリー・アフェア（家族のできごと、内輪のできごと）」を通じて、侵入してくる。そのエイリアンとの出会いは、次のようにして生じています。

夏の旅行での出会いのあと、しばらく「デート」の時期が続き、妹の変貌があらわになり、ある日、妹が「僕にそのコンピューター・エンジニアの写真を見せてくれ」ます。

写真は二枚あって、一枚はサン・フランシスコのフィッシャーマンズ・ウォーフで撮ったものだった。カジキマグロの前に妹とそのコンピューター・エンジニアが並んでにっこりと笑っていた。

「立派なカジキだ」と僕は言った。（同前）

もう一枚、愛車のバイクとともに写る彼の写真を見せながら、妹は、彼にプロポーズされているのだと告げます。それがその年の「クリスマスの前のこと」で、「年が明けてしばらく」すると、やがて静岡の家の母親から電話が来て、「二週間後の週末」に妹が「その男と二人で家に帰りたい」と言ってきたが、その相手を知っているかと聞いてきます。

「さあね、会ったことがないからね。でもひとつ年上でコンピューターのエンジニアだよ。IBMだかなんだか、そんなところに勤めてる。アルファベットが三つだよ。NECだとかNTTだとかさ。（略）」。

「どこの大学を出て、どんなお宅なの？」

「知るわけないじゃないか、そんなこと」と僕はどなった。（同前）

いよいよ、ファミリー・アフェアのはじまりです。

でも結局、僕はそのコンピューター技師に会うことになった。次の日曜日に妹が彼の家に正式にあいさつに行くのについてきてほしいと言ったのだ。それで仕方なく僕は白いシャツにネクタイをしめ、いちばん地味な背広を着て、目黒にある彼の実家に行った。古い住宅街のまんなかにあるなかなか立派な家だった。（同前）

妹に一緒に「ついてきてほしい」と言われたときに「僕」がそんなのは自分ひとりでやれよ、などとは言わず、素直にこの要望に〝降参〟していることに注意しましょう。なぜ彼は自分なりの「確固としたいい加減な生き方」の流儀を貫いていないのでしょうか。なぜかというと、それが、ファミリー・アフェアだから。このことがファミリー・アフェア（家族・親族に係わることがら）ということの意味なのです。

彼はそれを断れない。また、断らない。なぜなら、そこでは、彼は、妹の父親の代理として、相手の家に「あいさつ」に行かなければならない。彼とても、家族をすべて敵にするという――「パン屋襲撃」者のような――全面的な社会への反逆者なのではない。彼はそういう意味でも「いい加減な」位置にある。しかし、その中途半端な「いい加減な」位置を、彼は、「確固とした」態度決定のすえに、手にしているのです。彼は妹と相手の家に行きます。

僕はきちんとしたあいさつをし、名刺をわたした。彼（婚約者の父――引用者）の方も僕に名刺をくれた。本来なら私どもの両親が参るところなのですが、本日は所用で手がはなせず、私が代理で参りました。また日を改めまして、正式に御あいさつに伺わせて頂きたく存じます、と僕は言った。（同前）

帰り、駅まで送ってきたこの「コンピューター技師」（このあたり、「僕」は日本語の原文では執拗に彼を「コンピューター技師」と繰り返します）が、「僕」と妹を喫茶店に誘い、彼らはコーヒーを飲みます。「どうも今日はありがとうございました。とても助かりました」、「いや、べつに当然のことだから」。

「いつも彼女からお兄さんのお話はうかがっています」と彼は言った。
お兄さん？
僕はコーヒー・スプーンの柄で耳たぶをかいて、それを皿に戻した。（同前）

こうして、エイリアンは、一歩、一歩、彼のスペース・シップに接近してくる。そしてとうとう、このコンピューター技師の名前が「渡辺昇」であることが明らかにされ、以後、この若い婚約者は、文中、渡辺昇と繰り返し呼称されます。それが一月のことですが、五月、スパゲティーのことで「代理戦争」が勃発した翌日、朝起きてみると「妹のいつもの小さな字で」「今度の日曜日の夕食に渡辺昇を呼んでいるので、僕もちゃんと家にいて食事を一緒にするように」と、メモ用紙に書いてあります。この短編は、後半、このエイリアンの宇宙船への侵入を描いて、そのことから生じる「僕」の内的な経験について、語るのです。

3　故障と、修復

「僕」は朝が遅く、深夜でなければ帰宅しない、いわば業界人の生活、妹はまじめな学生生活というので、生活時間が重ならないこともあり、二人は「そのおかげで喧嘩ひとつする暇もな」い、「お互いのプライバシー」を尊重した生活を続けてきました。これが二人の快適な「宇宙船」のような、社会から一定程度隔絶した四年間の生活の基本形態です。「僕」はしばしば交際相手を替え、いろんな女の子とつきあいます。逆から言うと、誰とも心を通じた生活はしない。「パン屋再襲撃」、「象の消滅」と読んできたわれわれからすると、基本的に同じ枠組みで書かれたとおぼしいこの作品の語り手＝主人公も、前二作と同じ、「社会」との関わりを十分にもてない機能不全のうちにあることがわかります。彼のひっきりなしの機知とジョークが、ある意味でその機能不全を見えにくくするための煙幕なのです。

変化は、一年前、妹が社会人になってから起こる。というか、その妹が、完全に社会の側の人間としか思えない、「僕」とは対極的な人間である平凡そうな一人のコンピューター技師と知り合い、彼とつきあいだしてから生じる。これまでの「僕」の知っていた妹であれば、——そんなことはわからないのですが、一応——好きになるとは思えないような相手を、結婚相手として受け入れるのですから、ことによれば妹は、社会の空気になじむにつれ、徐々に、これまでの「僕」の生き方とは違う感じを身につけるようになったのかもしれません。でも、それも当然のことでしょう。彼の「確固としたいい加減な生き方」には、普遍性はない。それは彼のたぶんに個別的な事情から生まれたものにすぎません。それを共有していない妹が、社会に出れば、「僕」と違う価値観を強めるようになるのは、当たり前のことです。こうして、やはり春のある日曜日、エイリアン、渡辺昇の訪問の日がきます。

渡辺昇は三時にやってきた。もちろんバイクにまたがって、そよ風とともにやってきたのだ。彼のホンダ500ccのポクポクという不吉な排気音は五百メートルくらい先からはっきりわかった。（同前）

さて、この渡辺昇の到来を迎えるために書き手が主人公に準備したひとつの「状況」があります。それは、前二作と本質的に共通する「機能不全」から生じた主人公の社会とのかかわりあいの「途絶」が、さまざまな故障による生活場面の不如意となって現れ、彼の生活の全般に蔓延しているという状況です。生活の細部で、さまざまな故障が起こり、ここに来て、彼の独立した宇宙船生活は、うまく運営させられなくなってきている。そこに渡辺昇は、なんとフィクサーとして、修理する人、そして調停する人として、やってくるのです。

実際、渡辺昇のやってくる五月、「僕」のまわりではいろんなものがうまくいかなくなっています。「パン屋再襲撃」は主人公二人が「理不尽と言っていいほどの圧倒的な空腹感」に襲われるところからはじまりますが、「ファミリー・アフェア」では、気づいてみると、「僕」のまわりでいろんなものが次から次へと「故障」しはじめる。いわば機能不全より生まれた「僕」の生き方の生活基盤が、いたるところでそれ自体不全化している。それがはじまりの状況なのです。

何が故障するのか。

スパゲティーをめぐる喧嘩の後、そんなことならはじめからガール・フレンドとのデートを優先しておけばよかったとばかり、「僕」はガール・フレンドに電話します。でも、「彼女はいなかった」、目論見は裏切られます。「べつの女の子」を何とかデートに誘うのに成功し、帰り、ホテルに誘うのですが、今度は彼女が「駄目だと言」います。「だってタンポンが入ってるのよ」。生理なのです。「やれやれ、と僕は思った。まったくなんという一日だ」。でも、それはほんの序の口で、この先、故障は次から次へと彼を襲います。まず、車。この二番目の彼女を世田谷の家まで車で送る途中、

クラッチがかたかたかたという小さくはあるが耳ざわりな音を立てた。このぶんじゃそろそろ修理工場に持っていかなくちゃなと僕はため息をついた。(同前)

次に新聞。家に帰ると、「アパートの部屋はまっ暗」。妹はいません。「まったく夜の十時にどこに行っちまったんだ」と思い、「夕刊を探し」ますが、それは見つからない。ここでも、折悪しく「日曜日なの」です。ついで、ステレオ・セット。

僕は冷蔵庫からビールを出してグラスと一緒に居間に運び、ステレオ・セットのスイッチを入れて、ターン・テーブルにハービー・ハンコックの新しいレコードを載せた。そしてビールを飲みながらスピーカーから音が出てくるのを待った。しかしいつまで待っても音は出てこなかった。そのときになってやっと僕はステレオ・セットが三日前から故障していたことに気がついた。電源は入るのだが、音が出てこないのだ。(同前)

TVも同様。ステレオ・セット経由にしているので音が出ません。そのさまざまな故障を抱えた宇宙船に、渡辺昇というエイリアンはやってくる。まず彼は、エンジニアらしく、ステレオ・セットの故障を直します。「ねえ、今のうちにステレオ・セットの具合見てもらったら?」妹がオレンジ・ジュースをふたつテーブルの上に置きながら言うと、

「手先が器用なんだって?」僕は訊いた。

「そうなんです」と彼は悪びれずに答えた。「昔からプラモデルやラジオを組み立てるのが好きだったんです。家じゅうの壊れたものを修理してまわってました。ステレオのどこが悪いんですか?」(同前)

「音が出ない」というと、彼は「マングースみたいな格好でステレオ・セットの前に座りこんで、ひとつひとつのスイッチをためし」ていきます。そしてすぐさま原因を言い当てます。「アンプ系統ですね。それも内部的なトラブルじゃない」。

トラブルは、外部的なもの、アンプとそのほかの機器の「つながり」の途絶からくる。原因は内部の不全ではない、関係の不全なのです。

「どうしてわかるの？」
「帰納法です」と彼は言った。（同前）

彼はプリ・アンプとパワー・アンプをつなぐ結線をいったん全部外し、一つ一つ確認し、「ああ、うん、やっぱりこれだ」、両者の間の「コネクティング・コード」の「ピンプラグが根もとから抜け」ていることを確認します。掃除の際、ステレオ・セットを動かしたときに取れたらしい。彼は「はんだごてがあればすぐになお」ると言います。

ない、と僕は言った。そんなものがあるわけないのだ。（同前）

はんだごて！「確固としたいい加減な生き方」にこれほど背反するものはないでしょう（笑）。すると渡辺昇は、バイクで「ひとっ走りして買って」くると言う。

「はんだごてってひとつあると便利ですから」（同前）

買ってきた「はんだごて」で彼は直す。「五時前」には「ピンプラグの修理」は「無事終了」しています。

それから彼は今彼の属しているプロジェクト・チームが開発中の新しいコンピューター・システムの話をした。鉄道事故が起ったときに最も効果的に折りかえし運転をするためのダイアグラムを瞬時に計算するシステムで、話を聞いているとたしかに便利そうではあったが、その原理は僕にとってはフィンランド語の動詞変化と同じくらいよくわからなかった。(同前)

つまり、渡辺昇は、余暇でも会社内のプロジェクトでも、故障、事故が起こったときにそれを「修復」する、そのような人間として現れる。書き手が渡辺昇の他者性の設定において、彼を修復者とすることに意識的であるらしいことがわかります。

しかし、彼の出現は、これまで「僕」がその相棒である「妹」と作ってきた空間に罅《ひび》を入らせます。「僕」の「確固としたいい加減な生き方」の牙城は、渡辺昇の介入によっていまだかつてないほどの存立の危機に立たされるのです。

「僕」は、鈍感で、既存の秩序に従順で、おまけに服装の趣味も悪い、「世間」を代表するような渡辺昇を嫌う。その「僕」のあり方に妹は激しく反発する。妹は「僕」にこれまで影響を受けてきており、「僕」の価値観をよく知るだけに、いよいよ激しく平凡な渡辺昇を嫌う兄の「好み」に対立するでしょう。しかし、その妹の攻撃に、「僕」もまた、平静ではいられないのです。

4　岐路の浮上

対立は、こんなふうに起こります。

それが、あのスパゲティーの日の対立を原型にするものであることは、そこからこの話がはじまっていること、また、そのときのやりとりで妹が「僕」に対して向けた批判を、そのまま「僕」が引き取り、自分の属性として語っているところからも明らかでしょう。スパゲティーの場面、先のやりとりの後、妹は、こう言いました。

「だいたいね、あなたの物の見方は偏狭にすぎるのよ」と彼女はコーヒーにクリームを追加して入れながら——きっとまずいのにちがいない——言った。「あなたはものごとの欠点ばかりみつけて批判して、良いところを見ようとしないのよ。何かが自分の規準にあわないとなるといっさい手も触れようとしないのよ。そんなのってそばで見てるとすごく神経にさわるのよ」（同前）

それで冒頭から、「そういうのは世の中にはよくある例なのかもしれないけれど、僕は妹の婚約者がそもそもの最初からあまり好きになれなかった」、しかし、「あるいはそんな風に思うのは僕が偏狭な性格であるせいかもしれない」というようにして、この物語は語りはじめられたのでした。

話は、この「僕」と妹の対立、というよりも、妹からなされる「僕」への批判と、それを受けとめる「僕」の反応を基軸に、進んでいきます。妹は苛立つ。「僕」にもう少し「生き方」を改めてはどうか、と言う。それに「僕」は抵抗する。その攻防は渡辺昇の侵入によって頂点を迎えます。この小説の中で「僕」はつねに冗談と機知で周囲を煙にまくのですが、一カ所だけ、その「僕」が真剣になる場面がある。それがその攻防の頂点の場面です。

渡辺昇が先にふれた鉄道事故が起こった場合の電車の折りかえし運転のダイアグラムを構築する話をした後で、食事をしながら、「お兄さんはどうして電機メーカーに就職したんですか?」と訊くと、たたみかけるように妹が言います。「この人はたいていの有益で社会的なものごとはあまり好きじゃないのよ」、「だから仕事先なんてどこでもよかったの。たまたまそこにコネがあったんで入っただけ」。これに「僕」が「そのとおり」と「力強く同意」すると、さらに妹が続ける。すると、ややあって、「僕」の態度が変わるのです。

「遊ぶことしか頭の中にはないのよ。何かを真面目につきつめるとか、向上するなんて考えはゼロなの」

「夏の日のキリギリス」と僕は言った。

「そして真面目に生きている人をはすに見て楽しんでるのよ」

「それは違うね」と僕は言った。「他人のことと僕のことは別問題だ。僕は自分の考えに従って定められた熱量を消費しているだけのことさ。他人のことは僕とは関係ない。はすにも見ていない。たしかに僕は下らない人間かもしれないけど、少くとも他人の邪魔をしたりしない」（同前、二カ所目の傍点は引用者）

ここで、妹の批判のどういう個所が「僕」の態度を変えさせているかを見ておくことは、よいことかもしれません。「真面目につきつめ」ない。「向上」心なんてまったくない。そう言われても「僕」は動じません。「夏の日のキリギリス」と嘯《うそぶ》いています。でも、「真面目に生きている人」を「はすに見て」いる、と言われると、「それは違うね」といわば真面目に抗弁するのです。後にふれますが、ちょっとだけ言っておくと、自分は「他人」がどうであれ、それを批判するようなことはない、「他人のことと僕のことは別問題だ。僕は自分の考えに従って定められた熱量を消費しているだけのことさ」とここに適切に定義されている「僕」の「確固としたいい加減な生き方」の原理が、この章でカントの言葉を借りて、「マクシム（格率）」と呼んでみたいものです。簡単に言っておくと、これまで人は、モラル（道徳）というと、言い方としては「……すべきだ」と述べてきたし、そう考えてきた。これを、そのうち他の人への働きかけの部分を遮断し、「（人のことは知らないが少なくとも自分は）……することにしている」という自分向けのルールに「寸づまり」にしたものがマクシム（格率）にあたります。いわば、自分にだけ適用するルールあるいは個食用のモラルが、マクシムだと言ってよい。妹が「僕」を批判する。「真面目に生きている人をはすに見て楽しんでる」のだと言う。すると、それに、「僕」の個食用モラル、マクシムが、ぴくんと反応する。「確固としたいい加減な生き方」の論理、原理が、洗い出され、立ち現れてくるのがこの個所なのです。

　続いて、渡辺昇は「お兄さんはまだ結婚するつもりはないんですか？」、とこれもなかなかよい、渋い質問を向けます。「なんだかまるで仲の悪い夫婦が客を呼んだような具合だった」と「僕」は面白い感想を洩らすのですが、また、この問いを冗談ではぐらかすと、渡辺昇は、でも妹とは「一緒に暮してたじゃないですか？」と言う。「まあ妹だからね」。受け流すと、妹が再び介入してきます。

「それはあなたが好き放題やってても私が一切口を出さなかったからよ」と妹が言った。
「でも本当の生活というのはそういうものじゃないわ。本当の大人の生活というのはね。本当の生活というのは人と人とがもっと正直にぶつかりあうものよ。そりゃたしかにあなたとの五年間の生活はそれなりに楽しかったわ。自由で、気楽でね。でも最近になって、こういうのは本当の生活じゃないと思うようになったの。なんていうか、生活の実体というものが感じられないのね。あなたはまるで自分のことしか考えてないし、真面目な話をしようとしても茶化すばかりだし」

「内気なだけなんだ」と僕は言った。

「傲慢なのよ」と妹は言った。

「内気で傲慢なんだ」と僕はワインをグラスに注ぎながら渡辺昇に向って説明した。

「内気と傲慢の折りかえし運転をしてるんだよ」（同前）

このように読んでくると、この作品が、態度としてのデタッチメントの生み出された起点としての「午後の最後の芝生」(24)の場所から、遠くその態度を持続させてきた営為の果て、いわばその最後の突端で、書かれている、という感じがわれわれにきます。あの短編でも、その次の「土の中の彼女の小さな犬」(25)でも、また『羊をめぐる冒険』でも、語り手「僕」のつきあっている相手は、「僕」から離れていくのですが、当初、「私は自分が（あなたに――引用者）何かを求められているとはどうしても思えないのです」と語られた語り手「僕」への訴えが（「午後の最後の芝生」）、ここでは、「あなたとの五年間の生活はそれなりに楽しかった」けれど、「でも最近になって、こういうのは本当の生活じゃないと思うようになったの」と、もっとはっきりした内実を伴う形で言明されていると、読めるからです。

先の「マクシム」と呼んだ生き方の原理、他の人間に迷惑はかけない、しかし、他の人間からも迷惑をかけられずに「自分の考えに従って定められた熱量を消費してい」くだけの生き方とここで述べられていることが、「午後の最後の芝生」以来、彼に摑まれた「態度としてのデタッチメント」の原理化にほかならないことは、こう見てくるなら、明らかでしょう。これに対し、それはおかしい、ここには社会へのコミットメント、他者への関与、思いやりを基軸とする「本当の大人の生活」が欠けている、と妹は言う。こういうコミットメントの側からの批判が、はじめて「僕」のデタッチメントに対置されるのが、この場面なのです。

ところで、ここでこの二つは、意味深いひとつの岐路を形成しています。単に対立しているのではない。対立よりも意味ある、興味深い岐路です。

これまで述べてきた村上の短編の前期世界全体の意味とも関わるところなので、その岐路の意味をはっきりさせるために、二つ、この岐路にかかわる別の小説家の作品を導き入れてみましょう。

5 『キッチン』における「クラスメート」の批判

一つ手がかりとなるのは、吉本ばななの『キッチン』です。英訳はよく知られていますから、読んでいる人も多いでしょう。

ここにもこの妹からの「批判」とよく似た、いわば「いい加減」であることへの批判が主人公の桜井みかげに対してなされています。でも、二つは、違う。その違いから、「ファミリー・アフェア」における岐路の微妙な色合いが浮かびあがってきます。

ここまで述べてきた村上の前期短編三部作はすべて、一九八五年に書かれていますから、一九八七年に『キッチン』でデビューする吉本ばななはまだ小説家として登場していません。だから比較というのもおかしいのですが、しかし、この村上の前期短編三部作と吉本の第一作の間には、たぶん偶然でしょうけれども、いくつかの照応関係、というか、符合があります。ひとつは、「象の消滅」と「キッチン」の関係。「象の消滅」では「僕」と雑誌編集者の女性の間でキッチンをめぐるやりとりが交わされるのですが、彼女が「台所」と言うと、「僕」がそれを「キッチン」と言い直す。「台所には本当に統一性が必要なのかしら?」と彼女が言うと、「台所じゃなくてキッチンです」と「僕」は答えます。「どうでもいいようなことだけど、会社がそう決めているものですから」。

その逆を行くように、吉本ばななの第一作は、タイトルこそ「キッチン」ですが、作品本文でその語はほぼ全面的に「台所」と置き換えられています。「象の消滅」の「僕」に対し『キッチン』の主人公である桜井みかげは、「キッチンじゃなくて台所です」「どうでもいいようなことだけど、作者がそう決めているものですから」と言うようなのです。「キッチン」の語は、『キッチン』にただ一度、第一部「キッチン」の最後に出てくるだけです。ですからこの小説は、――最初の新人賞受賞作の形＝第一部で言うと――「私がこの世でいちばん好きな場所は台所だと思う。」と「台所」の語ではじまり、最後、「夢のキッチン。」というフレーズで「キッチン」の語が、はじめて一度だけ現れ、そこで終わる、そういう台所小説になっているのです。

両者の符合は、それにとどまりません。もう一つ面白い照応関係があります。「キッチン」で、最後の係累であるお祖母さんに死なれ、天涯孤独の身となったみかげは、その後、お祖母さんの知り合いの若者である田辺雄一の家に寄宿し、ともに生活します。第二部「満月――キッチン2」になると、雄一のお母さん（実は男性で雄一の実父）であるえり子さんがストーカーの暴漢に殺され、今度はみかげがいまやたった一人の親を失った友人の雄一を助ける立場におかれますが、そのみかげに、雄一のクラスメートだと名乗る女子学生がやってきて、こう非難するのです。

「（略）……今日はお願いがあってやって来ました。はっきり申しあげます。田辺くんのことを、もうかまわないで下さい。」

彼女は言った。

（略）

「だって、おかしいと思いませんか。みかげさんは恋人ではないとか言って、平気で部屋に訪ねたり、泊まったり、わがまま放題でしょう。同棲してるよりも、もっと悪いわ。」彼女の瞳からは涙がこぼれそうだった。（『キッチン』）

クラスメートがさらに、みかげが一緒に住んでいるために雄一がどっちつかずになっている、と言いつのるのに、みかげが「もう（雄一の家には——引用者）住んでないわ。」と「ちゃちゃを入れる形にな」ると、

「でも、みかげさんは恋人としての責任を全部のがれてる。恋愛の楽しいところだけを、ラクして味わって、だから田辺くんはとても中途半端な人になっちゃうんです。そんな細い手足で、長い髪で、女の姿をして田辺くんの前をうろうろするから、田辺くんはどんどんずるくなってしまう。いつもそういう中途半端な形でつかずはなれずしていられれば、便利ですよね。でも、恋愛っていうのは、人が人の面倒をみる大変なことじゃあ

ないんですか？　そういう重荷をのがれて、涼しい顔をして、何でもわかってますっていう態度で……もう、田辺くんを離してあげて下さい。お願いします。あなたがいると田辺くんはどこにも行けないんです。」（同前）

こう批判する。

面白いでしょう。このクラスメートは、ある意味で「ファミリー・アフェア」における妹が、主人公「僕」を批判するのと、とてもよく似た言い方で、『キッチン』の主人公桜井みかげを非難するのです（英訳には、残念ながらこのニュアンスは余り伝えられていません）。一方は、「本当の生活というのは人と人とがもっと正直にぶつかりあうもの」で、自分たちが続けてきたようなものは「本当の生活じゃない」と言うのですが、それがここでは、「恋愛っていうのは、人が人の面倒をみる大変なことじゃあないんですか？　そういう重荷をのがれて、涼しい顔をして、何でもわかってますっていう態度で」いるのはおかしいのではないか、と言われています。そしてともに、その作品の主人公がその「いい加減」さ、「中途半端」さを「本当の生活」、「人が人の面倒をみる大変なこと」を盾に、批判されるのです。

これに、二人の主人公は、珍しくこのときだけは真剣に対応します。

『キッチン』のこのくだりでも、この後、主人公の桜井みかげは、非難の矛を収めずにくどくどと彼女を責め続けるクラスメートに、とうとう、「これ以上何かおっしゃりたいなら」「泣いて包丁で刺したりしますけど、よろしいですか。」と、このときだけは例外的に、激していいます。

このあと、彼女はこれを、「我ながら情ない発言だと思った」と反省するのですが、この時にはつい思わず、そう言ってしまう。両方の場面の「僕」とみかげの態度の底には、「いい加減」であること、「中途半端」であることを、どんなことがあっても「確固とした守る、とでもいうべき、——豆腐状のものを鉄箱に容れた——あの「鉄壁の構造」が共通しているのです。「いい加減」であること、「中途半端」であることが、両者にとって、ここだけは譲れない——「いい加減」にできない、「中途半端」にすませられない——一線となっているのです。

6 『ライ麦畑でつかまえて』における「妹」の批判

でも、一点だけ村上の「ファミリー・アフェア」と吉本の『キッチン』では、違います。それは、クラスメートからなされる非難が『キッチン』では主人公からも書き手からも一顧だに与えられない、独善的で紋切り型のばかげたものと見なされているのに対し、「ファミリー・アフェア」での妹の批判は、「僕」によってもまた書き手によっても、一概にばかげたものとは見なされず、逆に、一理あるもの、一概に否定できないものと受けとめられているように感じられるという、その点です。

「僕」は言います。「内気なだけなんだ」と。妹が言います。「傲慢なのよ」と。「僕」は「内気と傲慢の折りかえし運転」をしているのだと返す。彼はここで、いやに弱気なのです。

彼は、痛いところを衝かれている。

彼女は、急所を衝いている。

これが二つ目の作品の連想を誘うところです。

ここは、僕の読書経験から言うと、『ライ麦畑でつかまえて』(『キャッチャー・イン・ザ・ライ』)の妹フィービーと兄ホールデンの名高いやりとりを彷彿とさせる個所ともなっています。「ファミリー・アフェア」が兄と妹の物語であること、そのことのうちに、すでに『ライ麦畑でつかまえて』の主人公ホールデンと妹フィービーの対照が埋め込まれているかも知れません。この後、村上自身がこの作品を翻訳していることを考慮するなら、先の「ファミリー・アフェア」の兄妹のやりとりは、たぶん、この時点でもすでに何度か読んでいただろうこの作品における兄妹のやりとりの、無意識の「本歌取り」の場面と読めるのです。

「ファミリー・アフェア」は兄と妹の話ですが、『ライ麦畑でつかまえて』もその大本は兄ホールデンと妹フィービーの物語です。

よく知られた小説で、僕にとってもなかなか忘れられない作品ですが、その割には読まれていないことでも知られていますから、あらすじをざっと説明してみましょう。これは、十二月の数日の物語です。この世の中は汚辱に充ちていると信じてやまない十六歳のホールデン少年が、学校に反逆し、放校され、クリスマス休暇の時期のニューヨークを三日間彷徨します。二日目の夜、ホールデンは例外的に信頼する妹のフィービーに会うため、そっと両親の留守の間に家に忍びこむのですが、そこでの会話が、件《くだん》のやりとりの場面なのです。

ホールデンは、もう死んでいまはいない弟のアリー、機知にあふれ、小さいのにしっかりした自分の意見をもつ可愛い妹のフィービー、そうした幼い者たち、無垢な存在への想いを自分の心の中に大切にしまっています。そして、彼らを守るべく、世の大人たちの偽善、まやかしに立ち向かってきました。ところが、そのフィービーに久しぶりに会い、親しく言葉を交わした後、ホールデンがまたも学校を「追い出された」ことがわかると、少し時間をおいて、ふと、フィービーが言うのです。

「兄さんは世の中に起こることが何もかもいやなんでしょ」

彼女にそう言われると、僕はますます憂鬱になった。

「違う。違うよ。絶対にそんなことはない。だからそんなことは言わないでくれ。なんだって君はそんなことを言うんだ?」

「だってそうなんだもの。兄さんはどんな学校だっていやなんだ。いやなものだらけなんだ。そうなのよ」(『ライ麦畑でつかまえて』野崎孝訳)

「違う!」、絶対にそんなことはない。ホールデンが言い返すと、フィービーが言います。それなら、一つでもいい。「好きなもの」があったら、それを「言ってごらんなさい」と。

この小説の表題となっている「ライ麦畑」の「つかまえ役《キャッチャー》」は、ここから来ています。つまり、ホールデンは、自分の好きなもの、というので、最初、弟のアリーを挙げる。でもフィービーは、もうアリーなんて死んでいる、駄目だ、と言う。そうではなくて、「実際のもの」、現にいまあるもの、この世の中で、これなら自分は心から肯定できる、イエスと言える、そういうものを挙げないといけない、そう要求します。そういうものがホールデンにはないのではないか。ホールデンは、何もかも、否定する。そしてそのことに何の疑問も感じない、ただ反逆するだけの、痩せた人なのではないか。そうしてますます世に背を向け、貧相になっていくのではないか。可愛いフィービーは、かくも恐ろしい問いをホールデンに投げかけるのです。

これはどういう問いでしょう。

いつかジョン・レノンがオノ・ヨーコとの出会いについて述べたものを読んだことがあります。ジョンがあるとき、とあるギャラリーで開かれていた個展を覗くと、前衛美術の作品が並んでいて、その一つに天井に張られたキャンバスの小さな字を脚立に上り、虫眼鏡で見るという趣向のものがあったそうです。ジョンは天井近くまで上り、虫眼鏡を手に取った。六〇年代のことですから、きっと、NO! とか、FUCK YOU! とか書かれているんだろう、そう思いながら覗くと、小さくYESと書いてあった。彼にとっては心温まる最初の美術展だった、と述べています。そこから、それを作った美術家に関心をもち、オノ・ヨーコとの交遊がはじまるのです。

可愛いフィービーの問い、それは人生の急所を衝いています。ホールデン、この小説の語り手の「僕」は追いつめられます。

「一つでも言ってごらんなさい」
「一つでも? 僕の好きなものをかい?」(同前)

でも、思い浮かばない。彼は考える。そして、最後の最後に、一つだけ思いつく。心から肯定できる職業。「僕の好きな」職業。それが、子どもたちがライ麦畑で遊んでいる。何千といる。その端に崖がある。その崖のふちに誰か立っている。ライ麦畑のキャッチャー、つかまえ役です。子どもたちが崖から落ちないように見張り、かつ、落ちそうなときは捕まえて助ける、「ライ麦畑のキャッチャー」。そういうものにだったら心からなりたい。心からイエスと肯定できる。そう彼は答えます。「ライ麦畑のつかまえ役」は、こうしてホールデンが最後に見つける、ただ一つ、この世にある、肯定できるもの、YESと言えるものとして彼の口に浮かぶのです。

「ファミリー・アフェア」も同じ構造をしている。妹も「僕」に言います。

「どうして努力しようとしないの？ どうしてものごとの良い面を見ようとしないの？ どうして少くとも我慢しようとしないの？ どうして成長しないの？」
「成長してる」と僕は少し気持を傷つけられて言った。
「我慢もしてるし、ものごとの良い面だって見ている。君と同じところを見てないだけの話だ」（「ファミリー・アフェア」、傍点引用者）

右の傍点部分のジェイ・ルービンによる訳は、“Now she had touched a sore spot.”（彼女は痛いところを衝いていた）ですが、たしかにこの妹の批判は、「僕」の痛いところ、急所を衝いているのです。「僕」もまたある意味では自分のもっとも信頼している存在に、言われているのです。「どうして成長しないの？」、なぜ、この世を否定しかできないのか、と。

そしてそれはまた、『ライ麦畑でつかまえて』の場合と同様、書き手自身の声でもある。社会に対する否定と、肯定と。デタッチメントと、コミットメントと。その二つのものへの岐路は、作品に現れていると同時に、書き手自身の内部の葛藤としても存在しています。「ファミリー・アフェア」の書き手は、『ライ麦畑でつかまえて』の書き手が、自分の中にホールデンとフィービーとの双方の見解を住まわせているように、自分の内部に、「僕」の生き方と妹のそれへの懸念とを、併せ、もっているのです。

そこが『キッチン』と違う。それにはそれだけの理由があり、ここでは踏み込んで述べませんが、村上のこうして作りだしたマクシムの場所――「僕なりに確固としたいい加減な生き方」――が、吉本にとっての自明な出発点となっている、というのがその理由です。吉本は、村上がたどり着いた第一の中間地点、そこを出発地点として、そこからはじめるのです。とにかく、『キッチン』の雄一のクラスメートの非難とは異なり、「ファミリー・アフェア」の妹の批判は、「僕」の痛いところを衝き、また書き手から見ても「一理ある」ものとしてここに現れているのです。

僕はそこに、この小説の基本的な姿勢がよく現れていると思う。「僕」は妹に批判される。その批判は当たっています。では、その批判は「僕」にどうするよう、促すのか。「パン屋再襲撃」の場合と異なり、「ファミリー・アフェア」の「僕」は、妹から働きかけられて変わるのではありません。彼は変わる。しかし、内側で、カギを開け、自分で内閉世界から外に出ていく。「ファミリー・アフェア」はここに来て、前二作とは異なる、いわば自力更生型の内的な回復の劇を、この後、読者の前に展開することになります。

7　エイリアンの卵

新しい回復劇は、こんなふうに展開します。

渡辺昇がやってきて、ちょっと「ひとっ走りして」はんだごてを買い、それでステレオ・セットの故障を修理してくれた日、食事が終わると、「僕」は気をきかせて「しばらく近所を散歩してくる」と妹に言い、外出します。「十時過ぎまでは帰ってこないから、二人でゆっくり楽しめばいいよ。シーツとりかえたんだろう？」

近所のバーに入ると、カウンターの中のTVが巨人・ヤクルト戦をやっています。しかし「音は消されて」、代わりに音楽がかかっています。得点は三対二でヤクルトがリード。「無音のTVを観るというのもなかなか悪くないな、と僕は思った」。機能不全の主題はこの場面でも、まだ作品に生きています。

さて、「ひとつ置いてとなりの席」にいる二十歳前後の女の子と話すと、彼女は自分は巨人のファンだが、あなたは「どこのチームが好きか」と訊きます。「どこだっていい」

と「僕」は答える。クールな彼は、「ただ試合そのものを見ているのが好き」なのです。

「そういうのどこが楽しいのかしら?」と彼女は訊いた。「そんな風に野球見ても熱中できないでしょ?」

「熱中しなくてもいいんだ」と僕は言った。「どうせ他人のやってることなんだから」

(同前)

部屋のステレオ・セットは渡辺昇の手で直されたものの、彼の内部のステレオ・セットは、いよいよ深く故障したままなのでしょう。やがて、お定まりの手順を踏んで、「僕と彼女はそのバーを出て、もう少しゆったりとした椅子のある店に移」り、そこでまた飲酒を重ね、「僕」は「その女の子を送って彼女のアパートの部屋に行き、当然のことのようにセックスをし」ます。彼には経験ある、「座布団とお茶を出されるのと同じような」――個食用――セックスです。

「電気を消してよ」と彼女が言ったので、僕は電気を消した。(略)暗い上にかなり酔っていたものだから、いったい何をやっているのか自分でもよくわからないくらいだった。そんなものはセックスとも呼べない。ただペニスを動かして、精液を放出するだけ

のことだ。（同前）

行為が終わると「待ちかねていたように」女の子が「眠りこんで」しまうので、「僕」は「ろくに精液も拭きとらずに服を着こんで」部屋を出ます。「暗闇の中で女の服とまぜこぜになった僕のポロシャツとズボンとパンツを探しあてるのは一苦労」でした。さて、外に出ると酔いが回って「まったくひどい気分」です。「僕」は「酔いざましに自動販売機のジュースを一本飲」みますが、「飲み終えるのと殆んど同時に」「胃の中のものを全部路上に吐」いてしまいます。「ステーキやスモーク・サーモンやレタスやトマトの残骸」が路上に広がります。するとひとつの感想が頭に浮かんできます。

やれやれ、と僕は思った。酒を飲んで吐くなんていったい何年ぶりだろう？　俺はいったい最近何をやっているんだろう？　同じことをくりかえしているのに、くりかえすたびに悪くなっていくみたいじゃないか。

それから僕は脈絡もなく、渡辺昇と彼の買ってきたはんだごてのことを考えた。「はんだごてってひとつあると便利ですから」と渡辺昇は言った。

健全な考えだよ、と僕はハンカチで口を拭きながら思った。君のおかげで今や我が家にもひとつはんだごてができた。しかしそのはんだごてのせいで、そこはもう僕のすま

いではないようにさえ感じられる。(同前)

渡辺昇がやってくる。そしてそこにひとつ、エイリアンの卵ともいうべきはんだごてを「産みつけて」いく。するとこれまで「僕」が妹と作り上げてきた「僕なりに確固としたいい加減な生き方」の完全独立空間——彼のスペース・シップ——が、みしみしと音を立て、罅《ひび》を走らせはじめる。

しかし、その「僕のすまい」はここから、どのように壊れていくのか。
この物語は、その後、さらに精妙な段階を踏んで進んでいきます。

8　二つの帰還

彼はアパートに帰ります。「真夜中すぎだった。もちろん玄関のわきにはオートバイの姿はなかった。(略)台所の流しの上の小さな蛍光灯がひとつついているだけで、あとはまっ暗だった」(傍点引用者)。

さて、だいぶ遅まきの分析ですが、この小説の構造を前二作に倣って分析すれば、この個所の描写は、一つの指標となるでしょう。なぜなら、この小説には二回、主人公が夜、アパートに帰ってくる場面があって、そのいずれも帰ると部屋は「まっ暗」だからです。

一度目は、スパゲティーの喧嘩のあった日。五月の日曜日。その日、喧嘩した後、僕は女の子を誘い出し、寝ようとしますが、彼女が生理だったために、やむなく家に送るだけで帰ってきます。途中、車が「耳ざわりな音を立て」、彼の身のまわりの機能不全が見えてくる。あの最初の日のことです。

アパートの部屋はまっ暗だった。僕は鍵を開けて電灯をつけ、妹の名前を呼んだ。しかし彼女はどこにもいなかった。まったく夜の十時にどこに行っちまったんだ、と僕は思った。(同前、傍点引用者)

物語は五月の日曜日のスパゲティー・ハウスにはじまり、渡辺昇のやってくるやはり五月の妹の作るステーキの日曜日で終わるのですが、こうしてわかることは、この小説が、ほぼ同型の二つの日曜日のユニットから成立していることです。最初のユニットでは、「僕」は妹と喧嘩し、女の子に連絡してデートに誘いだし、セックスすることに失敗してアパートに帰ってくる。すると「アパートの部屋はまっ暗だった」。そこで彼は、部屋のステレオ・セットが故障して、音楽も聴けないことに気づきます。彼の世界の機能不全が明らかになります。第二のユニットは渡辺昇のやってくる日曜日。彼は妹からなかなかきつい批判を受け、それを受け流し、やはり外出し、近所のバーで女の子をハントし、だいぶ悲惨なセックスを行った後、路上で、嘔吐し、アパートに帰ってきます。またしてもアパートの部屋は「まっ暗」だった。ただし今度は、「台所の流しの上の小さな蛍光灯がひとつついている」のです。

妹はたぶん愛想をつかして先に寝てしまったのだろう。その気持はわかる。(同前)

彼は思います。それから、前回はビールでしたが、今回はジュース。それを手に取る。すると、少しして、一つの覚醒が彼にやってきます。

僕はグラスにオレンジ・ジュースを注いで一息で飲み干し、それからシャワーに入って石鹸で嫌な匂いのする汗を洗い流し、丁寧に歯を磨いた。シャワーを出て洗面所の鏡を見ると、自分でもぞっとするくらいひどい顔をしていた。ときどき終電車のシートで見かける酔払った汚い中年男の顔だ。肌が荒れ、目が落ちくぼみ、髪には潤いがない。(同前)

この彼に訪れる覚醒を、こう言ってみてもよいでしょう。彼は長いあいだ、彼なりに「確固としたいい加減な生き方」を確立し、社会との間にいわば非武装地帯を設定し、自分も相手に介入しない代わりに、相手にも一切自分の側への介入を許さないという関係を保ってきました。この作品では、その彼が語り手ですから、彼が本当のところ、何を考えているのかは、読者であるわれわれには知らされない。大学のとき、彼が何をしていたのかも、わかりません（彼と妹との四歳の年齢差がここでも有効に生きています。妹と同居をはじめると同時に、彼は社会に出る。妹は兄の学生時代がどういうものであったのかを知りません）。でも、彼が高校生の頃から大学時代を通じ、ずうっとガールハントにだけ精を出してきた根っからの遊び人だとは思われない。彼が、その「いい加減な生き方」を彼なりに「確固とした」態度決定の末に、確立してきたというのは、先に引いた珍しく真剣な妹への「抗弁」などから、どう考えてもたしからしいからです。

しかし、気づいてみたら、いまやそこにあるのは明瞭な態度決定の末に確立されたところの鉄箱に収納された「いい加減な生き方」ではなくて、単に「いい加減」である「生き方」と、何ら変わらないものにすぎなかった。彼は、鏡の中に、「自分でもぞっとするくらいひどい顔」をした、「ときどき終電車のシートで見かける酔払った汚い中年男」と何ら変わるところのない自分を見いだす。「いい加減な生き方」とは、たとえ厳密に態度決定されたとしても、続けていけば、単に「いい加減な生き方」であるものへと、拡散、頽落せざるをえないものなのではないか。自分は何者かのつもりで自分の「生き方」を貫いてきたと思っていたが、実はただの「いい加減な」中年男にほかならなかったのではないか。そう思うべきなのではないか。

それが彼の覚醒の内容にほかなりません。

彼は愕然とする。しかし、思い直し、気を取り直して、バスタオルを腰に巻きつけ、明日になればなんとかなるさ、「オブラディ、オブラダ、人生は流れる」、まあ、いいだろう、と思いつつ、「水道の水」を飲む。すると、

「ずいぶん遅かったのね」とうす暗闇の中から妹が声をかけた。彼女は居間のソファーに座って一人でビールを飲んでいた。(同前)

妹が起きていて、「僕」を待っています。そして、しばらく話を交わすと、「ねえ、私たちのせいで疲れたの?」と「僕」に尋ねてくるのです。自分も結婚をするというので、ナーヴァスになっているのかもしれない。違う世界に出るということが「怖い」のだ。そのため、「あなたにあたってる」のだろうか。「あなたにひどいこと」を言ったのだろうか。「つまりあなた自身についてとか、あなたとの生活についてとか……?」

これに対し、「いや」、「君はここのところずっと正当なことしか言ってない。だから気にすることはない」と「僕」は答えます。「でもどうして急にそんなこと思ったんだ?」

「彼が帰っちゃってからずっとここであなたの帰りを待っているうちに、ふとそう思ったの。ちょっと言いすぎたんじゃないかってね」(同前)

そんなふうに妹と話していると、不思議な感覚が徐々に彼を包みはじめます。もっともこれは本文には出てこない。読者としての僕が勝手にそう思うことです。自分は不安なのだ、という妹に、「僕」は「良い面だけを見て、良いことだけを考えるように」せよ、「悪いことが起きたら、その時点で考えるようにすればいい」のだ、とアドヴァイスします。でもそれは、実は先刻、夕食後のやりとりで渡辺昇が「でも、結婚するのって、なんだか怖いですね」といま妹が言うのと同じ不安を口にしたときに「僕」の述べるアドヴァイスと同じアドヴァイスなのです。そして先のときは、渡辺昇にそう言い、「他人のことだからね」(だからアドヴァイスなんて簡単だよ、ということでしょう)、そうつけ加えた。つけ加えないではいられなかった。バーで会った女の子に「どうせ他人のやってることなんだから」自分は「熱中しなくてもいいんだ」、と言ったのと同じ、いつも人に言う口癖ふうの偽悪の弁です。人に親切にすることはやはり関わりをもつことでもあるので、彼にとっては、怖いことなのかもしれません。でも、今回は、何も言わない。「僕は渡辺昇に言ったのと同じ科白をくりかえした」。そのことは断られる。でも今度は「他人のことだからね」という、この偽悪の弁はくり返されないのです。

「ねえ、ひとつだけ質問していいかな?」と僕はビールのプルリングを取って言った。
「いいわよ」
「彼の前に何人男と寝た?」(同前)

これに妹は「少し迷ってから、指を二本出した。『二人』」と、あります。でも、どちらかといえば不躾《ぶしつけ》なこの「僕」の問いに、なぜ勝ち気な妹がこの場面で素直に答えているのでしょうか。これまでなら、必ずや、「何であなたにそんなことを訊かれなくちゃならないの?」くらいであしらうか、怒ってみせるところでしょう。でも妹は静かに答える。——この問いが、「僕」の彼女への思いやりの延長で出てきていることを、彼女が自分でも気づかないくらいの自然さで、感得しているからにほかなりません。何しろ、こんなふうに彼が揶揄からでなく、素朴に他人に関心を示し、問いを発するということは、作中、かつてないことなのです。

その先で、妹は訊く。自然に問いが出てくる。「ねえ、彼のことどう思う?」。それに「僕」は答えます。正直に答えるのです。

「まあ悪い男じゃない。僕の好みじゃないし、服装の趣味もちょっと変ってるけど」と少し考えてから僕は正直に言った。
「でも一族に一人くらいはああいうのがいても悪くないだろう」(同前)

ここで、彼の中で何が起こっているのか。それを僕は、彼の中であの「僕なりに確固としたいい加減な生き方」の鉄の箱が、壊れようとしているのだ、と言いたい。それが崩壊しようとしている。こうして、この小説は、これまで村上の短編の前期世界をささえてきた主人公におけるデタッチメントの態度、あのマクシムとも言うべきあり方の、崩壊を描く。「ファミリー・アフェア」は、そういう意味で前期短編三部作の最後の作品なのです。

9 カントと村上

マクシムとは何でしょうか。

マクシムという言葉は、ふつう、箴言《しんげん》というようにも訳されていて、たとえば十七世紀フランスに生きたラ・ロシュフーコー公爵の『マクシム』の訳題は『箴言集』と言います。この語を哲学的な一概念として用いたのは十八世紀ドイツの哲学者イマヌエル・カントです。彼が道徳について述べた著作の一つは『実践理性批判』(一七八八年)ですが、そこでカントは、こういう意味のことを言っています。

実践理性とは、善きものに向かおうとする人間の能力のことである。その原理を次の命令として要約できる。つまり、「君の意志のマクシム（格率）が、つねに同時に普遍的な立法の原理として妥当しうるように行為せよ」というのが、その命令であると。

簡単に言うと、カントは、道徳つまりモラルの基礎を築くのに、格率つまりマクシムをその土台とするのです。

ここに言うマクシムとは、先に個食用のモラルと言いましたが、より正確に言えばある個人が自分なりに決めた、自分だけに適用する自分用のルールです。カントは、その自分用のルール（＝マクシム）が、誰にでも適用されうるルールと一致するよう心がけて行為するようになさい、するとそれが普遍的なモラル（道徳）となる、育っていく、育っていかざるをえないと言うのです。

普遍的なモラル。普遍的に正しい、とはどういうことでしょう。

たとえば、幼い子供が上半身を乗りだして深い井戸をのぞき込もうとしていたら、誰でも、そばに行って「危ないよ、そんなことをしちゃいけないよ」とその身体を押さえるでしょう。溺れている人がいたら、誰もが夢中で助けようとするでしょう。そのように、誰がいつ、どう考えてもこうするのが正しい、と感じるだろう、とわれわれに思える種類の行為がありますね。時にはその通りにできないかもしれない。けれども、そうするのが正しいという判断は、その人のうちにある。困っている人がいたら、助ける。そういう行為は、いつ、誰にでも、善い行為、正しい行為として妥当する普遍性をもっている。そのような普遍的に正しい行為があるだろう、それを普遍的なモラルと言うのだと、カントは述べるのです。

たとえば、ものを盗んではいけない、嘘をついてはいけない、人を殺してはいけない、と言われれば、われわれはその通りと思います。それらが、そういう誰にも、どんな場合でも言える、善いこと、正しいことの例です。言葉としては「してはいけない」ですが、そのもとに、正しいこと、善いことの規範がある。その隠れているものを取り出すなら、他人の所有は最大限尊重しなければならない、人には本当のことを言わなければならない、人間の生命は最大限尊重しなければならない、となるでしょう。これらは、そういう正しいこと、善きことの規準（普遍的なモラル）から出てくる「してはいけないこと」なのです。

その一方で、誰にでも、いつでも妥当するというのではないが、自分では、こうすることにしている、という自分用のルール、決まり、行動原理というものがあります。村上の主人公で言えば、たとえば『ねじまき鳥クロニクル』の主人公は、アイロンをかける順序をゆるがせにしません。また、「ファミリー・アフェア」の主人公は人には係わろうとしない代わり、「真面目に生きている人」を「はすに見て楽し」むことはしません。でもこういう例を出してもピンと来ないでしょうから、別の例を出しましょう。僕の知っている範囲で言うと、吉行淳之介という小説家がどこかで書いていた、自分が愛人と喧嘩する、その場合、うやむやのうちにセックスでそれを解消しない、自分はそういうことはすまいと心がけている、というような述懐がそれにあたります。

別に誰にでも適用できるルールではない。君もこうしなさい、と働きかける理由もなければ、働きかける気もない。でも、なぜか、そういうのは嫌だ。少なくとも自分はそうしたくない。だから人には勧めないが、自分は、こうする。こうすることにしている、と言うのです。

この場合、前者が、モラルであり、後者がマクシムです。

一見、マクシムとモラルはまったく関係ないように見えます。個食的で、どちらかというとセンスの問題ともいえる審美的なスタイルとしてのマクシムと、生き方における普遍的な善としてのモラル。このふたつに、どんなつながりがあるというのでしょうか。一言述べておけば、カントの、マクシムとモラル(「立法の原理」)を一致させなさい、という言葉は、マクシムを無理やりモラルに合わせるようにしなさい、と聞こえないこともありません。カントには何となく、美よりも善を重く見、個よりも普遍を重視する厳格なひとというイメージがあり、このカントの定言命法と言われるものもふつうにはそう受けとめられているのです。それで、カントの道徳論は堅苦しいと、いささか評判が悪い。けれども、僕の見方は少し違います。マクシムとモラルとは対立しない。この点にカントの定言命法がいまの時代に生きる可能性を見ておきたい。カントはそう明言しているわけではないけれども、マクシムには、モラルへと育つような芽、小さなモラルがきちんと含まれているのと思うのです。「君の意志のマクシム（格率）が、つねに同時に普遍的な立法の原理として妥当しうるように行為せよ」というほんの短い一文に、厳しい命令だけではなく、マクシムのうちの小さなモラル、個食用のモラルがきちんと育って、ほんとうの意味でのモラルに届くような、そういう自然でゆるやかな成育過程がじつは含まれていると、考えておきたい。考えてみたいのです。

こういう哲学の文脈を離れても、カントは、ふつうに、マクシムが自分を壊して、いずれモラルへと進展せざるを得ない、これはとても自然な道行きだ、と考えていると思います。というのも、これが「正しい」と言うときの「正しさ」はもとより、このほうが「よい」と言うときの「よさ」の個人的判断のうちにも、いわばまともな人ならみな自分と同じように思うはずだ、という自分以外の人への信憑というものが、含まれているからです。そう、むろんカントは考えているし、カントを離れても、自分で反省してみれば、そう確かめられます。

人を殺してはいけない、と言うとき、誰においても、その言明は、自分はそう思う、というだけではないはずです。皆さん、自分で思い返してごらんなさい。誰でも、そう言うときには、いつの時代のどんな人でもそう思うはずだよ、と思って、言っているでしょう。この言明には、そういう「誰でもそう思うはずだ」という信憑が分かちもたれている。これを普遍性への信憑と名づけるなら、吉行淳之介のように、愛人と喧嘩した際には、セックス抜きでしっかりと仲直りしたい、という言明との違いがわかります。誰でもそう思うかどうかわからない。いや、僕はうやむやのうちに、つい、セックスしちゃうけど、いいんじゃないかなあ、そんなに潔癖にならなくとも、という人がいても不思議ではないし、そのことでその人は責められるべきでもありません。みんな自分の生き方があるのです。でも、そうだとしても、もしあなたがまともなら、自分の意見に賛成するはずだ、という誰かへの信憑――どこかに自分のこの感じ方に賛成する人間がいる、それも一定程度いるはずだ、という信憑――が、ここにはあるのではないか、つまり、マクシムのうちにモラルの芽があるのではないか、とカントの定言命法は考えさせるのです。そういうものを、人は、審美観、と呼ぶのではないでしょうか。それは、自分はワイシャツにアイロンをかけるときには必ず襟からはじめる、というほぼ純粋に個人的な作業のルールとこれを比べてみれば、わかります。吉行のマクシムにはワイシャツのアイロンのかけ方とは違う、ある種の審美観、生き方の、態度表明となっている要素がある。その部分で、吉行は、一定の他人への信憑をそこに含めているのです。

そして個人のこの種の審美観、生き方は、たとえ自分にだけ適用される信念、マクシムとしてはじまっても、それが他者との関係のうちに鍛えられることを通じて、必ずや、他者との関わりの部分を強め、モラルへと育っていかないわけにはいかない。それが、実践理性、善きものに向かおうとする人間の基本的な能力の本性だとカントは語っていると思うのです。まあ、哲学史的に言うなら、そこにプロセス（時間の契機）を見るのは次の段階のヘーゲルなのかもしれないのですが、その芽はカントにあると言えなくはない。ですから、その基本的な能力の示す方向に逆らわず、自分の「意志のマクシム（格率）が、つねに同時に普遍的な立法の原理として妥当しうるように行為せよ」という言い方が生まれるわけです。

別の言い方をしてみましょう。人は誰でも自分のルールを持つことができます。自分のルールからはじめることができます。でも、ルールというもののはじまりはルソーが見抜いたように人と約束することなのです。どうしても四時までにある場所に行かなければならない。それは、「約束したから」なのですね。自分との約束の前に、人との約束がある。ルールというものの中に人との関係が、埋め込まれています。そこから、自分がしたのではない約束が先にある場合、それを守ることを受け入れることで、人はある社会のメンバーになる、ということも、生じてくる。ルールというのは人と人との関係の中に生きるのです。ですから、自分用のルールとて、例外ではない。その自分のルールをいつまでも自分だけのルールとして自分を律しようとすれば、そこには無理がかかり、やがて腐ります。ちょうど人と人の関係のうちから生じた貨幣を、人とやりとりさせず、さらに利益を生み出すようすがとせずに、壺の中にしまい込んで死蔵すると、そのお金が「腐る」と言われるのと同じです。マクシムは、マクシムのままでいると、腐る。村上の前期世界は、そのことの進行の過程を描くものでもあるのです。

短編で言うなら、前期世界は、「午後の最後の芝生」にはじまっています。そこで主人公は、他者と関われない「機能不全」と向かい合い、また態度としてのデタッチメントというあり方を抱え込みます。以後、「象の消滅」の最後で「僕」が言うように、「僕が便宜的になろうとすればするほど、製品は飛ぶように売れ」、「僕は数多くの人々に受け入れられていく」。村上のこのデタッチメント（関わりの断絶）の発明は、クールなものとして、世に受け入れられ、追従者をすら生み出していきます。けれども、三年がたち、「パン屋再襲撃」が描く段階になると、そのデタッチメントから生じた無理は、その本家本元の主人公の「僕」に「堪えがたいほどの空腹感」を与えるまでになっている。「象の消滅」の段階となると、逆に心惹かれる相手とすらうまく「関係」を作れないほど壁をまわりに高く築くまでになっているのです。「ファミリー・アフェア」では、それはもう苦しみのような形では現れていない。もっと深くまで浸透していて、もはや痛みを感じさせない。「ファミリー・アフェア」の「僕」は日ごと、ガールハントに忙しい。「僕なりに確固としたいい加減な生き方」を貫いている。しかし、彼の周囲で、彼の代わりに、さまざまな細部が、「機能不全」に陥っていきます。そして、みしみしと、その彼のデタッチメントの世界が壊れようとしているのです。

どのように壊れるのか。それは、自ら壊れる。マクシムは、そのままに置かれると、壺に死蔵される貨幣のように、「腐」り、そして、その苗床からモラルを芽吹かせずにはいないのです。

10 マクシムの自壊

「ファミリー・アフェア」は、そのマクシムの自壊をこそ描いているというのが僕の考えです。

それは、渡辺昇というエイリアンの出現と、「僕」の生きる空間であるスペース・シップへの侵入とをきっかけに起こる。しかし、映画「エイリアン」とは異なり、エイリアンによって崩壊の危機に瀕するのではなく、むしろ自分のマクシムがもはや自分を生かすものではないことを思い知らされることにより、崩壊は起こります。そもそも妹が彼から離れていくのは、妹が大学を卒業し、社会に出たことがきっかけでした。人は社会に出て行く。そして、外から見ている間は馬鹿げた、凡庸そのものとも見えたいわゆるサラリーマン的な世界が、馬鹿げており、凡庸であるそのままに、そこに自分も身を置くとさまざまな色合いに染まる空間でもあることに気づきます。書き手はそんなことは書いていない。

考えてすらいないかもしれない。けれども、この小説の設定は、そういうことを考えさせる。また、彼が業界人的自由をもちつつも、一般のサラリーマンと同様の世界に生きていることを思い出させもする。何より、その最も明らかな指標が、ファミリー・アフェアでしょう。つまり、子供がやがて、結婚して、家から独立していく。世代更新としての家族の営み。「僕」もまた、生きている限り、成長せずにはいない。そのことが、マクシムがマクシムのままではいられないことの根拠なのです。

「僕」は渡辺昇のやってきた日、弁解の余地のない悲惨なセックスをして、嘔吐する。そして家に帰ってきて、自分が汚らしい中年男にほかならないことに気づく。覚醒する。その覚醒が、「僕なりに確固としたいい加減な生き方」の世界を壊します。彼のマクシムの崩壊は、エイリアンの到来によって起こるというより、それをきっかけに自壊の形で生じ、彼に、エイリアンを、渡辺昇を、受け入れさせるように働くのです。

渡辺昇の持ち込んだはんだごては、「僕」の世界に産みつけられたエイリアンの卵、あるいは前線基地ですが、そこから世界が汚染されていくと、「僕」は、純粋さを失い、彼自身汚染されて、渡辺昇のような人間が、一人くらい自分の世界にいても、よいだろう、と思う。自分の壊れを経験し、閉ざされた自分の世界から、別の世界へと抜け出ていくのです。

さて、この自壊の後に、『ノルウェイの森』の世界が開かれてくることを、二年後に書かれるこの長編小説は、次のような仕方で教えているでしょう。

マクシムは、そのままに置かれたら腐る、ということをもっとも明瞭に例示するのが、『ノルウェイの森』に出てくる主人公ワタナベ・トオルの友人、永沢さんです。

永沢さんは、東京大学法学部に通う変わったエリートで、後には楽に外務省の上級試験に合格して外務省に勤めるのですが、同じ学生寮の住人として、凡人を自任する「僕」と、こんなやりとりを交わします。自分が外務省に入るのは「自分の能力をためしてみたいってこと」が「いちばんの理由」だ。国家という「このばかでかい官僚機構の中でどこまで自分が上にのぼれるか、どこまで自分が力を持てるか」試してみたいのだ、と。これに、「僕」は言います。

「なんだかゲームみたいに聞こえますね」

「そうだよ。ゲームみたいなもんさ。俺には権力欲とか金銭欲とかいうものは殆んどない。本当だよ。俺は下らん身勝手な男かもしれないけど、そういうものはびっくりするくらいないんだ。いわば無私無欲の人間だよ。ただ好奇心があるだけなんだ。そして広いタフな世界で自分の力を試してみたいんだ」

「そして理想というようなものも持ちあわせてないんでしょうね？」

「もちろんない」と彼は言った。「人生にはそんなもの必要ないんだ。必要なものは理想ではなく行動規範だ」（『ノルウェイの森』）

その「人生の行動規範」とは「どんなもの」なのかと訊くと、永沢さんは「紳士であることだ」と答えます。さらに「定義」を問うと、こう答える。「自分がやりたいことをやるのではなく、やるべきことをやるのが紳士だ」と。

ここに言う「理想」がモラルであり、「行動規範」がマクシムにあたっています。永沢さんは、モラルなんてものは必要がない、必要なのは、自分の行動を自分で律するための一人用の「行動規範」＝マクシムだというのです。

後段のやりとりは、「ファミリー・アフェア」の「僕」の行動原理が、「僕なりに確固としたいい加減な生き方」つまり「やるべきことをやるのではなく、自分がやりたいことをやる」であったのに対し、永沢さんの行動原理が、ちょうど逆にあたる「紳士であること」であることを教えています。内容は逆。でも自分だけに適用する「僕なりに確固とした」態度決定から生まれた「生き方」である点、同じです。

この永沢さんは、ハツミさんという素敵な女性と交際しています。しかし、永沢さんの外務省の上級試験合格を祝うレストランの席で、二人の間で口論が起こります。どうしてあなたは女遊びをするのか。「どうして私だけじゃ足りないの？」これがハツミさんの問いです。

永沢さんは、それは違う次元のことで、自分には「何かしらそういうものを求める渇きのようなもの」がある、それと君を大切に思うということは別のことなのだ、と力説します。あの「午後の最後の芝生」以来の「僕」の「関われなさ」の問題が、ここに来て永沢さんという特異な登場人物のもとに、しっかりと受けとめられ、問われるのです。ハツミさんは、その意味では、これまで登場してきた「午後の最後の芝生」の恋人、『羊をめぐる冒険』の主人公「僕」のもとの妻、「パン屋再襲撃」の妻、「象の消滅」の女性雑誌編集者、その他もろもろの女性登場人物からの真摯な思いを一身に集め、ある意味で村上の小説のデタッチメントの権化ともいうべき永沢さんに、「どうしてあなたはわたしとしっかりと関われないのか」、「自分を大事にしてくれないのか」と迫るのです。

彼女はさらに自分の女漁りに年下の「ワタナベ君をひきずりこむ」などと言いますが、すると、永沢さんは、自分とワタナベとは同じなのだと答えます。

「俺とワタナベには似ているところがあるんだよ」と永沢さんは言った。「ワタナベも俺と同じように本質的には自分のことにしか興味が持てない人間なんだよ。傲慢か傲慢じゃないかの差こそあれね。自分が何を考え、自分が何を感じ、自分がどう行動するか、そういうことにしか興味が持てないんだよ。だから自分と他人とをきりはなしてものを考えることができる（略）」

（略）

「俺とワタナベの似ているところはね、自分のことを他人に理解してほしいと思っていないところなんだ」と永沢さんが言った。「そこが他の連中と違っているところなんだ。他の奴らはみんな自分のことをまわりの人間にわかってほしいと思ってあくせくしてる。でも俺はそうじゃないし、ワタナベもそうじゃない。理解してもらわなくったってかまわないと思っているのさ。自分は自分で、他人は他人だって」（同前）

『ノルウェイの森』の永沢さんは、この後、外務省に入り、ドイツに行く。しかしやがて「僕」はもう二度と彼とは接触しなくなります。永沢さんは自分とワタナベは同類なのだというのですが、書き手がそれに対して出している答えは、いや、それは違う、ということでしょう。断絶のきっかけは、「永沢さんがドイツに行ってしまった二年後」、ハツミさんが「他の男と結婚」する。しかし、さらに「その二年後に剃刀で手首を切っ」て「ふと思いついたみたいに自らの生命を絶った」ことです。村上春樹の短編の前期世界の「僕」のマクシムは、たぶんその時点で、命脈を絶つ。この小説のなかのハツミさんの死は、別の形で、永沢さんのマクシムの自壊ならぬ、永沢さんの人間としての崩壊を語っているのだと、僕は思います。

11　凍結の終わり

さて、僕はここで、村上春樹が前期世界の主人公に付与することになった態度としてのデタッチメントを基礎づけるあり方を、カントの考え方から取って、マクシム＝個人用のルールと定義したのですが、それは、妥当でしょうか。また、妥当だとして、その場合、村上春樹の短編世界におけるマクシムの崩壊は、何を語っているでしょうか。

僕は、村上がむろん、カントを参照して、こういうあり方を考えたなどとは思いません。たしかに村上の二番目の（短めの）長編小説である『1973年のピンボール』の「僕」は、双子の女の子との生活の中でカントの『純粋理性批判』を「何度も読み返し」ていますし、そこには、ピンボールに仮託して、

> ピンボールの目的は自己表現にあるのではなく、自己変革にある。エゴの拡大にではなく、縮小にある。分析にではなく、包括にある。
> もしあなたが自己表現やエゴの拡大や分析を目指せば、あなたは反則《ティルト》ランプによって容赦なき報復を受けるだろう。（『1973年のピンボール』、傍点引用者）

というような注目すべき指摘も見られます。でも、たとえ両者の間に何らかの連関があるとしても、それは、村上がカントから何らかの示唆を受けたというよりも、村上の「エゴ」の「縮小」の経験が、彼にカントを面白く思わせる、という順序を踏むものだったと考えるのが妥当です。

それというのも、ここで、カントのマクシムと、村上のマクシムは、いわばその用法が逆向きになっているからです。

カントは、モラル＝道徳を基礎づけるのに、マクシムからはじめ、マクシムは、マクシムのままにとどまることのできない本性をもっている。それは、モラルへと育たないわけにいかない行動の原理性なのだと言います。彼は、いわば最初、車のギアをローに入れ、その後、ドライブへと入れ直すのです。これに対し、村上がこのカントのマクシムに該当する個食用のモラル——個人用ルール——を自分の態度決定の基礎として摑むのは、むしろモラルが誰からも見放された時に、ドライブに入っていたギアをローに入れ戻すようにしてだと言わなければなりません。

当初、彼が前にしていたのは、反逆の時代であり、そこで大きな声で言われていたのは、革命に代表される社会的な当為（なすべきこと）にむけた、我々はかくかくのことをすべきだ、君はそれをすべきだ、というモラルの言葉でした。ところが、やがてそれが幻滅に変わり、社会が政治的な無関心（アパシー）に覆われるようになる。誰もがもうモラルなんて口にしても無駄だ、そんなものは嘘だ、何の価値もない、と言うようになる。そしてシラケの時代と言われるものが、反逆の時代に取って代わる。それが、村上が小説を書きはじめた八〇年代初頭の社会の状況でした。

その時、誰もがもう気恥ずかしくて理想とか、モラルだとかというものを口にしなくなったなか、村上は、君はかくかくのことをすべきだ、に代わり、僕は、かくかくのことをすることにしている、それは、君には関わりがない、僕一人の個人的な規範、ルールなのだ、という言い方を発明したのです。

言い方だけではありません。このモラルの地に落ちた時代、少なくとも、自分を律する生き方のあることを示したのです。

彼の態度としてのデタッチメントの発明が、それ自体、その時代のなかで一つのコミットメントだったとは、そういう意味にほかならない。つまり、モラルという「1」の単位が誰からも信用されない時代が来て、皆が「0」のモラルなし、へとシフトを変えていったとき、村上は、マクシム、つまり個人用の、個人にだけ通じるモラル、ともいうべき「0・5」を発明することで、最小のモラルにとどまる主人公像の設定に成功しているのです。

モラルの二階からみんな地上に下りることになったとき、彼は、いわば中二階を作り、そこにとどまったとも言えましょう。

たとえば、そうした「最小のモラル」をもった主人公は、他の人間には働きかけませんが、少なくとも、芝刈りの仕事では「手抜きはしない」という自分向けのルールをもつでしょう。また、自分の仕事に関する厳密な手順を確立していて、それをゆるがせにしないことに自分なりの意味を認めるでしょう。鮮やかなこの種の主人公の登場を画した「午後の最後の芝生」の主人公は、こう言います。

実際に僕はすごく評判がよかった。丁寧な仕事をしたせいだ。大抵のアルバイトは大型の電動芝刈機でざっと芝を刈ると、残りの部分はかなりいい加減にやってしまう。それなら時間も早く済むし、体も疲れない。僕のやり方はまったく逆だ。機械はいい加減に使って、手仕事に時間をかける。当然仕あがりは綺麗になる。ただし、あがりは少ない。（略）それからずっとかがんで仕事をするものだから、腰がすごく痛くなる。これは実際にやった人じゃなくちゃわからない。（略）

僕はべつに評判を良くするためにこんなに丁寧な仕事をしたわけではない。信じてもらえないかもしれないけれど、ただ単に芝生を刈るのが好きだったのだ。（「午後の最後の芝生」）

マクシムの誕生の秘密は、つまり、「エゴ」の「縮小」にあるのです。

しかし、その「縮小されたエゴ」は、いつまでもいわば凍結されたままではすみません。やがて人は成長する。そして、それを入れた冷凍用の箱も、いずれ壊れざるを得ない。それが、「ファミリー・アフェア」──人が家族の中に身を置くこと──の人間的な意味なのです。いくら自分の中で、収支の合う生活をしていても、そういう生活をしていることが、そのままで醜い、という局面があります。なぜなら、この世界にはいろいろなことがあり、いろいろな出会いがあり、さまざまな歓びがあり、さまざまな悲惨があるからです。

彼はそれに気づく。その覚醒が、彼のマクシムを内側から壊し、彼を、人とコミットメントできる場所へと押し出すことになります。

村上の短編の前期世界はこうして終わる。その後、書かれる『ノルウェイの森』の主人公ワタナベは、スペース・シップの船外に放逐されることになったこの「僕」に、ほかなりません。

一つだけ言いましょう。

『ノルウェイの森』が書かれるためには、それを支える主人公のワタナベが必要でした。そしてワタナベは、象徴的に言うならば、「ファミリー・アフェア」のマクシムの自壊なしには、登場できない人間なのです。恋人の素敵な女性の前で永沢さんは、「俺とワタナベ」は「一度女をとりかえっこしたこと」があるよ。「なあ、そうだよな?」とワタナベに言います。するとハツミさんは、フォークとナイフを下に置き、「ワタナベ君、あなた本当にそんなことしたの？」と聞くでしょう。

それにワタナベは「どう答えていいのかわからな」い。たしかに自分はむしゃくしゃしていたその夜、永沢さんに誘われ、ガールハントに行き、永沢さんに言われるままに「女をとりかえっこ」した。いまレストランの席で、改まってハツミさんに聞かれれば「どう答えていいのかわからな」くなる。「まあ、そうですね」、「楽しかった？」、「べつにとくに楽しくはないです」、「じゃあ何故そんなことするの？」そう改まって真摯に聞かれ、彼は答えるでしょう。


「ときどきすごく女の子と寝たくなるんです」（『ノルウェイの森』）

と。その答えは、どこにも支えがない。しかし、これまでの村上の主人公は、誰一人、こんな足場のないことは言えなかった。ここで村上は、はじめて、足場のない、スタイルのない、自分のルールから放逐された人物を主人公として造型するのに成功しているのです。

もし、先の覚醒がなければ、どうなるか。マクシムは、やがてマクシムという規範の形式のなかで、成長し、「エゴ」を「拡大」させずにはいません。その究極に現れるのが、『ノルウェイの森』の永沢さんにほかなりません。彼は、世のために、社会のために、あるいは国際平和のために外交官になるのではない。そういうものに関心をもてなければ、「僕なりに確固としたいい加減な生き方」でも確立すればいいようなものを、彼はよりにもよって、国際社会に乗り出そうという。それも、「このばかでかい官僚機構の中でどこまで自分が上にのぼれるか、どこまで自分が力を持てるかそういうのを試してみたい」ばかりに、そうするという。マクシムはいまや、極度に肥大し、破裂する寸前なのです。この永沢さんの破裂の後に、あの『ねじまき鳥クロニクル』の綿谷ノボルが来る。

僕は、「ファミリー・アフェア」を書いたときに村上が大きなことをここで達成したと思ったとは、考えません。これは、女性雑誌に載った、たぶんに軽快な短編です。しかし、書かれた作品は、ことによれば書き手の予測を超えた、深いあり方を示していたと言えるでしょう。こうして態度としてのデタッチメントを指標とする前期世界が終わる。やがて『ノルウェイの森』が書かれ、次の展開をもたらします。

（下巻につづく）

初出
「群像」二〇〇九年九月号〜二〇一一年四月号
本書は二〇一一年八月二五日、講談社より刊行された。
ちくま学芸文庫に収録するにあたり、上下分冊とした。

ちくま学芸文庫

村上春樹《むらかみはるき》の短編《たんぺん》を英語《えいご》で読《よ》む 1979～2011 上

二〇一九年十月十日　第一刷発行

著　者　加藤典洋（かとう・のりひろ）

発行者　喜入冬子

発行所　株式会社　筑摩書房

東京都台東区蔵前二―五―三　〒一一一―八七五五

電話番号　〇三―五六八七―二六〇一（代表）

装幀者　安野光雅

印刷所　株式会社精興社

製本所　株式会社積信堂

乱丁・落丁本の場合は、送料小社負担でお取り替えいたします。

ISBN978-4-480-09945-7 C0195